*कठगुलाब, चितकोबरा, मिलजुल मन* जैसे जाने-माने उपन्यासों और अनेक कहानी-संग्रहों की रचयिता मृदुला गर्ग हिन्दी पाठकों की एक परिचित लेखिका हैं। 25 अक्टूबर 1938 को कोलकाता में जन्मी मृदुला गर्ग को उनके साहित्यिक योगदान के अनेक सम्मानों से नवाज़ा गया जिनमें से उल्लेखनीय हैं—साहित्य अकादेमी पुरस्कार, साहित्यकार सम्मान, साहित्य भूषण, महाराज वीरसिंह सम्मान, सेठ गोविंद दास सम्मान, व्यास सम्मान, स्पंदन कथा शिखर सम्मान, हैलमन-हैमट ग्रांट।

भारत छोड़कर विदेशों में बसे हुए भारतीयों की कहानियां इस पुस्तक में प्रस्तुत हैं। अपनी जड़ों से कटकर क्या नए देश में बसे भारतीय अपनी एक नई पहचान बना सकते हैं? इस नई पहचान का भारतीय होने की पहचान से कैसे टकराव या समावेश होता है? मृदुला गर्ग की तीखी कलम से भावनाओं और जज़्बातों का कोई भी पहलू बच नहीं पाता और यही उनकी लेखनी की विशेषता है।

# हर हाल बेगाने

(कहानी संग्रह)

मृदुला गर्ग

ISBN : 978-93-5064-249-8

प्रथम संस्करण : 2014 

HAR HAAL BEGAANE (Stories) by Mridula Garg

**राजपाल एण्ड सन्ज़**

1590, मदरसा रोड, कश्मीरी गेट-दिल्ली-110006

फोन: 011-23869812, 23865483, फैक्स: 011-23867791

website : www.rajpalpublishing.com

e-mail : sales@rajpalpublishing.com

# भूमिका

हमें अर्थशास्त्र में पढ़ाया गया था कि विस्थापन दो तरह का होता है। पहला, 'पुल फ़ैक्टर' या खिंचाव से संचालित, जहाँ मूल जगह के निवासियों को कोई नई जगह आकर्षित करती है और वे अपनी मर्ज़ी से पलायन करते हैं। दूसरा, 'पुश फ़ैक्टर' या धकेलने से संचालित, जहाँ मूल जगह की परेशानियाँ, निवासियों को परे धकेलती हैं और वे पलायन पर मजबूर हो जाते हैं। इस नज़र से देखें तो हमारे देश में, अभावग्रस्त गाँवों से ग्रामवासियों का शहर की तरफ़ पलायन, पुश फ़ैक्टर के तहत आएगा और पद-पदवी-पैसे के लालच में, पढ़े-लिखे तबके का विदेश-प्रस्थान, पुल फ़ैक्टर के तहत। इसी सोच की वजह से आम फ़हम लोग, प्रवासी भारतीय या एन.आर.आई. को काफ़ी ख़ुशक़िस्मत मानते हैं। जहाँ दंगे-फ़साद, युद्ध या विभाजन के कारण पलायन करने को मजबूर लोगों को निर्वासित ही नहीं, शरणार्थी या मुहाज़िर कहा जाता है; वहाँ इन एन.आर.आई. बाशिंदों को निर्वासित के बजाय प्रवासी कहा जाता है। बल्कि वे ख़ुद को क़रीब-क़रीब आप्रवासी मानते हैं, जैसे पराये मुल्क में बसने के लिए अपने मुल्क का छोड़ना महत्त्वहीन हो और वे वहीं की नज़र से सबकुछ, यहाँ तक कि ख़ुद को भी देखने-परखने के आदि हों यानी उनके आगन्तुक। इन भारतीयों द्वारा अंग्रेज़ी में लिखा साहित्य पढ़ें तो यह नज़रिया साफ़ हो जाता है। इनका जो साहित्य विदेशों में पुरस्कृत-प्रशंसित हुआ है, उसमें अधिकांश वहाँ की संस्कृति में बसने-रचने की कोशिशों का ब्यौरा देता है। लगे हाथों, बतौर मिर्च मसाला, वह, भारत को पिछड़े, मुश्किलात से भरे, क़रीब-क़रीब हास्यास्पद देश की तरह पेश करके, वहाँ रहने की बदक़िस्मती की रोचक लताड़-पछाड़ करता है। दरअसल पुरस्कार मिलता ही तब है जब यह लताड़-पछाड़ विदेशियों को हँसाने का माद्दा रखती हो।

सच्चाई इतनी सीधी सरल नहीं है। ये प्रवासी या ज़बरदस्ती आप्रवासी बने हिन्दुस्तानी, दूसरे हिन्दुस्तानियों के सामने भले यह जतलाएँ कि वे नर्क से निकल कर स्वर्ग में पहुँच गये हैं, पर मन ही मन अजब दुविधा में जी रहे होते हैं। न इधर के, न उधर के। स्वर्ग में नर्क के लिए हेरवा करना विसंगत ज़रूर मालूम पड़ता है

पर इन मनमर्ज़ी से निर्वासित जनों की असलियत वही है। अपनी और दूसरों की खुशफ़हमी बनाये रखने की मजबूरी उन्हें मन के ख़ालीपन का इज़हार करने की इजाज़त नहीं देती पर ख़ालीपन है कि भरता नहीं। दरअसल निर्वासन मर्ज़ी से हो या ज़बरदस्ती, देश से आप खुद निकले हों या निकाले गये हों, उसका दर्द और विसंगत स्थितियों से उत्पन्न दुविधा, उसके प्रभाव को एकपक्षीय नहीं रहने देती। किसी अनजान मुल्क की तमीज़-तहज़ीब सीखने और उसकी संस्कृति में रचने-बसने की कोशिश, खासी त्रासदायक होती है, विडम्बना और विसंगतियों से भरी। भीतर कहीं हीन भावना गहरे धँसी रहती है, जो इन हिन्दुस्तानियों को मजबूर करती है कि वे विदेशियों के बीच कभी अकेले न हों, हमवतनों का गुट बनाकर जियें। मैंने जब भी अमरीका में अपने दोस्तों-रिश्तेदारों के बीच चन्द दिन गुज़ारे, मुझे लगा, मैं हिन्दुस्तान के छोटे कस्बे के निवासियों के बीच जी रही हूँ। नगर, महानगर की बनिस्बत, गाँव-कस्बे में एक सीलबन्द समाज होता है, गतिरुद्ध और परिसीमित। एक-दूसरे के संग-साथ बिना कुछ कर पाना मुश्किल होता है; मनोरंजन हो या बहस-मुबाहिसा। एन.आर.आई. बन्दों के दो चार अमरीकन दोस्त हों तब भी; यहाँ तक कि शादी किसी अमरीकन से कर ली हो तब भी, अन्य भारतीयों के साथ मिल-बैठ, हिन्दुस्तान की बुराई और अमरीकी जीवन का यशोगान करके ही, वे अपनी हीन भावना का प्रतिकार कर पाते हैं। ख़ुद को यक़ीन दिलाते रहना होता है कि वे बेहद तक़दीर वाले हैं, जो उस नायाब मुल्क में बसे हैं, भले मन-ही-मन, बराबर दोयम दर्जे का नागरिक होने की कचोट सहते रहें।

जब-जब मैं अमरीका गई, उनके मन में बसी कमतरी का अहसास मुझे बारम्बार हुआ, हर नगर, महानगर और कन्टरीसाइड में (गाँव तो उसे नहीं ही कह सकते, शहर की हर सुविधा में पगा-बसा पर ज़्यादा हरियाला और खुला खिला परिवेश, ज़्यादा अमीर भी। पहली मर्तबा तभी, जब पहली मर्तबा अमरीका गई, 1985 में क्लीवलैंड शहर में अपनी एन.आर.आई. बुआ के पास, जो उच्च पदवी पर आसीन पति की पत्नी थीं। उनके पास एक लहीम-शहीम जर्मन गाड़ी थी, शायद ऑडी। एन.आर.आई. रिवायत के तहत, बतौर मेरी मेहमाननवाज़ी, बुआ ने शहर के काफ़ी हिन्दुस्तानी परिवारों को रात की दावत दी थी। रिवायत थी कि दावतनामे के लिए दोस्त होना कम, हिन्दुस्तानी होना ज़्यादा लाज़िमी था। देर शाम, हम खान-पान का सामान खरीदने, घर के पास के इण्डियन स्टोर गये। उतनी-ही दूरी में ही, बराबर से जा रही फ़ोर्ड गाड़ी अचानक पलटी और बैक करके हमारी गाड़ी से आ टकराई। इस टक्कर में ज़ाहिरा तौर पर हमारी गाड़ी पीछे थी और फ़ोर्ड आगे, ऐसे में क़सूर पीछे वाले का माना जाता है। कुछ देर बाद आए पुलिस वाले ने काफ़ी बदतमीज़ी के साथ उसकी तस्दीक भी की। बुआ से घुड़क कर नीचे उतरने को कहा और चालान

थमा दिया। यहाँ तक तो ठीक था, पुलिसकर्मी किस देश में तमीज़दार हुए हैं! पर जब वे कुछ नहीं बोलीं तो मुझसे नहीं रहा गया। वाक़ई जो हुआ था, बतलाने की कोशिश की तो पुलिसवाले ने जो बरजा सो बरजा, ख़ुद बुआ ने बाँह पर चिकोटी काट कर उससे पुरजोर तरीके से बरज दिया। पर यह ग़लत है... मैंने फिर भी उचारा तो पुलिसकर्मी गरिया कर बोला, "यू डर्टी बास्टर्ड वग़ैरह-वग़ैरह (!) इन्डीयन्स, तुम वग़ैरह-वग़ैरह (!) हमारे जॉब्स छीन कर अमीर बन जाते हो और महंगी यूरोपियन गाड़ियाँ चलाते हो और यह बेचारा अमरीकन, रद्दी अमरीकन गाड़ी रखने पर मजबूर है। फिर यू बिच वग़ैरह-वग़ैरह, कसूर उसका हुआ कि तुम्हारा!" दलील मेरी समझ में नहीं आई पर बुआ के आ गई! उन्होंने झटपट चालान चुकाया, मुझे ठेल गाड़ी के भीतर किया और घर पलट लीं। वहाँ पहुँचे तो ऊँची पदवी पर आसीन फूफा समेत, घर आये तमाम हिन्दुस्तानी बन्दों ने मुझे गलत ठहराया और बुआ को सही। अच्छा हुआ और बहस नहीं की, सबने कहा, वरना वह अदालत में घसीटता और वहाँ, हिन्दुस्तानी होने के नाते, तुम्हें दुगुना चालान भरना पड़ता। पर यह ग़लत है, मैंने कहा तो उन्होंने तीन ठोस तर्क दिये। पहला, यह सब होता रहता है, आखिर हम प्रवासी हैं, ऊपर से एशियन। दूसरा, तनख्वाह तो पूरी मिलती है न मेरिट पर; इण्डिया में तो वह भी नहीं होता। तीसरा, पुलिस वाला कितनी जल्दी मौक़ाए वारदात पर पहुँचा, इण्डिया में पहुँचता भला? मेरा सिर चकराया ज़रूर पर उनकी दुविधा में फँसी मानसिकता, समझ में आ गई। यह कि उन्हें मानना पड़ता है कि देश हर हाल वही बेहतर है; बेगाना कोई है तो वे ख़ुद; ऐसे में कोई करे तो क्या? इसीलिए न, जब मुझसे मिलने मेरी अमरीकन पाठिका आई तो पूरा परिवार यह देख गदगद् हो गया कि हिन्दुस्तानी पोशाक पहने, वह गोरी चमड़ी वाली लड़की, हिन्दी पढ़ती ही नहीं, बोलती भी थी और उसी भाषा में मुझे प्रणाम कर रही थी। मेरा रुतबा उनकी नज़र में बहुत बढ़ गया और उनका, मेरी नज़र में उतना ही घट गया।

मज़े की बात यह है कि मैं अपनी कहानी *उर्फ़ सैम* अमरीका जाने के पहले 1983 में लिख चुकी थी; अमरीका पलट भारतीयों की गुफ़्तगू से उनकी फ़ितरत का कयास लगा कर। उर्फ़ सैम से पहले लिखी दो कहानियाँ, *एक और विवाह* तथा *लौटना और लौटना* में वही अमरीका पलट भारतीय प्रवक्ता बने हैं।

*उर्फ़ सैम* कहानी का प्रवक्ता सावन प्रताप सिंह उर्फ़ सैम इतना चतुर-सुजान है कि जिस पारखी नज़र से उसने अपनी दुविधा के उलझे रेशों को समझा, उसी से कुछ रेशों का पुरज़ोर दिखावा कर दुनियावी फ़ायदा कमाने का हुनर भी सीख लिया। अनेक बार के अपने अमरीका प्रवास में जिन हिन्दुस्तानियों से मिली, उनकी शख़्सियत ने उस कहानी के किरदारों की ज़ेहनियत की पुष्टि की।

पर यह भी समझ में आया कि बात, उस आकलन जितनी सीधी सरल नहीं

थी। बतौर लेखक हमेशा से जानती थी कि कोई भी बात, जो इंसान के मन से ताल्लुक रखती हो, सीधी, सरल, एकांगी कभी होती नहीं। मेरे अन्य किरदारों की तरह, एन.आर.आई. जनों की मानसिकता भी बेहद पेचीदा, बहुआयामी, विडम्बना पूर्ण, लचीली यानी पारे की तरह रूप-आकार बदलने वाली थी। जितने लोग, उतने एहसास, भ्रान्तियाँ, उलझाव, कुछ सकारात्मक, कुछ नकारात्मक। मन की उस जटिल बुनावट को कहानियों के माध्यम से ही खोला जा सकता था। सृजन ही उसकी बारीकियों को पाठक के एहसास का हिस्सा बना सकता था, ब्यौरा या लेख नहीं।

इसलिए *उर्फ़ सैम* के बाद जितनी कहानियाँ लिखीं, उनके किरदार ऐसे ही पेचीदा और लचीले हैं। अमरीका में मुझे जो लोग मिले, उनमें से कुछ मेरी कहानियों के किरदारों के कच्चे माल की तरह थे। अन्य बृहत् अनुभवों से उत्पन्न मेरे एहसास और सोच की आग में तप-पक कर ही वे किरदार और कथानक बन पाये।

इन कहानियों में, एक कहानी ऐसी ज़रूर है, जो मेरे अपने अनुभव का काफ़ी नज़दीकी ब्यौरा देती है, *बड़ा सेब, काला सेब*। न्यूयॉर्क से मेरी पहली टक्कर हुई 1985 में। मात्र एक दिन वहाँ रही और उससे पहले बेहद अमीर सबर्ब चपाकुआ में तीन दिन; पर कुल चार दिनों की रिहाईश, इतनी दिलचस्प और दिलफ़रेब थी क़रीब-क़रीब ज्यों-कि-त्यों कहानी में उतर आई, अलबत्ता तंज़ की सान पर चढ़ कर। किरदार भी। महज़ "काले अमरीकन" का एक अहम किरदार मैंने कल्पना के रंगों से रंगा, उसे ज़्यादा दिलचस्प बनाने के लिए नहीं, न्यूयॉर्क की पेचीदा शख़्सियत से इंसाफ़ करने के लिए। जी हाँ, हर शहर की अपनी अलग शख़्सियत होती है। मज़े की बात यह हुई कि उस अनुभव को कहानी बनाने की सलाह, मुझे बॉस्टन में रहने वाले एक अमरीकन जोड़े ने दी। मशहूर कवयित्री, स्ट्यू स्टेन्डिंग और हार्वर्ड में पढ़े, मशहूर आलोचक-समीक्षक-लेखक, उनके मित्र जार्ज शिआलब्बा ने। मैंने कुछ संकोच के साथ न्यूयॉर्क में गुज़ारे अपने एक दिन के अनुभवों की कहानी उन्हें सुनाई थी। डर था कि अमरीकन होने के नाते, वे उसे अतिशयोक्ति कह कर अलग न झटक दें। पर उन्होंने खुले मन से उसकी तस्दीक की, कहा, बिल्कुल सही तस्वीर है न्यूयॉर्क में अमरीकी और चपाकुआ में भारतीय मानसिकता की, आप इसे ज़रूर लिख डालें। निहितार्थ समझ गये न, उनके हिसाब से न्यूयॉर्क का अमरीकी कुछ अलग ही शै था। वाक़ई कहानी लिखते-लिखते मुझे एक साल और लग गया। तब तक उस अनुभव को पाँच साल बीत चुके थे और मैं ज़्यादा शिद्दत में उसमें तंज का नमक मिलाने के लायक हो चुकी थी।

संग्रह में संकलित सभी कहानियों के किरदार एक दूसरे से अलग हैं; कोई एक खाँचा या साँचा नहीं है, जिसमें उन्हें चस्पां किया जा सके। कुछ अपनी मर्ज़ी से पैसा कमाने वहाँ गये *(उर्फ़ सैम)* कुछ ने ज़िद या खुद्दारी में, पैसे और सुख-सुविधा

के लिए वहाँ जाने से इंकार कर दिया पर हालात से मजबूर हो कर जाना पड़ा *(बर्फ़ बनी बारिश)*। एक कमसिन को राजनीतिक हादसे से बचाने की ख़ातिर ज़बरन वहाँ भेजा गया तो और हादसे का शिकार हो, उसने लौटने का निर्णय लिया। पर हादसे के आगे हथियार नहीं डाले; न विवेक बुद्धि खोई, न करुणा बाँटने का साहस। बल्कि जब लौटी तो समाज और व्यक्ति के अन्तर्मन की विषमताओं को परखने की, पहले से गहरी अन्तर्दृष्टि अर्जित करके (शहर का नाम)। एक उम्रदराज़ अकेली औरत, सेवानिवृत्त होकर एन.आर.आई. बेटे के पास वहाँ गई, यह सोच कर कि उससे आर्थिक सम्बल लेने के अलावा कोई रास्ता बचा न था। पर जब देखा वह अमरीकी चाल-चलन से टक्कर लेता ख़ुद बेग़ैरत हुआ जा रहा है तो तब तक की सोच की धारा बिखर गई। पर तभी अचानक हमउम्र, अकेले-बीमार अमरीकन पड़ोसी की ज़िन्दगी बचाने और तीमारदारी करने का मौक़ा आया। अपनी क़ाबिलीयत पर यक़ीन ने ऐसी ख़ुद्दारी सिखलाई कि मदद माँगने के बजाय बेटे से कह पाई, "फ़िक्र मत कर, मैं हूँ न।" उससे बड़ी बात, वह समझ गई कि हमदर्द बनने की राह में मुल्क, कौम, उम्र जैसी बन्दिशें, गति अवरोधक नहीं बना करतीं *(छत पर दस्तक)*।

साठ साल की उम्र में लिखी कहानी *साठ साल की औरत* और पैंतीस साल की उम्र में लिखी कहानी, *अगर यूँ होता,* कशिश और अनुराग से तरंगित प्रेम कहानियाँ हैं। पहली, भारतीय स्त्री और विदेश (ऑस्ट्रिया) में बसे, एन.आर.आई. पुरुष के बीच घटित होती है। दूसरी भारत में रह रही शादीशुदा औरत और विदेश (ब्रिटेन) से आये पुरुष के बीच। जैसा शीर्षक से ज़ाहिर है, *अगर यूँ होता,* सम्मोहन, चाहत और राग की ऐसी कहानी है, जो हासिल पर पहुँचने से पहले, पारिवारिक ज़िम्मेवारी की सख़्त देहरी से टकरा कर, शेष हो जाती है। पर चाहत का क्या कीजिएगा; वह है तो है, शायद ताउम्र। ज़ुबानी इज़हार वहाँ एकतरफ़ा रहता है, औरत इंकार ही किये चली जाती है, पर नज़र और चेहरे की रंगत, इंकार को अनकहा इज़हार बना देते हैं। *साठ साल की औरत* में वह इज़हार, जो तीस साल की उम्र में औरत ने, लोक लाज के अबूझ डर से पोशीदा रखा था, साठ साल की उम्र में मन पसन्द पुरुष से दुबारा मिलने पर, सहज ही अफ़शां हो जाता है। अनकहे को कहने के लिए अल्फ़ाज़ की ज़रूरत नहीं पड़ती, सिर कन्धे पर रख देना काफ़ी होता है। उम्र के उस पड़ाव पर पहुँच कर रिवायतों का डर कम हो जाता है; उनसे आसानी से मुक्त हुआ जा सकता है। इस कहानी की पृष्ठभूमि में ग्राट्स, ऑस्ट्रिया का एक अनूठा गिरजाघर है, जिसका मुकद्दस माहौल रूहानी प्यार के इज़हार को सहज ही नहीं लाज़िमी बना देता है। सबसे बड़ी बात, उम्र और लगाव का रूहानी सफ़र, जन्म-जन्मांतर का पूरा फ़लसफ़ा उजागर कर जाता है। इन कहानियों में विदेश, सकारात्मक बन कर प्रकट हुआ है क्योंकि वह पद-पदवी-पैसा-आचार-व्यवहार को दरकिनार करके, सौन्दर्य

अनुभूति और प्रेम का रूप ले चुका है।

*बेंच पर बूढ़े* और *ख़ुशक़िस्मत* के किरदार परदेसी या एन.आर.आई. नही हैं। भारत में रहने वाले ऐसे उम्रदराज़ इंसान हैं, जो नासमझी में, वैश्वीकरण बनाम उदारीकरण के झाँसे में आ जाते हैं; आसानी से अमरीकन तर्ज पर मिलने वाला कर्ज़ लेते हैं और उसकी चपेट में, रफ़्ता-रफ़्ता, कंगाल हो जाते हैं। विडम्बनाओं से भरी उनकी त्रासदी यह है कि वे रहते तो अपने देश में हैं पर ऐसे, जैसे परदेस में बसे बेटे बहुओं के साथ रह रहे हों। इसलिए कि उनकी अगली पीढ़ी उनसे और देश से बेगानी हो चुकी है। यानी ये उन भारतीयों की कहानियाँ हैं, जो न अपनी मर्ज़ी से मुल्क से निकलते हैं, न हालात के चलते निकाले जाते हैं, फिर भी जीते, देश निकालों की मानसिकता में हैं। अपनी ज़ुबान और मानस से अछूते, वे अपनी मर्ज़ी से वैश्विक मूल्य-संरचना का हर नकारात्मक बोध ढोते हैं और हर सकारात्मक तत्त्व को नकारते हैं। और ये लोग, बेगाने देश में बसे अपने देशवासियों की तरह हेरवा भी नहीं करते, न अतीत का, न छूटे घर का; घर तो उन्होंने छोड़ा नहीं, बस छोड़ी है तो स्मृति। स्मृति का विसर्जन उन्हें अतीत की याद में रो कर उसका विरह या हेरवा भी नहीं करने देता। वे निर्वासित हुए बिना ही अजनबी बन जाते हैं।

हाल फ़िलहाल 2014 में लिखी अंतिम कहानी *सितम के फ़नकार,* क़रीब सात साल से मुझे कौंचती रही थी। पता नहीं क्यों मैं उसका लिखना टालती जा रही थी। शायद अजनबियत की थर्राने वाली चरम परिणति को लिखने से पहले, उससे समय की दूरी ज़रूरी थी। कहानी उनकी और हमारी, यानी वहाँ और यहाँ बसे भारतीयों के मानस के विरोधाभासों का संगम है। इसलिए वाजिब है कि यह संग्रह की अंतिम कहानी है।

नई दिल्ली
4 जून 2014

**—मृदुला गर्ग**

# क्रम

# एक और विवाह

"तो आख़िर कोमल जी ने विवाह कर लिया," प्रेम ने सुसज्जित वधू का हाथ दबाते हुए कहा।

"अजी यह कोई हमारी—तुम्हारी तरह पल्लू पकड़ कर किया गया विवाह थोड़े है। प्रेम-विवाह है—एकदम अपनी पसंद, अपनी इच्छा। ऐक्य की उत्कट लालसा!" श्रीमती श्रीवास्तव ने कटुता को हँसी से ढकने का निष्फल प्रयास करते हुए कहा।

"प्रेम-विवाह के अलावा द्वेष-विवाह कैसा होता है, जी?" रानी ने कहा और वातावरण में आ रही कटुता हँसी में बह गयी।

श्रीमती श्रीवास्तव की बात एक तरह से कोमल की कही हुई थी। जब तब वह कॉलेज के स्टाफ़ रूम में कहा करती थी, "मैं व्यवस्थित विवाह में विश्वास नहीं करती। वह विवाह नहीं, ज़बरदस्ती किसी का पल्लू पकड़ लेना होता है। दो कारणों से ऐसा करने की आवश्यकता पड़ सकती है, आर्थिक अवलंबन की खोज या शारीरिक भूख। पहले की हमें ज़रूरत नहीं है और रहा दूसरा, तो उसके लिए विवाह की आवश्यकता नहीं है। बेहतर है मुक्त प्रेम, जो बासी होने पर फेंका जा सकता है। विवाह तब करना चाहिए जब पुरुष को उसके बिना सब अर्थहीन मालूम पड़े। और स्त्री उसके बिना भी पूर्ण समर्पण को व्यग्र हो, तभी वास्तविक ऐक्य हो सकता है।"

चार बहनों के परिवार में कोमल बुद्धिजीवी मानी जाती थी। पिता बुद्धिजीवी थे ही और एक कंपनी के मालिक। नौकर-चाकर, गाड़ी-बंगला से लेकर, पुत्र के अभाव में पुत्रियों को उच्च शिक्षा और स्वतंत्र विचार देने में जुटे थे। सब बहनों में कोमल पढ़ने-लिखने में तेज़ थी। स्कूल-कॉलेज में हमेशा प्रथम आती रही, साथ ही नाटक, व्याख्यान, विचार गोष्ठी आदि में आगे रह कर, उसने राजनीतिशास्त्र में पी-एच.डी. कर डाला। अपने विचारों को बिना हिचक स्पष्ट कह देना उसका व्रत था। बुद्धिजीवी होने के नाते उसके विवाह की चिंता माँ-पिता को नहीं थी। उनका ख़याल था, उसे विवाह में रुचि नहीं होगी। बड़ी और छोटी बहन का सुपात्र देख कर यथासमय विवाह हो गया। कोमल दिल्ली के कॉलेज में लैक्चरर हो गयी। पढ़ने-लिखने और तर्क करने

में समय बिताने लगी। देखने में कोमल सरस प्रेयसी नारी थी। दुबली-पतली देह, गेहुंआं रंग, साधारण नाक-नक्श पर बड़ी-बड़ी रसीली आँखें और भावप्रवण वाणी। लगता, यह अपनी आँखों से व्यंग्य का आवरण हटा कर किसी पुरुष पर टिका दे तो चारों ओर का वातावरण सुरभि बन लुप्त हो जाये। ऐसा ही मधुमास उसकी वाणी में छिपा था, पर सुनने को मिलती थीं वही हलके व्यंग्य से लिप्त, तर्क से बोझिल बातें।

एक दिन उसने यह ज़रूर कहा था, "जीवन में हमें सेक्स से ज़्यादा रोमांस की खोज होती है और व्यवस्थित विवाह का अर्थ है रोमांस को तिलांजलि।"

इस पर रानी ने कहा था, "विवाह सभी व्यविस्थत होते हैं। यहाँ बाहरी सज्जा को परख कर और वहाँ (पश्चिम में) बाहरी सज्जा में बह कर। सच्चा प्रेम होने से, उसे विवाह की अग्नि-परीक्षा में न डाला जाये तो अच्छा है। जहाँ तक अपना सवाल है, मुझे बच्चे चाहिए! बिना विवाह के मिल जायें तो बहुत ख़ूब, वरना विवाह करना ही पड़ेगा।"

रानी चंचल, आत्म-निर्भर और स्पष्टवादी लड़की थी। पिता थे नहीं, वही माँ और छोटे भाई-बहनों का पोषण कर रही थी। इसीलिए सत्ताईस वर्ष की होने पर भी विवाह नहीं कर पायी थी। उसका विशेष गुण था, हँसना, औरों पर और अपने पर। उसकी बात सुन कोमल मुस्करा दी थी। वह बरट्रेंड रसेल से सहमत थी कि मातृत्व की भूख स्वतंत्र व्यक्तित्व की स्त्रियों को नहीं होती, कम से कम अनिवार्य रूप से नहीं।

अब कोमल दुलहिन बनी बैठी है और बारात के आने का इंतज़ार कर रही है। उसने सुना, रानी कह रही है, "जो हीरे की अंगूठी अंगुली पर चमक रही है, मदन जी का उपहार है।"

"भेंट कहाँ हुई?" प्रेम ने पूछा।

"किसी काम से इनके पिताजी के पास आये थे, कोमल जी वहाँ विराजमान थीं, बस जो आपस में छिड़ी, कामधाम भूल गये। आठ वर्ष अमेरिका रह कर आये हैं, पहले सकुचाये कि भारतीय महिला से कैसे पेश आया जाये, फिर एक दिन रास्ते में भेंट हो गयी। कोमल जी ने चाय पीने का सुझाव रख दिया। फिर क्या था? लगूना में बैठ कर दिल की कह गये और अगले दिन अंगूठी लेकर हाज़िर कि हाँ कहो, वरना यहीं बैठा हूँ। फँस गयीं कोमल जी।"

बात एक तरह से कोमल की कही हुई थी, भाषा रानी की ज़रूर थी। हाँ, अंगूठी कोमल ने स्वयं ख़रीदी थी।

जब उसकी सबसे छोटी बहन की शादी की बातचीत चली तो माँ ने कहा, "एक बार कोमल से भी पूछ लेना चाहिए, छब्बीस पार कर चुकी है।"

सचमुच कोमल छब्बीस पार कर चुकी थी। रोमांस की प्रतीक्षा, प्रतीक्षा बनी हुई थी। तब तक न वह किसी पुरुष की ओर आकर्षित हुई थी, न कोई पुरुष उसकी ओर। क्षणिक रूप से हुए होंगे पर चिनगारी भड़क नहीं पायी थी। अब माँ की नज़र में सुपात्र जुट गया था। कोमल से उन्होंने कहा, "लड़का आठ साल अमेरिका रह कर आया है। न्यूक्लियर फिज़िसिस्ट है, ट्रॉम्बे में काम कर रहा है, शायद वापस अमेरिका चला जाये। स्वतंत्र विचारों का है। मिलने में क्या आपत्ति है?" फिर कुछ सकुचा कर यह भी जोड़ा था, "सुंदर है, लंबा-चौड़ा।"

कोमल ने कह दिया था, "ठीक है, यह सर्कस भी हो जाये।"

पहली बार उस तीस वर्षीय सुंदर युवक से घर पर भेंट हुई। मदन वाक़ई आकर्षक था। आकर्षण था पौरुष का, साफ़ त्वचा, चौड़ा माथा, कांतिमय नेत्र, ठोड़ी के बीच गदगदा, सजी-संवरी मूंछें, भारी काले चमकदार केश और ऊँचा, भरा-पूरा शरीर। चौड़े माथे पर संवरे भारी केश चेहरे को लावण्य दे रहे थे। सूट के नीचे उसकी माँस-पेशियां रह-रह कर फड़क उठती थीं। कोमल ने देखा और शारीरिक पुलक अनुभव की। चाय-पानी हुआ। जैसा वहाँ से लौटे लोगों के साथ आमतौर पर होता है, बातचीत अमेरिका के बारे में हो रही थी। वहाँ की ज़िंदादिली, यहाँ का आलसीपन; वहाँ की आधुनिकता, यहाँ की पुरातन-भक्ति। बीच-बीच में कोमल व्यंग्य कस देती पर जो उत्तर मिलता, उसमें आवेग कम, परख ज़्यादा होती।

"अच्छा, यहाँ से लोग अमेरिका जा कर अमेरिकनों की तरह क्यों बोलने लगते हैं?" कोमल ने पूछा।

मदन का अंग्रेज़ी उच्चारण अमेरिकन छाप लिये हुए था।

"शायद इसलिए कि अंग्रेज़ी हमारी अपनी भाषा नहीं है। हम उसे दूसरों की तरह बोलने की कोशिश करते हैं, जो भी नक़ल करने को मिल जाये, अंग्रेज़ या अमेरिकन," मदन ने कहा।

यानी ज़रा ठेस नहीं लगी थी।

चाय के बाद कोमल के पिता ने कहा, "तुम लोग बैठो, हम एक रिसेप्शन में जा रहे हैं, पौने घंटे तक लौट आयेंगे।" वे और माँ चले गये थे।

अब उनके पास प्यार क़ायम करने के लिए पौने घंटे का वक़्त था। यों प्रेम प्रथम दृष्टि में भी होता पाया गया है, कभी-कभी आवाज़ों और तस्वीरों से हो जाता है, कम से कम उपन्यासों में। पर यहाँ विवाह की नंगी तलवार सिर पर झूल रही थी। प्रेम का दिखावा कठिन था। बातचीत में वह हलकापन और बहाव नहीं आया, जो आकस्मिक मिलन होने पर अनायास आ जाता है और शारीरिक आकर्षण की धरती सहज प्रेम उपजा देती है। उन दोनों की बातें उसी पुराने ढर्रे पर चलती गयीं।

रह-रह कर कोमल की आँखें मदन के काले केशों से उसकी पिंडलियों पर

फ़िसल जाती थी। वापस मुख पर निगाह ले जाने पर वह अपनी गोद में उसके घने बालों का स्पर्श महसूस कर उठती और सिहर जाती। फिर अपने को फटकार कर बातचीत का बौद्धिक स्तर बनाये रखने का प्रयत्न करती।

"आप अमेरिका वापस क्यों जाना चाहते हैं? ज़िंदा रहने के लिए पैसा और सेक्स ही क्या सब कुछ है?"

"ज़िंदा रहने लायक यहाँ भी मिल जाता है।"

"पर आपको कुछ अधिक चाहिए?"

वह मुस्करा कर रह गया।

चलो, कम से कम दिखावा नहीं करता।

फिर कोमल ने एक दिलचस्प किस्सा सुनाया, "हमारी जान-पहचान की एक लड़की हाल ही में अमेरिका से लौटी थी। उसके बच्चा होने वाला था तो उसने अमेरिका में अपनी सहेली को लिखा, वहाँ से चादरें वग़ैरह भेज दे, क्योंकि यहाँ ढंग का सामान नहीं मिलता। चादरें आयीं तो देखा, खालिस बांबे डाइंग की हैं, सहेली ने किसी पोर्ट से ख़रीदी थीं।"

मदन हँस पड़ा, बोला, "आप बहुत दिलचस्प बातें करती हैं। विदेशी चीज़ों से लगाव सचमुच हास्यास्पद है। मैं इसीलिए वहाँ से एक भी चीज़ नहीं लाया।"

दिलचस्प आप भी हैं, कोमल ने सोचा।

पिता के लौटने पर मदन ने उनसे कहा, "देखिए सर, मैं आठ साल अमेरिका में रहा हूँ, इसलिए एक बार मिल कर शादी नहीं कर सकता। आपको कोई आपत्ति न हो तो मैं कोमल जी से एक बार और मिलना चाहूँगा, अकेले में।" उत्तर कोमल ने दिया, "मिस्टर मदन," उसने कहा, "मैं कभी अमेरिका नहीं गयी, फिर भी आपसे अकेले मिलने में मुझे आपत्ति नहीं है।"

उसके जाने पर माँ ने कोमल से पूछा, "क्या ख़याल है?"

"मौसम को देखते हुए मच्छर अच्छा है," कोमल ने कहा और हँस दी।

दूसरी भेंट या कहना चाहिए, इंटरव्यू लगूना रेस्तरां में हुई। मदन प्रश्न करता रहा, कोमल उत्तर देती रही।

"आपको अमेरिका जाने या रहने में आपत्ति है क्या? कल आपकी बातचीत से लगा..." मदन ने कहा।

"मुझे कहीं भी जाने या रहने में आपत्ति नहीं है।"

"वैसे जाना ज़रूरी नहीं है। आप जैसा चाहें वैसा ही...।"

"करूँगी, बिल्कुल।"

"विवाह के बाद आप काम करना चाहेंगी?"

"किस क़िस्म का काम?"

"मेरा मतलब, नौकरी।"

"पैसों के लिए या बिना पैसों के?"

"क्या मतलब?"

"बिना पैसा पाये नौकरी तो सभी विवाहित स्त्रियाँ करती हैं।"

"मैं कहना चाहता था, मुझे कोई आपत्ति नहीं है।"

"शुक्रिया।"

एक-डेढ़ घंटे बाद मदन ने कहा, "ठीक है, आपको कष्ट दिया, क्षमा कीजिएगा। मैं आपके पिताजी से कह देता हूँ, मुझे स्वीकार है।"

"जी, क्या स्वीकार है?"

"आप जानती तो हैं," कुछ सकुचा कर मदन ने कहा।

"मुझसे विवाह, यही न?"

"जी।"

"क्यों स्वीकार है?"

"जी?"

"मुझसे विवाह क्यों कीजिएगा, पता तो चले।"

"जी, आप सुंदर हैं, शिक्षित हैं, आधुनिक विचारों की हैं। पहली बार में ही आपके लिए मेरी राय ऊँची बनी थी।"

"आप तो ऐसे कह रहे हैं जैसे मैं किसी कंपनी का शेयर हूँ।"

"बुरा मान गयीं। मैंने आपसे दुबारा मिलने के लिए, आपका अपमान करने की ग़रज से नहीं कहा, सच मानिए।"

"मैं आपसे विवाह करना चाहती हूँ या नहीं, यह जानने की आप ज़रूरत नहीं समझते?"

"आपके पिताजी कह चुके हैं, आपको कोई आपत्ति नहीं है," मदन ने कुछ दुखित स्वर में कहा, "हो तो कहिए।"

आपत्ति तो बहुत है, उसने सोचा, मैं इस तरह दो बार मिल कर किसी से विवाह नहीं कर सकती। विवाह इसलिए नहीं किया जाता कि पात्र में कोई ख़राबी नहीं है। विवाह किया जाता है क्योंकि ख़राबी रहने पर भी वही पसंद है, वही चाहिए। मन हुआ कह दे, अभी इरादा नहीं है। वह सचमुच आकृष्ट हुआ होगा तो कॉलेज में उससे मिलने की कोशिश करेगा, उसे मनायेगा, धीरे-धीरे वह द्रवित होगी, अंत में हाँ कह देगी। आखेट की कल्पना से उसकी देह तन गयी। फिर ढीली पड़ गयी। आखेट था कहाँ? वे तो तराजू में तोल कर ले रहे थे। कहीं यह मौका भी निकल गया तो? छिः, उसने अपने को दुत्कारा। यह बात नहीं है, मुझे मदन पसंद है। प्रेम की बातें बाद में हो सकती हैं, रोकने के बाद। संध्या का मंगेतर हर हफ़्ते उसे डाक

से फूल भेजा करता है, रोकने के बाद से ही तो। अगर मदन भी भेजे? सोच कर वह मुस्करा उठी।

मदन ने कहा, "जी? क्या सोचा आपने?"

वह हँस दी, "मुझे कोई आपत्ति नहीं है।" वहाँ से उठने लगे तो कुछ झिझक कर यह भी कह गयी, "कल मेरा कॉलेज एक बजे तक है।"

पर मदन शायद संकेत समझा नहीं, बोला, "मुझे कल ट्राम्बे वापस पहुँचना है।"

अगले दिन कोमल ने हीरे की अंगूठी ख़रीद कर पहन ली और रानी को अपनी प्रेम कहानी सुना डाली। कैसे भेंट हुई, फिर प्रेम, और कैसे सगाई पक्की करते हुए मदन ने प्यार से अंगूठी उसे पहना दी।

"बारात आ गयी!" प्रेम ने चिल्ला कर कहा। सब औरतें उसके पास से उठ कर बाहर भाग गयीं। शहनाई और बैंड की मिली-जुली चीख़ोपुकार के बीच क्षण भर को कोमल अकेली रह गयी। रोकने के बाद हुई मदन से मुलाक़ात, उसकी आँखों के सामने घूम गयी।

अकेला पाकर, मदन ने उसे बाँहों में ले, चूम लिया। प्रथम चुंबन! कई भाषाओं में पढ़े उपन्यासों और कहानियों के वर्णन कोमल की आँखों के सामने से निकल गये। वसंत समीर का झोंका, अशोक वन में भ्रमरों की गुंजार, कलिका का अनायास प्रस्फुटन, घुंघरुओं की झनकार। ऐसा कुछ महसूस नहीं हुआ। बस इच्छा हुई कि ज़ोर लगा कर उसे परे धकेल दे। उसने हाथों से मुख ढाँप लिया। मदन आकर्षक है। उसे देखकर उसके स्पर्श की कल्पना मात्र से वह सिहर उठती है। फिर उसकी बाँहों में ऐसा क्यों नहीं? इसलिए कि उस आकर्षण पुंज को दीप्त करने के लिए झंझा की आवश्यकता है, और झंझा है नहीं। सब कुछ लीक पर चल रहा है। रोकने के बाद आधुनिक लोग चुंबन लेते हैं। पर इस चुंबन ने उसके अंतर में नहीं झाँका, उसकी विशिष्टताओं को नहीं परखा। वह एक प्रयोग था पर ऐसा प्रयोग जो किसी अनिश्चित, अस्पष्ट, पर मोहक अभियान की ओर पैर नहीं उठाता था। अब क्या होगा, यह प्रश्न उठता ही नहीं था। सब कुछ सुनिश्चित था।

"क्या हो गया? चुंबन ही तो लिया है," मदन ने उसे मुख ढाँपे देखा तो कहा।

"सो अमेरिका में न जाने कितनी स्त्रियों को चूम चुके होंगे," कोमल ने अपने को संभाल कर उसे छेड़ा।

"हाँ," मदन ने सहज भाव से कहा, "वहाँ चुंबन का कोई महत्त्व नहीं है। हाथ मिलाने जैसा है।"

"बस।"

"हाँ। हम लोग इसे बहुत महत्त्व देते हैं। आप आधुनिक विचारों की हैं, ईर्ष्या

तो नहीं होती न?"

"अजी नहीं," कोमल ने कहा।

बेवक़ूफ़ आदमी! उन सबसे मुझे क्या लेना-देना? यह जो तुमने अभी मुझे चूमा था, वह भी यों ही था? अगर कह देते कि उन सबका कोई महत्त्व नहीं था पर यह तुम्हारे लिए, प्रियतमा, मेरा प्रेमोपहार है, तो मैं यत्न करके वसंत का आह्वान कर लेती।

मदन कहता जा रहा था, "अमेरिका में स्त्रियाँ कितनी जागरूक होती हैं; जीवन से उन्हें कितना प्रेम होता है; खुले हृदय से सबसे मिलती हैं। यहाँ बचपन से स्त्रियों को शिक्षा मिलती है लज्जा की। लज्जा ही स्त्रियों का आभूषण है। कोरी बकवास! सेक्स को इतना ढाँप कर चलना है तो विवाह की चीख़ोपुकार क्यों? यहाँ, जैसे गाँव वाले को किसान कहलाने के लिए चौथाई बीघा ज़मीन काफ़ी है; वैसे ही स्त्री को विवाहित कहलाने के लिए आँख मींच कर समर्पण कर देना काफ़ी है। ख़ैर, छोड़िए। आप बुरा तो नहीं मानीं न? आपसे कह गया क्योंकि आप आधुनिक स्त्री हैं।"

उस दिन की पूरी बातचीत याद करके कोमल मन ही मन प्रार्थना कर उठी, आज रात मुझे कोई लज्जा न रहे। और जो हो, मदन यह न कह पाये कि वह किसी क्षण लजायी थी। कहीं वह कह उठा, वाह, लजाती क्यों हो, तो वह वाक़ई लज्जित हो जायेगी। और स्त्रियों की तरह कोमल को अपने मुख या देह के लावण्य पर गर्व नहीं है। शायद वह जानती भी नहीं कि वह सुंदर है या नहीं। गर्व है अपनी स्पष्टवादिता पर, अपने विचारों की स्वतंत्रता पर, अपनी आडंबरहीन आधुनिकता पर। आधुनिकता या व्यक्तिगत जागृति के नाम पर, मदन जो उससे चाहता है, उसमें पूरा न उतरना उसके आत्म गौरव को खलता है।

कोमल ने बहुत प्रतीक्षा की थी, शायद किसी क्षण मदन कह बैठे, "मुझे तुमसे प्रेम है।" पर मदन स्पष्टवादी और सत्यवादी क़िस्म का जीव था, झूठ बोल नहीं पाया होगा। एक दिन इंडिया गेट पर घूमते-घूमते लगा था, बस कहने वाला है। वह उसे अपने एक पुराने प्रेम अनुभव की कहानी सुना रहा था। अमेरिका में उसे एक स्त्री से प्रेम था पर वह विवाहित थी और पति को त्यागने के लिए तैयार नहीं थी। बात ख़तम करके उसने कहा, "ख़ैर, अब तो बात बीत गयी। मैं नहीं चाहता, पति-पत्नी के बीच कुछ गोपनीय रहे, इसलिए, आपसे कहा।"

"वह स्त्री अमेरिकन थी?" कोमल ने पूछा था।

"नहीं, भारतीय।"

मालूम नहीं क्यों इससे कोमल को अधिक दुख हुआ।

"एक ही स्त्री से प्रेम किया है आपने?" उसने पूछा।

"हाँ।"

"फिर किसी से नहीं?"

"नहीं।"

"उससे पहले भी नहीं, बाद में भी नहीं?"

"नहीं।"

कोमल चुप हो गयी। कितना प्रयत्न किया था उसने कि वह कह दे, उसके बाद अब तुमसे किया है, पर उसने नहीं कहा।

कोमल हाथ में वरमाला लिये दूल्हे के सामने खड़ी थी। तभी पीछे से किसी ने कहा, "दूल्हा है सुंदर।"

कोमल मुस्करा दी। उसने अपनी नज़रें मदन के चेहरे पर टिका दीं। सचमुच, किस क़दर सुंदर है मेरा मदन! उसने आँखें बंद कर लीं और मन ही मन दोहराया, मैं मदन से प्रेम करती हूँ, अतिशय प्रेम, अमर-अटूट-अखंड प्रेम। बार-बार दोहरा कर, बुद्धि और आत्मबल के ज़ोर से, कोई भी बात सच की जा सकती है, ऐसा सभी बुद्धिजीवियों का विश्वास होता है।

फेरों पर जाने से पहले, रानी उसका शृंगार दुबारा सँवार गयी।

"बस बीस बरस," उसने कहा।

"क्या?" कोमल ने पूछा।

"तुम्हारी उम्र। इससे अधिक नहीं लग रही।"

विश्वास योग्य बात न होने पर भी सुनने में भला लगा।

अग्नि के समक्ष बैठ कर कोमल ने उन सब विचारों को झटके से अलग कर दिया। आँख के कोने से वह मदन को निरखती-परखती रही। देखे उसके भारी काले केश, याद आयी अपनी हथेली पर उसके स्पर्श की सिहरन, जो उस दिन चुंबन के समय, क्षण भर को महसूस होकर लुप्त हो गयी थी। देखे उसके होंठ, उसकी मूंछें। कहीं पढ़ा था, इटली के लोग कहते हैं दाढ़ी के बिना चुंबन ऐसा है जैसे नमक के बिना अंडा। वह मुस्करा दी। और मूंछों के रहते? याद नहीं आया कैसा लगा था उस दिन। शायद वह बहुत हकबका गयी थी। अबकी बार ठीक होगा। मदन हाथ बढ़ा कर आग में घी दे रहा था। सूट के नीचे उसके कंधे की मांसपेशियां तनी थीं। कोमल का मन हुआ, छू कर देखे। उसकी आँखें फिसल कर उसकी पिंडलियों पर आ गयीं। उसने अपने को नहीं फटकारा। यह पुरुष, यह आलोकित ज्योतिपुंज! आज रात झंझा होगी ही! अच्छा हुआ, उसने मदन से अपने प्रेम का औरों को विश्वास दिलाया और स्वयं भी विश्वास करने का प्रयत्न किया। आज उसका प्रयास सफल हो गया। उसने ढेर सारा घी आग में डाल दिया। लपटें भक से ऊपर उठ गयीं। मदन चौंक कर पीछे हट गया। आज रात, कोमल सोचती गयी, आज रात शारीरिक मिलन के बाद हृदय का मिलन। यही होता है, मिलन की चाह में प्रेम या मिलन

के बाद प्रेम। बस, मुझे लज्जा न रहे। यह एक प्रयोग है, एक और प्रयोग।

शुभ-विवाह निर्विघ्न समाप्त हो गया। असंकुचित सुहागरात भी बीत गयी। पर जब अगली सुबह मदन ने कहा, वाह, तुम तो अमेरिकन स्त्रियों को मात करती हो, तो कोमल को तनिक सुख नहीं मिला। प्रयोग बख़ूबी पूरा हुआ था। उस पर गर्व किया जा सकता था, परितोष की आशा नहीं।

(प्रथम प्रकाशन—*कहानीकार,* 1973)

# अगर यों होता

"तुम दस साल पहले कहाँ थीं?" जिम ने कॉफ़ी में चम्मच चलाते-चलाते पूछा।

"1960 में? दिल्ली। बी.ए. में पढ़ रही थी, क्यों?" मधुर ने प्याला नीचे रख कर उत्तर दिया और उसकी ओर देखने लगी।

"1960 में मैं पहले-पहल हिन्दुस्तान आया, दिल्ली भी गया था।"

"तो?"

"तुम मुझे तब मिली होतीं तो हमारा विवाह हो गया होता।"

"क्या बेकार बात करते हो।"

"बेकार बिल्कुल नहीं है। सच कहता हूँ, आठ-दस साल पहले तुम मुझे मिलतीं तो दुनिया की कोई ताक़त हमें अलग नहीं कर सकती थी।"

"क्या रद्दी कहानीकारों की तरह बोलते हो?"

"चलो रद्दी सही, पर क्या करूँ, इस वक़्त मेरी भावनाएँ कहानी की तरह हो रही हैं," वह हँस पड़ा।

"तुमने रवीन्द्रनाथ ठाकुर की वह कविता पढ़ी है, फ़ेयरवैल माई फ्रेंड?" मधुर ने शायद बात बदलने के ख़याल से कहा।

"फेयरवैल माई फ्रेंड?" जिम ने कुछ सोच कर कहा, "बंगला में शेशेर कविता नाम है न उसका?"

"हाँ।"

"पढ़ी है, बंगला में।"

"बंगला में? तुम क्या बंगला जानते हो?" मधुर ने आश्चर्य के साथ कहा। अब तक उनकी बातचीत अंग्रेज़ी में हो रही थी।

"खूब अच्छी तरह। दस साल से बंगाल में जो रह रहा हूँ।"

"मुझे सुनाओगे? मैंने अंग्रेज़ी अनुवाद ही पढ़ा है।" कुछ सोच कर वह अपनी बात पर हँस पड़ी, "कितनी मज़ेदार बात है, तुमने अंग्रेज़ होकर बंगला में पढ़ी है, मैंने अंग्रेज़ी में। हिंदी के अलावा अपने देश की कोई भाषा सीखी ही नहीं।"

“चौमत्कार। अंग्रेज़ से शादी करने पर तुम्हारे घरवाले नाराज़ नहीं होते?”

“फिर बेकार की बात।”

“बोलो भी।”

“होते। बहुत नाराज़ होते।”

“तो तुम क्या करतीं? अपने घरवालों से डरती हो?”

“मैं भला क्यों डरूँगी? मैं जिससे प्यार करती, उससे विवाह भी करती। मैं किसी से नहीं डरती-वरती।”

“तब ठीक है। मैं तुम्हें हनीमून के लिए हाँगकाँग ले जाता।”

“हाँगकाँग क्यों?”

“बढ़िया जगह है, गयी हो कभी?”

“नहीं।”

“एक महीना वहाँ रहते, छुट्टी मनाते, फिर...फिर कुछ कामधाम करना पड़ता।”

“तुम्हारा घर कहाँ है?”

“माँ-बाप कैनेडा में रहते हैं आजकल। पहले इंगलैंड में थे। मैं ऑक्सफ़ोर्ड में पढ़ता था। और रहता हूँ कलकत्ते में, पिछले दस साल से। तुम्हें मैं पूरे संसार की सैर कराता। मुझे घुमक्कड़पन की सनक है। तुम्हें पसंद है न?”

“हाँ।”

“कहाँ-कहाँ जाना चाहती हो?”

“जापान...रोम...पेरिस।”

“बहुत ख़ूब, चीन, ग्रीस, ईजिप्ट और इस्तांबूल?”

“और?”

“और इंगलैंड। है छोटा सा आइलैंड, पर बहुत सौंदर्य है वहाँ, बहुरंगा सौंदर्य। इतनी छोटी जगह में इतना सौंदर्य मैंने और कहीं नहीं देखा। भारत में सब कुछ विशाल है। दूरियाँ अधिक हैं तो ऊँचाइयाँ भी। स्त्रियाँ अधिक सुंदर हैं और अधिक भावुक भी,” उसने कुछ हँसी के स्वर में कहा, फिर बोला, “कभी हिन्दुस्तान से बाहर गयी हो?”

“नहीं, पर मेरे पति अगले साल अमेरिका जाने को कह रहे हैं।”

“और यूरोप?”

“वहाँ भी, घूमते-घामते।”

“ठीक है, तुम्हारे साथ मेरी डेट पक्की। पेरिस में दस जनवरी को चार बजे, बोय में।”

मधुर ज़ोर से हँसने वाली थी कि उसके मुँह का भाव देख रुक गयी। वह एकटक उसकी ओर देख रहा था, भूरी आँखें कुछ नम थीं, साथ ही शैतानी से चमक

रही थीं।

"क्ल्योपैट्रा," उसने कहा, "तुम क्ल्योपैट्रा की तरह हो। उम्र और जानकारी से तुम्हारी ताज़गी और विलक्षणता में कोई अंतर नहीं पड़ता।"

फिर कुछ रुक कर बोला, "हमारे बच्चे कितने सुंदर होते। पूरब और पश्चिम का अतुलनीय, अद्भुत मिलन। एक लड़की, एकदम कमाल की होती वह।"

"धत्," उसने कहा।

"धत् क्या? जानती हो, तुम कितनी सुंदर हो? तुम्हारे बाल, तुम्हारे हाथ। मेरे घर के लोग तुम्हें देखते ही मुग्ध हो जाते और जब तुम्हारे घर के लोग देखते, हम एक-दूसरे से कितना प्यार करते हैं तो वे भी नाराज़ नहीं रहते।"

"मैंने तुमसे कहा है क्या कि मैं तुम्हें प्यार करती या तुमसे विवाह कर लेती?"

"कहा नहीं तो क्या हुआ। अब करती हो तो तब क्यों नहीं करतीं?"

"अब करती हूँ? किसने कहा?"

"मैं जानता हूँ और तुम भी जानती हो। हम जीवन में पहली बार प्यार कर रहे हैं, असली प्यार।"

"क्या बकवास है! हम दोनों विवाहित हैं। मैं अपने पति से प्यार करती हूँ और खूब सुखी हूँ।"

"तो मैं अपनी पत्नी से प्यार नहीं करता क्या, या तुम्हारा ख़याल है, नहीं करता?"

"मेरा ऐसा ख़याल क्यों होता? हम दोनों विवाहित हैं, हमारे बच्चे हैं, हम सुखी हैं, फिर बेकार की बातें क्यों करते हो! हम लोग एक पार्टी में मिले और अब इस नाटक में भाग ले रहे हैं। महीना-पंद्रह दिन मिलने से क्या प्यार हो जाता है?"

"हो जाता है या नहीं, मैं नहीं जानता, पर हो गया है। शायद हम पिछले जन्म में मिले हों। मैं अब तक पुनर्जन्म में विश्वास नहीं करता था, अब करने लगा हूँ...अजीब चीज़ है जीवन भी। पहले तुम मुझे मिली होतीं तो मुझसे बच नहीं सकती थीं। सच कहो, पहले कभी तुमने इतना प्यार किया है?"

"क्यों नहीं किया? मेरी अरेंज्ड मैरिज नहीं थी।"

"तो मेरी कौन सी थी? पर पहले हम मिले जो नहीं थे।"

"जब मिले नहीं थे तो ख़याली पुलाव पकाने से फ़ायदा? जो हुआ नहीं, जिसका कुछ अस्तित्व नहीं, जो हो नहीं सकता, उसे लेकर वाद-विवाद से लाभ?"

"लाभ तो नहीं है।"

"तब बंद करो। ऐसी बातें सुनने से लगता है, मैं अपने पति के साथ विश्वासघात कर रही हूँ।"

"अब कौन रद्दी कहानीकार की तरह बोल रहा है? ख़ैर, ठीक है। हमें वापस जाना है अपने-अपने घर, अपने-अपने परिवारों के पास। चलो, कॉफ़ी ख़तम करो,

मेकअप के लिए अंदर चलें।"

जिम मनोयोग से कॉफ़ी पीने लगा। कुछ देर मौन बना रहा। फिर मधुर ने कहा, "तुमने कुछ कहा?"

"नहीं, भीतर चलो।"

"चलो," मधुर ने सुस्ती से कहा और उठने लगी। जिम ने हाथ आगे बढ़ा दिया, उसका हाथ थाम कर उसे उठाने लगा। सहसा उसने कहा, "वाक़ई हमें मिलना-जुलना बंद कर देना चाहिए। अगर मिलते रहे तो एक दिन मैं तुम्हें प्यार कर बैठूँगा। और तुम भी जानोगी प्यार किसे कहते हैं। वह हम दोनों के जीवन का अपूर्व क्षण होगा।"

"नहीं," मधुर ने कहा और हाथ छुड़ा कर जल्दी से उठ खड़ी हुई। उसका रोम-रोम सिहर उठा था। मुँह पर रक्त दौड़ गया था। वह चाहती थी, जिम बोलता जाये, पर उसने और कुछ नहीं कहा।

दोनों अंदर चले गये। नाटक समाप्त होने पर जिम ने कहा, "गुड नाइट।"

"नहीं, सुनो," मधुर ने कहा, "मुझे घर छोड़ दो। मेरे पति बाहर गये हैं, मुझे लेने नहीं आयेंगे।"

दोनों गाड़ी में बैठ गये। गाड़ी आगे बढ़ने लगी। भीतर बिल्कुल चुप्पी थी। नाटक समाप्त हो गया था। जिम चुपचाप गाड़ी चला रहा था। मधुर देख रही थी, अभी गाड़ी सुनसान पथ से जा रही है, फिर बाज़ार आ जायेगा, फिर उसका घर। वह गाड़ी का दरवाज़ा खोल कर उतर जायेगी। गुड नाइट, गुड बाई, समाप्त। उसने जिम की तरफ देखा, वह सड़क की तरफ देख रहा था। सुनसान पथ पर एक गति से गाड़ी, बिना हिचकोले खाये, चली जा रही थी। नाटक समाप्त हो गया है। कल से उनके पास मिलने का कोई कारण नहीं बचेगा। गुड नाइट, गुड बाई, समाप्त। "जिम," उसने पुकार कर कहा, जैसे वह उसके बराबर में न हो कर कहीं दूर हो।

"हाँ।"

"गाड़ी रोक दो।"

गाड़ी रुक गयी।

"आज के बाद तुम मुझे नहीं मिलोगे।"

"नहीं।"

"कभी-कभी क्लब में या कहीं और..."

"नहीं, मैं तुमसे अजनबी की तरह नहीं मिल सकता," जिम ने अब उसकी तरफ देखा।

"जिम...जिम...जाने से पहले...मैं तुम्हें प्यार करती हूँ," उसने छलाँग लगा दी।

"जानता हूँ," जिम ने कोमल स्वर में कहा।

"ओह, जिम, मैं यह नहीं सह सकूँगी। जिम, जाने से पहले एक बार...," मधुर ने उसका हाथ पकड़ कर अपने होंठ उसकी हथेली पर रख दिये।

"नहीं," जिम ने स्नेह से उसके बाल सहलाते हुए कहा, "ऐसे नहीं मधुर! मैं तुम्हारा एक चुंबन नहीं लेना चाहता। चाहता हूँ, मैं जब चाहूँ, जहाँ चाहूँ तुम्हारा चुंबन ले सकूँ। पर हमारे साथ एक भीड़ है। हम अकेले नहीं हो सकते।"

मधुर ने सिर उठाया तो उसकी आँखों में एक आँसू आ गया। वह पोंछने के लिए हाथ उठा रही थी कि जिम ने अपने होंठों से आँसू उठा लिया और धीमे से उसके होंठों पर रख दिया। नमकीन सा स्वाद महसूस हुआ कि होंठ हट गये। उसे लगा, एक बवंडर उठा था जो बहुत कुछ तहस-नहस कर गया। बस एक फूल फुनगी पर आधा लटका रह गया था जो तूफ़ान के चले जाने पर उसके होंठों पर आ गिरा। आश्चर्य, उसे अनिश्चित सा ख़याल आया, यह तो प्रथम चुंबन के समान है। उसने आँखें बंद कर लीं। गाड़ी फिर चल दी।

बत्तियों की जगमगाहट से चौंक कर उसने आँखें खोलीं। वे बाज़ार से गुज़र रहे थे।

"गाड़ी रोक दो," उसने धीमे स्वर में कहा, "बेबी के लिए खाँसी की दवा लेनी है।"

(प्रथम प्रकाशन—*कहानी,* 1974 )

# लौटना और लौटना

“यह बाथरूम का क्या हाल बना रखा है? कोई भला आदमी ठहर सकता है यहाँ?” हरीश ने दहाड़ते हुए कहा।

“क्या है? क्या हो गया?” माँ कमीज़ पर बटन टाँक रही थीं, छोड़ कर भागीं।

“मारे बदबू के दम घुट रहा है।”

“काहे में?”

“पाख़ाने में और किसमें?”

“लो। पाख़ाने से बदबू नहीं तो और क्या आयेगी?”

“और यह फ़्लश भी काम नहीं करता, कीच जमी पड़ी है।”

“सो तो बरस हो गया,” माँ ने आराम से कहा, “ला एक बाल्टी पानी डाल दूँ,” वे पानी भरने लगीं।

भरते-भरते बुदबुदाती गयीं, “यह मरा जमादार भी ऐसा कामचोर है कि क्या कहूँ। कुछ करने का न धरने का और दिमाग़ सातवें आसमान पर चढ़ा रहेगा।”

“पता नहीं आप लोग इतनी गंदगी में रहते कैसे हैं। तभी न इस देश का यह हाल है,” हरीश अलग बुड़बुड़ा रहा था।

माँ को ख़ाली बाल्टी हाथ में थामे बाथरूम से आते देखा तो बोला, “बस हो गया?”

माँ अब खीज चली थी। बोली, “तो और क्या पाख़ाने में सोफा-सेट डलवाऊँ, अगरबत्ती जलाऊँ?”

अभी परसों लड़का पाँच साल बाद अमेरिका से लौटा है। हवाई अड्डे पर टेरीवूल सूट में सजी उसकी स्वस्थ देह और चमकते मुख को देख कर जो मोह उत्पन्न हुआ था, सारा दिन बना रहा। परसों का पूरा दिन उसका चेहरा निहार कर गुज़ार दिया। एक ही संतान है, वह भी पाँच साल से अलग। पर दो दिन गुज़र जाने पर

उसकी नयी-नयी माँगों ने, और हर माँग के साथ नुक़्ताचीनी ने उन्हें खिजाना शुरू कर दिया बाबूजी की तरह वह अधिक देर तक इस बात से प्रभावित नहीं रह पायी कि लड़का अमेरिका से लौटा है। लौटा है तो ठीक है, पर उसका यह मतलब नहीं कि हर बात पर छींटे कसता जाये।

तब तक कोलाहल सुन बाबूजी आ पहुँचे।

“ठीक तो कह रहा है,” उन्होंने टोका, “मालूम है, अमेरिका में पाख़ाने भी शीशे की तरह चमकते हैं।”

“तुम हो आये हो?” माँ ने प्रभावित हुए बग़ैर पूछा।

“हो नहीं आया तो क्या जानता नहीं?”

“तो करा दो फ़्लश ठीक। बरस भर से ख़राब पड़ा है।”

“हाँ, हाँ, अभी मिस्तरी बुलवाये देता हूँ। मुझसे पहले क्यों नहीं कहा?” बाबूजी ने मासूमियत दिखलाते हुए कहा।

“समझ में नहीं आता आप लोग इस गिलाज़त में रहते कैसे हैं?” कह हरीश झपट कर बाहर निकल गया।

“कोई बात हुई,” माँ ने उसके जाने के बाद कहा, “हम कोई गिरे पड़े हैं?”

“अरे भाई, तुम समझती क्यों नहीं? लड़का अमेरिका से आया है, तहज़ीब लियाक़त सीख कर, रोशन ख़याल लेकर, हमारे गंवारू पिछड़े तरीक़े उसे कैसे रास आयेंगे? पता है, हमसे अच्छी ज़िंदगी तो अमेरिका के कुत्ते बसर करते हैं।”

“करते होंगे,” माँ ने कहा। फिर स्वर धीमा कर मुँह उनके कान के पास ला कर बोलीं, “मुझे तो लगे है, वहाँ कोई मेम-वेम देख रखी है इसने। तभी हमें ऐसी हिक़ारत से देखे है।”

कुछ देर बाबूजी की समझ में नहीं आया कि पाख़ाने से मेम का क्या संबंध हो सकता है, पर बात ऐसी थी कि समझ में न आने पर भी घबरा उठे, पूछा, “कुछ कह रहा था क्या?”

“न, सीधे तो कुछ नहीं कहा।”

“शादी की बाबत बात की थी?”

“न, मैंने नहीं की। परसों आया है तब से हरदम काटने को दौड़ रहा है। करनी है तो तुम्हीं करो।”

“ठीक है, मैं ही करूँगा, पर तुम भी कुछ ख़याल रखो। अब देखो, खाने में मिर्च बिल्कुल मत डालना, सूप का टिन खोल लेना, ले आया हूँ। और सलाद काटा?”

“तुम्हीं काट लो।”

"अच्छा, अच्छा, मैं ही काट लेता हूँ। पर सुनो, सुबह उसे बिस्तर पर बेड टी ज़रूर पहुँचा देना। आज तुमने क्या किचकिच लगा रखी थी?"

"किचकिच क्या लगा रखी थी? न मुँह धोया, न दाँत माँजे, चाय पीने बैठ गया।"

"तो तुम्हें क्या," बाबूजी झल्लाये, "तुम भी एक गावदी औरत हो। पता है, सारे अंग्रेज़ ऐसे चाय पीते हैं?" वे एक बार गरजे, फिर स्वर को थोड़ा कोमल बना कर बोले, "यहाँ टिकेगा तो अपना घर बन जायेगा। काफ़ी रुपया लाया होगा वहाँ से। वरना अब की गया तो किसी अमेरिकन के साथ वहीं बस जायेगा।"

"हाँ," माँ ने कहा, "फूलबाग़ वाली ज़मीन कब से पड़ी है। मकान बन जाये तो सिर पर छत रहे। अगले साल तुम रिटायर हो जाओगे।"

"तभी न सोचता हूँ, कहीं अच्छी जगह शादी-ब्याह तय हो जाये तो दहेज़ के रुपयों से मकान खड़ा हो जाये, कमाई को हाथ भी न लगे। मालूम है, अमेरिका से लौटे लड़कों के दाम कितने ऊँचे लगते हैं? सिन्हा साहब कह रहे थे पचास-साठ हज़ार तो मामूली बात है। और तुम हो...," उनका स्वर फिर तेज़ हो गया, ''हर वक़्त चख-चख लगाये रखती हो।''

"मेरा क्या, अब से मुँह को ताला लगा लूँगी," माँ बुड़बुड़ाती हुई रसोईघर में जा घुसीं।

अगले दिन सुबह बेड टी हाथ में लिये बाबूजी स्वयं हरीश के कमरे में जा पहुँचे। उसे प्याला पकड़ा कर पास की कुर्सी पर बैठ गये। हरीश पलंग पर अधलेटा हो चाय की चुस्कियाँ भरने लगा।

"ठीक बनी कि नहीं?" उन्होंने उत्सुक विनम्रता से पूछा।

"ठीक ही है," हरीश ने कहा, "पत्ती कुछ तेज़ है।"

"अब बेटा, तुम्हारी माँ ठहरी पुराने ढंग की। असल में अब तो बीवी ही पसंद की पिला सकेगी," कह कर बाबूजी हाँफने लगे। बस, अब रहस्योद्घाटन होने वाला है।

हरीश ने चाय की एक और चुस्की ली। फिर प्याला तिपाई पर रख कर तकिये के नीचे हाथ डाल, सिगरेट का पैकेट निकाल लिया। जब खोला तो बाबूजी की उपस्थिति का ख़याल आया। अनमने भाव से पैकेट धीमे-धीमे वापस तकिये के नीचे ले जाने लगा, पर बाबूजी ने बाधा दे दी।

"अरे पियो पियो," वे बोले, "आजकल सभी पीते हैं। जैसी आदत हो वैसे रहो, वरना सेहत ख़राब हो जायेगी।"

हरीश ने सिगरेट सुलगा ली।

"अच्छा, डांसिंग-वांसिंग भी सीखी होगी," उन्होंने चुहल भरी मुस्कराहट के साथ पूछा, जिससे उनके झुर्रियोंदार चेहरे पर काफ़ी भद्दा भाव उभर आया।

"हाँ, उसके बिना वहाँ चलता नहीं।"

"बिल्कुल, बिल्कुल," उन्होंने ऐसे कहा जैसे बरसों वहाँ नाचते रहे हों।

फिर गला ख़ंखार कर बोले, "वैसे और कोई ख़ास बात, मेरा मतलब, कोई दोस्त-वोस्त...कहीं कुछ...।"

हरीश ने बात काट दी, "छोड़िए बाबूजी, जो वहाँ की ज़िंदगी के साथ था, वहाँ निबटा आया हूँ। यहाँ मैं शादी करने के इरादे से आया हूँ।"

सुन कर बाबूजी सुन्न रह गये। मुँह खोल कर कुछ देर उसकी ओर ताकते रहे।

वाह, जो बात वे इतना घुमा-फिरा कर कहने वाले थे लड़के ने साफ़-साफ़ खुद कह दी।

चमकती आँखों से उन्होंने कहा, "बस बेटा, हमारी भी यही तमन्ना है।"

"शादी के लिए मुझे अमेरिकन लड़कियाँ बिल्कुल पसंद नहीं। उनके साथ आदमी रिलैक्स नहीं कर सकता। हरदम तनाव बना रहता है। हज़ार मांगें होती हैं उनकी, हर तरह आदमी के साथ बराबरी करना चाहती हैं।"

"क्यों नहीं, क्यों नहीं," बाबूजी ने गद्गद स्वर में कहा, "हिन्दू नारी के समान कौन नारी हो सकती है।"

तभी दूध का गिलास हाथ में थामें माँ आयीं। बाबू जी से बोलीं, "लो दूध! यहाँ बैठे गप्पें मार रहे हो, यह नहीं होता तनिक अंगीठी सुलगा दो।"

बात पूरी नहीं हुई थी कि हरीश को सिगरेट पीता देख बिफर उठीं, "यह सिगरेट पीना कब से सीख लिया?"

"तुम्हें मतलब?" बाबूजी ने टोका तो वे और चिढ़ गयीं।

"बाप के मुँह पर धुँआ उड़ाने का कायदा उन लोगों का होगा, हमारा नहीं है," कह वे बाबूजी पर फट पड़ीं, "बैठे-बैठे ताक रहे हो, कुछ कहा नहीं जाता।" हरीश के माथे पर शिकन उभर आयी। कड़ुआ मुँह बना कर सिगरेट बुझाने लगा तो बाबू जी ने रोक दिया, "पियो बेटा, पियो। तुम्हारी माँ ठहरी अनपढ़, उसके कहे का क्या बुरा मानना।" फिर गुर्रा कर माँ से बोले, "तुमसे चुप नहीं रहा जाता तो अंदर बैठो। यहाँ हरीश की शादी की बात हो रही थी और तुमने आकर अपनी झकझक शुरू कर दी।"

माँ ने गलती महसूस की। चुपचाप हरीश के पलंग के पायताने बैठ गयीं। हरीश ने दुबारा सिगरेट नहीं जलायी।

"तो कोई लड़की है नज़र में?" बाबूजी ने डरते-डरते पूछा।

"नहीं, दो-चार देख कर तय कर लूँगा। आपकी नज़र में तो कुछेक होंगी?"

"हाँ बेटा," बाबूजी निहाल हो गये, "हमने कब से आस लगा रखी है। कल ही चलो देखने।"

"बेकार की लड़कियाँ देखने से क्या फायदा? दो बातें ज़रूरी हैं। एक तो लड़की डॉक्टर होनी चाहिए, वहाँ बहुत पूछ है उनकी, काफ़ी पैसा कमा लेती हैं और दूसरे..."

"तो...तो," बाबूजी बीच में हकला दिये, "तो क्या वापस जाने का इरादा है?"

"और नहीं यहाँ खाक छानने का इरादा है? बहुत मिली तो यहाँ आठ सौ की नौकरी मिल जायेगी। मैं चार महीने की छुट्टी लेकर शादी करने आया हूँ। इसी बीच लड़की मिलनी चाहिए।''

चार महीने? बाबूजी को निराशा होने लगी। लगा, मकान का स्वप्न देखना बेकार है।

"अरे वहीं क्या सोना बरसे है? पाँच बरस में आये हो, अब यहीं बसो, हमारे बुढ़ापे का सहारा बनो," माँ को कहते सुना तो बाबू जी संभल कर बोले, "तुम चुप रहो जी।"

वे जानते है। अमेरिकी तहज़ीब के लड़कों को बुढ़ापे का रोना अच्छा नहीं लगता।

"वह तो बेटा," उन्होंने कहा, "तुम्हारी ख़ुशी पहले है। जहाँ रहना चाहो, रहो। हमारा दिल तो ख़ैर चाहेगा ही कि तुम हमारी आँखों के सामने रहो। अपना देश है बेटा, कभी न कभी तो लौटोगे न?"

"हाँ, मेरा वहाँ हमेशा रहने का इरादा नहीं है। वहाँ के लोग साले सब पैसे के टट्टू हैं। हिन्दुस्तानियों की बेइज़्ज़ती ही बेइज़्ज़ती है। मैं बस पाँच साल और रहूँगा, इतना पैसा जमा हो जाये कि अपना बिज़नेस जमा सकूँ।"

"यह तो बहुत अच्छा है," बाबूजी ने जोश के साथ अनुमोदन किया। मकान का निराकार रूप फिर आँखों के सामने साकार होने लगा।

"मैं सोच रहा था," हरीश ने कहा, "दो–एक महीने में शादी हो जाये तो दक्षिण भारत का एक चक्कर लगा आऊँ, हनीमून भी हो जायेगा। वहाँ भारतीय संस्कृति की काफ़ी चर्चा रहती है, अपने मंदिरों-वंदिरों के बारे में कुछ पता हो तो अच्छा रहता है।''

"हाँ हाँ, क्यों नहीं," बाबूजी ने कहा, "भारतीय संस्कृति के समान महान् संस्कृति और कहाँ मिलेगी?"

"महान्-वहान् तो ख़ैर क्या है, अमेरिकनों को बहलाने के लिए ठीक है। टेलीविज़न तक पर प्रोग्राम मिल जाते हैं।"

"अब तो यहाँ भी टेलीविज़न आ गया।"

"यह टेलीविजन है! हुँ! अभी हमें उन तक पहुँचने में कई युग लगेंगे, युग।"

"सो तो है।"

कुछ देर चुप्पी रही, फिर हरीश ने कहा, "तो है कोई डॉक्टर लड़की आपकी नज़र में?"

"हो जायेगी," बाबूजी ने कुछ चिंतित स्वर में कहा, "तुम बुरा न मानो तो अख़बार में इश्तिहार दे दें?"

"दे दीजिए। हाँ, दूसरी बात, लड़की गोरी-काली जो हो, सेक्सी होनी चाहिए।"

"क्या होनी चाहिए?" माँ ने अचरज से पूछा। उनकी समझ में नहीं आया कि गोरी-काली के अलावा यह तीसरी चीज़ क्या होती है?

बाबूजी ने खुला मुँह मुश्किल से बंद किया और बोले, "तुम्हारी समझ में नहीं आयेगा। जाओ, एक प्याला चाय और बना लाओ। लोगे न?"

"हाँ," हरीश ने कहा।

"जाओ जाओ, कुछ ख़ुद भी सोच लिया करो।"

माँ उठ कर चली गयीं।

पता नहीं बेटे के मुँह से इस शब्द को सुन कर बाबूजी इतने विचलित क्यों हो उठे, पर संभल भी जल्दी गये। चेहरे पर वही वीभत्स चुहल का भाव लाकर बोले, "वह तो बेटा, तुम देख लेना। हम बूढ़े क्या जानें?"

"घर-बार तो आप देख ही लेंगे। शादी बिल्कुल सादे ढंग से होनी चाहिए।"

"सादे ढंग से!"

"सामान देने की ज़रूरत नहीं है, वहाँ उठा कर थोड़ा ले जायेंगे। जो देना हो, नक़द दे दें।"

नक़द! बाबूजी की देह आह्लाद से काँप गयी। लड़का हो तो ऐसा। पाँच वर्ष अमेरिका में रह लिया, पर अपनी संस्कृति नहीं भूला। उनका मन हुआ, खींच कर उसे छाती से लगा लें, पर लगाया नहीं। वे जानते हैं, उसे भावुकता पसंद नहीं।

"अब उठना नहीं है क्या?" माँ दूसरा प्याला चाय लिये आ पहुँचीं।

"तुम जाओ, नहाने का पानी गरम करो, मैं आता हूँ।"

"दफ़्तर जाने से पहले सब्ज़ी-भाजी पहुँचा कर जाना," उन्होंने जाते-जाते रुक कर कहा।

"हाँ हाँ, अब जाओ भी।"

माँ गयीं नहीं कि हरीश बोल उठा, "और वह फूलबाग़ में अपनी कोई ज़मीन है न?"

"हाँ बेटा," बाबूजी की साँस रुक सी गयी।

"सोचता हूँ, मकान बनवा डालूँ। प्रापर्टी हो जायेगी तो आराम रहेगा।"

"बेटा, तुम तो, बस क्या कहूँ, सब हमारे दिल की बात कहे दे रहे हो," बाबूजी आनंद-विभोर हो उठे।

यथासमय हरीश का मनचाहा विवाह हो गया, दक्षिण-यात्रा संपन्न हुई और मकान बन कर तैयार हो गया। पर बाबूजी का अपने मकान में रहने का स्वप्न पूरा न हो सका। जाते समय हरीश मकान किराये पर चढ़ा गया और किराये के रुपये अपने नाम से बैंक में जमा कराने का बंदोबस्त कर गया।

(प्रथम प्रकाशन—*साप्ताहिक हिन्दुस्तान* 1974)

# उर्फ़ सैम

अच्छा लगता है सोचकर, अपने देश जा रहे हैं। हिन्दुस्तान के लिए टिकट कटवाकर उसने महसूस किया। हमेशा के लिए नहीं। जो यहाँ का आबोदाना छोड़कर हमेशा के लिए वापस अपनी मिट्टी पर बसने गये, उनके अनुभव काफ़ी कड़वे रहे। एक भी आदमी ऐसा नहीं मिला जो अपनी क़िस्मत को कोस न रहा हो और उसकी ख़ुशक़िस्मती से रश्क न करता हो।

हाँ, छुट्टी बिताने के लिए छह हफ़्ते वहाँ जाकर रहता है तो किसी तरह का कष्ट नहीं होता। अपने माँ-बाप, भाई-बहन हों या पत्नी के, सब उसे सिर-आँखों पर बिठलाते हैं, जैसे सूरमा दुश्मनों से मोर्चे में विजय प्राप्त करके लौटा हो। दोस्त भी पीछे नहीं रहते। स्कूल-कॉलेज के दिनों में साल दर साल जिन दोस्तों से इम्तिहानों में बाज़ी हारकर, शर्म से सिर झुकाना पड़ता था, अब उन्हीं की आँखों में रश्क की कौंध देखता है तो दिल बाग़-बाग़ हो जाता है। उसे दावत देने की होड़-सी लग जाती है। वह भी अपने साथ अमेरिका की सौग़ात ज़रूर ले जाता है। बल्कि बीच के तीन-चार साल वह इसी इरादे से हर क़िस्म का सस्ता अमेरिकी माल इकट्ठा करता रहता है। बिजली के छोटे-मोटे उपकरण, शृंगार का सामान, नायलॉन-टेरेलीन की क़मीज़ें, साड़ियाँ आदि। जिन चीज़ों को ख़ुद इस्तेमाल करने से कतराता है, उन्हीं पर अपने नाते-रिश्तेदारों को लार टपकाते देखता है तो कभी-कभी मन होता है, चिल्लाकर कहे—कमबख़्तो, कमअक़्लो, इससे कहीं बेहतर सामान हिन्दुस्तान में मिलता है, लौटकर जाते वक़्त मैं अपने और अपने अमेरिकी दोस्तों के लिए ख़रीदकर ले भी जाऊँगा। पर ज़ब्त कर जाता है।

उसका उसूल है कि अपने नये देश के ख़िलाफ़ कभी कुछ नहीं कहता। कहीं किसी सिरफिरे की आँखों का रश्क तरस में बदल गया तो? फिर उस देश की बदौलत ही उसे यह रुतबा हासिल हुआ है कि अपने देश में, बड़े से बड़े आदमी से नज़रें

मिलाकर बात कर सकता है। उसका भी कुछ फ़र्ज़ बनता है।

उस हिसाब से उसे पैन-एम से सफ़र करना चाहिए, पर उसने बुकिंग एअर इंडिया से करवाई है। दरअसल उसे एअर इंडिया से कोई रूहानी लगाव नहीं है, जैसा जापानियों को जाल से या अंग्रेज़ों को ब्रिटिश एअरवेज़ से होता है। एक तरह की मजबूरी है...

वह जानता है कि उसके अमेरिकी परिचितों को जैसे ही यह पता चलेगा कि भारतीय होते हुए भी, वह भारतीय विमान सेवा से यात्रा नहीं करना चाहता, वह उनकी नज़रों में बौना हो जायेगा। उनकी नज़रें! सर्र से ख़ून उसके सिर चढ़ गया। कान-गाल गर्म सुर्ख़ हो गये। कभी-कभी दिल चाहता है, सारे के सारे अमेरिकी अंधे हो जाएँ। फिर कोई बौना बनाती नज़रों से उसे न देख सके।

पर...वजूद सिर्फ़ नज़रों का नहीं। और बहुत कुछ है, सिर की जुंबिश, हाथ की हरकत, बदन का अनायास अकड़ जाना...तब तो उसे भी अंधा होना पड़ेगा। और उन्हें शायद बहरा भी। बेपनाह कोशिश के बावजूद अंग्रेज़ी बोलने का उसका लहज़ा अमेरिकियों जैसा नहीं हो पाया है। अंधा भी सुने तो समझ जाये, ज़रूर हिन्दुस्तानी है, हद से हद पाकिस्तानी। जर्मन, फ्रेंच, रूसी नहीं। उफ़! ये लोग! उसका नाम है सावन प्रताप सिंह और ये लोग उसे पुकारते हैं सैम। बौना और विकृत! कितना शक्तिशाली हथियार है किसी का अस्तित्व मिटा डालने के लिए। किसी यूरोपीय का नाम बिगाड़कर देखें। फ्रांसीसी या जर्मन आदमी अंग्रेज़ी बोलता है तो उनकी आँखों में प्रशंसा ही नहीं, कृतज्ञता कौंध जाती है। इसलिए कि ग़लत अंग्रेज़ी बोलते हुए भी, उसके लहजे में फ़ख़्र रहता है, शर्मिंदगी नहीं; जो सही अंग्रेज़ी बोलते हुए भी, सावन को भारतीय होने की मजबूरी बनकर, ले डूबती है।

धीरे-धीरे बहुत-सी बातें उसकी समझ में आने लगी हैं। पंद्रह बरस हो चले इस देश में रहते। अमेरिका जाकर पढ़ाई पूरी करने की धुन में माँ-बाप से झगड़ा करके, कुँवारा ही चला आया था। पहली बार हिन्दुस्तान लौटा था शादी करने के लिए और सिर्फ़ उसी बार पैन-एम से बुकिंग करवायी थी। एक बार उससे सफ़र करके इतना समझदार हो गया था कि बीवी को साथ लेकर लौटने पर, जब अमेरिकियों ने व्यंग्य करते हुए उससे पूछा कि हर हिन्दुस्तानी, शादी करने वापस देश क्यों भागता है, उसने निहायत शायराना अंदाज़ में जवाब दिया, "मेरी जड़ें वहाँ हैं। उनकी जड़ें वहाँ हैं। जड़ों से जड़ें न मिलें तो मिलन कैसा?"

उन्हें जवाब पसंद आया था। जड़ों की बहुत क़द्र करते हैं वे लोग। जब से वहाँ वह बेस्टसेलर उपन्यास निकला है, रूट्स, एक काले का लिखा, तब से हर नीग्रो अपने

को काला कहलाना पसंद करने लगा है और हर गोरा अमेरिकी, अपनी जड़ें तलाशने लगा है। सुना, यहाँ से निर्यात होकर यह फ़ितूर हिन्दुस्तान भी जा पहुँचा है। उस दिन वह हँसते-हँसते बावला हो गया था, जब हिन्दुस्तान के किसी मंत्री को अपने भाषण में कहते सुना, तुलसीदास हमारी जड़ थे। कमाल करते हैं हिन्दुस्तानी। हिन्दी बोलेंगे तो अपनी भाषा की तरह नहीं, अंग्रेज़ी से अनुवाद करके। गधे! स्कूल-कॉलेज में सावन प्रताप सिंह हमेशा हिन्दी में अव्वल रहा। कितने व्याख्यानों में पुरस्कार प्राप्त किये। अब भी मौक़ा मिल जाये तो...पर मिलता कहाँ है? हिन्दुस्तान में शुद्ध हिन्दी बोलो तो गँवार कहलाओ या पोंगा पंडित और अमेरिका में बोलो तो समझे कौन? बस, कभी-कभार भारत लौटने पर, किसी सांस्कृतिक कार्यक्रम में जा पहुँचता है तो कुछ देर अमेरिकी अंग्रेज़ी बोलकर, अपने विदेश रह आने की धाक जमा चुकने के बाद, विशुद्ध हिन्दी बोल लेता है। उस तरह वाहवाही ख़ूब मिलती है। वाह, पंद्रह बरस विदेश रहते हो गये, फिर भी अपनी भाषा पर ऐसा अधिकार! धन्य हैं आप, धन्य-धन्य! हाँ, एक बात है। मिलती यह वाहवाही ख़ालिस अंग्रेज़ी में ही है।

हँसते-हँसते उसे रोना आ गया था। लाल सुर्ख़ ग़ुस्से से उफनता रोना। कमबख़्तो, क्यों हँसी उड़वाते हो अपनी और हमारी? क्यों बौना बनवाते हो हमें इस देश में? तुलसीदास तुम्हारी रगों में बसे हैं तो कहो, बसे हैं, जड़-जड़ क्या रटते हो? वैसे ग़नीमत जानो, मंत्री महोदय यह नहीं कह गये कि तुलसीदास जड़ थे। रोते-रोते वह फिर हँस दिया था।

इस जड़ धातु का सहारा उसे भी लेना पड़ा था, वह एकदम अलग बात थी। सच यह है कि हिन्दुस्तानी औरत से शादी करने की वजह उसे, अलग-अलग लोगों को अलग-अलग बतलानी पड़ी थी। माँ से कहा, "मैं तो हिन्दुस्तानी खाने को तरस गया। उनका खाना भी कोई खाना है। न मिर्च-मसाला, न घी-तड़का। न, बुराई नहीं कर रहा। सेहत के लिए मुफ़ीद है, पर हम ठहरे हिन्दुस्तानी, ज़ुबान के ग़ुलाम। मुझे बीवी ऐसी चाहिए जो लज़ीज़ से लजीज़ खाना बनाकर खिला सके, फ़क़त हिन्दुस्तानी।"

माँ निहाल हो गई थीं। अख़बार में इश्तिहार दिया तो उसमें भी लिख मारा। तभी तो बीवी से उसे कहना पड़ा कि देश जाकर शादी, इसलिए की, क्योंकि अमेरिकी औरतों की बनिस्बत, उसे हिन्दुस्तानी औरतें ज़्यादा ख़ूबसूरत लगती हैं। ख़ासकर वे, जो हिन्दुस्तानी तरीक़े से बनाव-शृंगार करती हों, चौड़ी लाल बिंदी, भरा-भरा जूड़ा, लकदक साड़ी, झनझन करती चूड़ियाँ, ज़ेवर वग़ैरह। बाद में पछताना पड़ा था, जब

देखा कि बीवी रसोईघर में बहुत कम समय बिताती है। तरह-तरह के टिन खोलकर मिनटों में बदज़ायका खाना तैयार करके, बाक़ी वक़्त सजने-संवरने में ही लगा देती है। हारकर उसे बतलाना पड़ा था कि हिन्दुस्तानी खाना नसीब करने की यही तरकीब उसे सूझी थी कि हिन्दुस्तानी लड़की को बीवी बनाकर लाए। पर तब तक वह हिन्दुस्तानी लड़की एक बच्चे की माँ बन चुकी थी और शुद्ध भारतीय शैली में, पति की बातें ग़ौर से सुनने की फ़ुर्सत उसे नहीं थी। फिर भी शिकायत का मौक़ा उसने नहीं दिया था। हफ़्ते में एक दिन हिन्दुस्तानी खाना बनाना शुरू कर दिया था। पर साथ ही पेजबॉय स्टाइल में बाल कटवा लिये थे, जींस-पैंट का पहनावा अख़्तियार कर लिया था। उसके सावन प्रताप सिंह से सैम बनने के साथ-साथ, वह भी आशा रानी से ऐश बन गयी थी। असल अफ़सोस इस बात का है कि इस नये पहनावे में वह ज़रा आकर्षक नहीं लगती, ख़ासकर दूसरे बच्चे आर्ची के जन्म के बाद से (वैसे नाम उसका अर्जुन है)। इत्मीनान सिर्फ़ इस बात का है कि पार्टियों में वह अब भी भारी साड़ी और ज़ेवर से लदकर जाती है। उसके परिचित अमेरिकी ज़्यादातर उसे वहीं देखते हैं और साड़ी की ज़री और हार के कुंदन के काम पर हाय-हूय कर देते हैं। उसे लगता है, उसकी बीवी एक ढाल की तरह है, जिसकी आड़ में वह उनकी बौना बनाती नज़रों को झेल सकता है।

पता नहीं क्यों, यह ताक़त पुरुषों से ज़्यादा स्त्रियों की नज़रों में है। ऐसा नहीं है कि सभी ने उसे नफ़रत से देखा हो। कितनी स्त्रियों के साथ वह डेट्स पर जा चुका है। दिल नहीं तो जेब खोलकर, उनके खाने-पीने और मनोरंजन पर ख़र्च किया है, घर के दरवाज़े पर खड़े होकर, हिन्दी फ़िल्मों में वर्जित चुंबन लिए हैं और दो-चार बार, घर के अंदर प्रवेश भी पा चुका है। तब उसका बौनेपन का एहसास घटा नहीं, बढ़ा है। भारतीय साहित्य में हमेशा उसे समर्पण के नाम से पुकारा जाता रहा है। जानते हैं ये लेखक, कितना अनैतिक है कच्ची उम्र के पाठकों को इस तरह धोखे में रखना! समर्पण नहीं, चुनौती होती है वह। पौरुष का स्वधर्म पूरा करने के बाद भी नपुंसकता का एहसास पैदा करा सकने वाली चुनौती। उस बौनेपन को और छोटा कर देने वाली चुनौती, जो वैसे भी इस देश के सामाजिक कार्यकलापों के बीच महसूस होती है, हर भारतीय को।

सब मौजूँ जवाबों से अलग, अगर सच पूछा जाये तो हिन्दुस्तानी औरत से शादी करने की असल वजह यही थी, बौनेपन के एहसास को मिटा सकने की लालसा। भला हो भारतीय संस्कृति और मान्यताओं का, आशा रानी आशा से लाख ऐश बन जाये, पति को अपने से श्रेष्ठ योनि का प्राणी मानने से इन्कार नहीं करती। यह

ठीक है कि रोज़मर्रा के जीवन में वह सावन उर्फ़ सैम की मान्यताओं, अपेक्षाओं और सुझावों को नज़रअंदाज़ कर देती है, उसकी पसंद-नापसंद को सनक का दर्जा देती है, अर्जुन और कविता को (लोग उसे केटी पुकारते हैं और ऐश को यह पसंद है), उसकी मर्ज़ी के ख़िलाफ़, अमेरिकियों से भी ज़्यादा अमेरिकी शैली से पालती है। पर यह भी सही है कि जहाँ तक स्थायी जीवन दर्शन का ताल्लुक़ है, उसे पुरुष-पति के रूप में अपने से नहीं, संपूर्ण स्त्री जाति से बड़ा मानती है। यानी वह उसे बेवक़ूफ़ भले माने, बौना नहीं मानती। शायद इसे ही अपनी जड़ें पाना कहते हैं। आशा मेरी जड़ है, मंत्री महोदय के अंदाज़ में उसने दोहराया और ठठाकर हँस पड़ा। मेरी आशा वाक़ई जड़ है।

अमेरिका में ऐसे रच-बस गई है कि छह हफ़्ते हिन्दुस्तान रहकर तंग आ जाती है। कहती है, कौन सुने रिश्तेदारों की चिखचिख! यहाँ अपन बिल्कुल स्वतंत्र हैं। हाँ, एक-दूसरे को बोर करने के लिए, किसी तीसरे आदमी के दख़ल से बरी, एकदम स्वतंत्र। कभी-कभी सावन प्रताप तीसरे आदमी के दख़ल के लिए तरस जाता है। कहीं इसीलिए तो यहाँ के लोग पति-पत्नी के बीच एक वह हमेशा तैयार नहीं रखते? पर आशा रानी वाक़ई जड़ हैं। बोर वे नहीं होतीं। अपने चार बेडरूम के स्वतंत्र दोमंज़िले मकान के हर कमरे में लगे रंगीन टी॰वी॰ की चकमक दुनिया को लेकर प्रसन्न, व्यस्त रहती हैं। सिर्फ़ अपना मकान नहीं है और सब कुछ है उनके पास। स्टडी में कंप्यूटर, किचेन में हर संभव विद्युत उपकरण और तीन हज़ार डॉलर महीने की कमाई। यानी तीस हज़ार रुपया। हिन्दुस्तान में ऊँची से ऊँची नौकरी में भी यह बरकत नहीं। बिज़नेस अलबत्ता कर सकता है। हिन्दुस्तान में डॉलर राजसी सिक्का है। कुछ इस तरह जैसे जिसकी जेब में हो, उसी का चेहरा उस पर छपा हो। पर जो लोग बिज़नेस करने वहाँ लौटकर गये, हमेशा यही रोना रोते पाये गये कि लाइसेंस लेने से माल बेचने तक, इतनी काग़ज़ी कार्यवाइयाँ हैं कि दिमाग़ ख़राब हो जाता है। ऐश कहती है, बिज़नेस ही करना है तो अमेरिका में करो। रियल एस्टेट। ग़लत नहीं कहती आशा। वह जानता है, हमेशा के लिए भारत लौट जाने में कोई तुक नहीं है। पर...

एक दुःस्वप्न है जो कभी उसका पीछा नहीं छोड़ता। रात का घुप अंधेरा हो या दिन का झकाझक उजाला। वह देख सकता है साफ़-साफ़, वह बूढ़ा हो चुका है और बिल्कुल अकेला है। निस्संग, निरुपाय। आशा के बारे में वह तय नहीं कर पाता। हो

सकता है, वह उससे पहले गुज़र चुकी हो या ओल्ड पीपल्स होम में उसके साथ हो। पर उससे कोई फ़र्क़ नहीं पड़ता। हर हाल में वह अपने को नितांत अकेला महसूस करता है। आर्ची और केटी भूल चुके हैं कि उनका नाम अर्जुन और कविता हुआ करता था। किन्हीं सूज़न, जॉर्ज से उनकी शादियाँ हो चुकी हैं, बॉब, जॉन आदि उनके बच्चे हैं। अपने अमेरिकी नाना-दादा के नामों पर और वे अपने अधगोरे हिन्दुस्तानी रिश्तेदारों को याद करना पसंद नहीं करते। आर्ची-केटी कहते हैं, हर महीने उनसे फ़ोन पर बात होती है, क्रिसमस-ईस्टर पर उनके भेजे उपहार और केक-टर्की मिल जाते हैं, उसी की उम्र के पचासों मर्द-औरतें उसके साथ हैं, वह अकेला किस तर्क से है?

बेवक़ूफ़! जाहिल! इतना नहीं समझते कि दूसरे बूढ़ों का साथ बूढ़े आदमी के लिए कितना त्रासदायक होता है। सुकून? मौत का सन्नाटा। हर हफ़्ते-दस दिन पर एक मौत। पता है ओल्ड होम का सबसे बड़ा त्योहार क्या है? शवयात्रा! छककर खाते-पीते हैं, उस दिन लोग, इस अहसास को दूर भगाने के लिए कि अगली यात्रा उनकी हो सकती है।

अमेरिका में आजकल इस मुद्दे पर वैज्ञानिक शोध हो रहा है। लंबी-चौड़ी केस स्टडीज़ के आधार पर निष्कर्ष निकाला जा रहा है कि वास्तव में, बूढ़ों के लिए बूढ़ों का नहीं, बच्चों-जवानों का साथ अधिक लाभप्रद है। कितना विकसित देश है। अपनी निजी अक़्ल से काम तो लोग पिछड़े देशों में लेते हैं। हैं न अपने आदिवासी इस काम में अव्वल! यहाँ तो जब तक शोधकार्य पूरा नहीं हो जाता, लोग अपने पर क़ाबू रखते हैं, न जज़्बात का इस्तेमाल करते हैं, न दिमाग़ का। हाँ, जैसे ही मनोवैज्ञानिक तर्क अनुमति देता है, फटाफट क़तार में आ लगते हैं। हाल ही में वैज्ञानिकों ने सिद्ध कर दिया है कि नवजात बच्चों के लिए डिब्बे के दूध से माँ का दूध ज़्यादा मुफ़ीद है, तो लाखों माँएँ डिब्बों की मोहताजी से मुक्त हो गईं।

काश, यह कुछ पहले हुआ होता! अर्जुन-कविता भी माँ का दूध पी लेते। ऐश बेचारी को दूध सुखाने के लिए क्या कम तकलीफ़ झेलनी पड़ी। इससे भी क्रांतिकारी तथ्य; उन्होंने साबित किया है, वह है ममता भरे स्पर्श की महत्ता। क्या कहें साहब, उन्होंने तो यह तक साबित कर दिया कि माँ के स्पर्श से बच्चे को राहत मिलती है और वह बीमारी के इलाज तक में सहायक हो सकती है। हमारे यहाँ की हिन्दुस्तानी माँएँ तो यों ही, बिना कुछ जाने-समझे, बच्चों को गोद में टाँगे-टाँगे फिरा करती हैं। यहाँ आकर कविता को तो फिर भी आशा रानी कभी-कभी सीने से लगा लेती थीं, पर आर्ची कुछ ऐसे ग़लत वक़्त पैदा हुआ कि अमेरिकी शोध पूरा हुआ नहीं था और आशा रानी ऐश बन चुकी थीं। उन लोगों को पता भी नहीं चलता था कि

आर्ची अपने अलग कमरे में रात में कितनी देर रोया और कितनी देर सोया। दूध की बोतल तकिये पर ऊँचे करके मुँह से लगा दी जाती थी। पेशाब इकट्ठा करने को प्लास्टिक की नैपी थी, ज़्यादा भर जाने पर वह बदल देता था और उससे पैदा हुई फुँसियों को दूर करने के लिए एक से एक बढ़िया पाउडर उपलब्ध था अमेरिका में।

यह कमबख़्त बूढ़ों पर खोज देर से शुरू हुई है। लगता नहीं, उसके बूढ़े होने तक पूरी हो पायेगी। वैसे भी विशुद्ध अमेरिकियों के मुक़ाबले, भारतीय अमेरिकियों तक वैज्ञानिक ज्ञान कुछ देर से पहुँचता है। हर हाल में उसका बूढ़ेघर में रहना निश्चित है। नहीं, वह बर्दाश्त नहीं कर सकता। बूढ़े होने से पहले उसे हिन्दुस्तान लौटना होगा। दो भाई हैं, एक बहन। उनके तीन-तीन, चार-चार बच्चे। भरा-पूरा परिवार है। अकेला कौन रहने देगा उसे? वैसे भी वह एक अमीर बूढ़ा होगा। रोज़ नई वसीयत बनाने की धमकी देकर बच्चों को अपना बनाये रखेगा। वह हँसा। अपने ताऊजी थे न, श्री हरदयाल सिंह, आख़िरी दिन तक सेर भर पक्का औटा हुआ दूध और असली घी के बने हलवे पर हाथ साफ़ किया करते थे। वसीयत बनाना उनकी हॉबी थी। शनिवार का दिन उसके लिए रिज़र्व था। हर शनिवार को उनके दोस्त वकील साहब घर तशरीफ़ लाते थे और दोनों एक कमरे में बंद हो जाते थे। बाहर फैले रिश्तेदार वह-वह माल अंदर भेजते थे कि सुना है, हर इतवार को वकील साहब को दस्त लगा करते थे। ताऊजी मरे तो ढेरों ढेर वसीयतें बरामद हुईं। तारीख़वार लगाकर उन्हें पढ़ा गया। हर वसीयत में चंद सतरें लिखी पायी गयीं, जो अपने मज़मून में एकदम यकसां थीं—जो कुछ मेरे पास था या है, साथ लिये जा रहा हूँ। वाक़ई उन्होंने अपनी जमा-पूँजी और जायदाद के रेहन का इस अक़्लमंदी से इस्तेमाल किया था कि दो-तीन हज़ार रुपयों के अलावा कुछ बाक़ी नहीं बचा था, सो उनके दाह-संस्कार में ख़र्च हो गये।

उसका मन उड़कर हिन्दुस्तान पहुँचने को कर आया। इस बार जायेगा तो अपना कुछ पक्का इंतज़ाम करके आयेगा।

छह महीने पहले बड़े भाई पवन कुमार का पत्र आया था। लिखा था, बीस बरस पहले जो ज़मीन पिताजी को मिली थी, उस पर उन्होंने मकान बनवाना शुरू कर दिया है। उसने याद करने की कोशिश की थी। हाँ, एक बार, एकदम बीहड़ जगह, ऊबड़-खाबड़ पथरीली ज़मीन का एक टुकड़ा, पिताजी ने उसे दिखलाया था। सरकारी नौकरों को कम दाम पर वह ज़मीन दी गयी थी। पुष्प विहार जैसा कुछ नाम था। देख-सुनकर वह हँसते-हँसते दोहरा हो गया था! ''पुष्प विहार!'' उसने

कहा था, ''इसका नाम तो प्रस्तर विहार होना चाहिए!'' वहाँ कभी मकान बनेगा, उसने क्या, किसी ने कल्पना नहीं की थी।

छह महीने पहले उसके बारे में पत्र में पढ़कर उस पर कोई विशेष प्रतिक्रिया नहीं हुई थी। बनने दो, उसने सोचा था, मुझे क्या। पर महीना भर पहले, एक पड़ोसी दोस्त, हिन्दुस्तान छुट्टी बिताकर लौटा तो दिल्ली में विकसित हो रही नई पॉश कॉलोनियों की बात करते ख़ासा भावुक हो उठा, ''बीस बरस पहले जहाँ जंगल-पठार थे, आज ख़ूबसूरत दोमंज़िला बंगले खड़े हैं। मैन, क्या हरे-भरे बग़ीचे, चौड़ी सड़कें, फ़व्वारे! लगता है, दिल्ली ने कनॉट प्लेस का दिल तोड़, साउथ को दिलदार बना लिया है। और उनमें भी सबसे ख़ूबसूरत, आला जगह है पुष्प विहार। गॉड, जानते हो, ज़मीन की क्या क़ीमत है वहाँ? चार सौ डालर प्रति मीटर! क्या समझे?''

ख़ूब समझा था सावन प्रताप सिंह ने। फ़ौरन बड़े भाई पवन कुमार को पत्र लिखकर पूछा था, पुष्प विहार में उनकी कितनी ज़मीन है और निर्माण कहाँ तक मुकम्मल हो चुका। उसी वक़्त छुट्टी के लिए दरख़्वास्त भी दे दी थी। आज एअर इंडिया से बुकिंग भी हो गई। भाई का जवाब आ चुका। ज़मीन आठ सौ मीटर है। मकान की पहली मंज़िल बन चुकी। पुताई-रंगाई का काम चल रहा है। दूसरी मंज़िल बनाने का कार्यक्रम अभी स्थगित है, क्योंकि पिताजी के पास उतना पैसा नहीं है।

सावन प्रताप को एक बार फिर आगत बुढ़ापा डंक मार गया था। अपनी छत वैसे उसके सिर पर अभी से है, पर बुढ़ापा आने पर...हाथ-पाँव से लाचार हो जाने पर...कमाया काफ़ी है उसने, पर यहाँ का रहन-सहन ऐसा है कि पैसा बचता नहीं। वह तो हिन्दुस्तानी जात का आदमी ही है जो फिर भी कुछ बचा लेता है वरना अमेरिकी तो क़र्ज़ और क़िस्तों के बोझ तले दबे रहते हैं। बुढ़ापा आने पर, काम करने की ताक़त खो जाने पर, कितने दिन साथ देगा यह रुपया। कितने दिन महफ़ूज़ रह सकेगा यह एपार्टमेंट? हिन्दुस्तान के रहन-सहन और यहाँ के रहन-सहन में ज़मीन-आसमान का फ़र्क़ है। जल्दी मर जाये तो बात दूसरी है पर...एक तो अमेरिका में जल्दी कोई मरता नहीं, ऊपर से उसकी विरासत भी दुःखदायी है। बाबा अठासी के होकर मरे, ताऊ नब्बे तक जिये और पिताजी भी पचहत्तर छू रहे हैं। ताऊ की तरह सेहतमंद रहा तो भी चलेगा पर बाबा की तरह छह साल लकवे में रहना पड़ा तो? इलाज तक के लिए पैसा नहीं बचेगा।

ज़रूरी नहीं है कि ऐसा हो, उसने अपने को फटकारा। निगेटिव नहीं सोचना

चाहिए। अमेरिकी मनोवैज्ञानिक कहते हैं, पॉज़िटिव सोचो तो भला होता है, निगेटिव सोचो तो बुरा। वैज्ञानिक बात है, अपने योगियों-सोगियों की धार्मिक प्रवंचना नहीं। फिर भी...भावी सुरक्षा का इंतज़ाम जो न कर रखे, वह बेवक़ूफ़। बुज़ुर्गों को हमेशा कहते सुना, अक़्लमंद वह, जो बुरे से बुरे वक़्त के लिए ख़ुद को तैयार रखे। जो हो, सावन प्रताप सिंह उर्फ़ सैम अपने आख़िरी दिन ओल्ड होम में नहीं गुज़ारेगा, भले ही ये लोग उसे सीनियर सिटिजंस रिजॉर्ट के नाम से क्यों न पुकारें। हिन्दुस्तान लौट जायेगा तो सैम पुकारे जाने पर गर्व अनुभव करेगा, शर्म नहीं। जो पैसा बचाया है, वहाँ जाकर बिज़नेस करेगा, छोटे भाई के बच्चों में से किसी को साथ लगा लेगा। कृतज्ञ रिश्तेदार बुढ़ापे में कुछेक होने चाहिए और ठाठ से अपने मकान में रहेगा। अपना मकान! उसके क़दमों में तेज़ी आ गयी।

दिल्ली के ऊपर चक्कर काटते हवाई जहाज़ की खिड़की से झाँककर उसने पता चलाने की कोशिश की कि पुष्प विहार ठीक कहाँ है? मुमकिन नहीं था। दिल्ली के भूगोल से उसका परिचय पुरानी दिल्ली तक सीमित था, जहाँ दरियागंज की एक तंग गली में, ऊपर की मंज़िल पर बने दो कमरों के क्वार्टर में, उसके हेडक्लर्क पिता ने अपनी ज़िंदगी जी थी। वहीं के नुक्कड़ वाले सरकारी स्कूल में उसने तालीम हासिल की थी और फिर दाख़िला मिला था एक छोटे शहर के टुटपुंजिया इंजीनियरिंग कॉलेज में। जी-तोड़ मेहनत करके वह दरम्याने नंबरों से पास हो गया था और कह-सुनकर एक नौकरी का जुगाड़ भी कर लिया था। बस, एक साल काम किया, जो कमाया, पेट काटकर बचाया और अमेरिका भाग आया। वहाँ कौन जानता था उसे? बैरे से लेकर लिफ़्टमैन तक का काम किया, फ़ीस जुटायी और एम॰एस॰ कर डाला। काम की उस देश में कमी नहीं थी। नौकरी, दलाली, छोटा-मोटा व्यापार। काफ़ी पैसा कमाया, फिर भी रहा अमेरिका के मध्यवर्ग की दरम्यानी सीढ़ी पर। उफ़, यह दरम्यानी ज़िंदगी...!

जहाज़ की खिड़की से वह पुष्प विहार को पहचान तो नहीं पाया, पर जो इलाक़ा बिजली की बत्तियों की वजह से, सबसे ज़्यादा चमचमा रहा था, उसे उसने पुष्प विहार मान लिया। जैसे-जैसे जहाज़ नीचे उतरा, उसका बदन कुछ इस तरह झूम उठा जैसे पैरों के नीचे जड़ें उग आयी हों; गहरे, बहुत गहरे धरती में समा गयी हों और इस तरह उसे संभाल रही हों कि, हवा में वह झूम-झूम उठे पर तेज़ से तेज़ तूफ़ान भी उसे उखाड़कर फेंक न सके।

उपहारों से लैस माँ-बाप के पास पहुँचा तो वे निहाल हो गये। नया रंगीन टी॰वी॰ और वी॰सी॰आर॰ पाकर पिता धन्य हुए और उनसे ज़्यादा माँ, अपनी नयी मिक्सी देखकर।

“तुम क्या कभी हिन्दुस्तान नहीं लौटोगे, बेटा?” गद्गद कंठ से पिता कह उठे।

“करूँगा क्या लौटकर?” ठंडी साँस भरकर उसने कहा।

“क्यों बेटा, अपना देश है,” माँ ने कहा, “इतना ढेर रुपया कमा लिया, यहाँ आकर बिज़नेस करो। अरे, रत्ना बीबी का दामाद आया था न, परके बरस, लाखों में खेल रहा है।”

सावन प्रताप होंठ टेढ़े करके मुस्करा दिया। “रहता कहाँ है?” उसने पूछा, “अपना मकान है?”

“नहीं, किराये पर लिया है। तीन हज़ार पर। वह बेटा...तुम जानो...ज़मीन इतनी महंगी हो गई। अब इसी ज़मीन को लो। साठ हज़ार में ख़रीदी थी और अब खड़े-खड़े तीस लाख में बेच लो। उतना पैसा...”

“उसके पास नहीं है। मेरे पास भी नहीं है। अपना मकान न हो तो क्यों लौटकर आयेगा कोई? पिताजी, अमेरिका में मुझे कमी किस बात की है। ऊँची नौकरी है, पैसा है, घर-बार है, पर...” उसने एक दीर्घ निःश्वास भरी, “मन मेरा यहीं अटका रहता है। कितना अकेला हूँ मैं! कहाँ हैं मेरी जड़ें? कोई है ऐसा घर, जिसे मैं अपना कह सकूँ?” क्षण-भर वह अपने पर क़ाबू पाने की कोशिश में चुप रहा।

“यह मकान तो आप भैया के नाम कर रहे होंगे?” सहसा उसने पूछा।

माँ-पिताजी सकपका गए।

“ऐसा है बेटा,” पिताजी पहले संभले, “पवन ने इसके बनवाने में पैसा लगाया है और श्रवण ने बहुत मेहनत की है। फिर पवन का कहना है, तुम्हारा अपना मकान अमेरिका में है ही। तो...मैंने...हमने सोचा, यह मकान पवन के नाम कर दें और ज़मीन दोनों के। बनवा सका तो श्रवण अपने लिए ऊपर बनवा लेगा, वरना...”

“भैया बनवाकर किराये पर चढ़ा देंगे। सुना है, पाँच हज़ार किराया मिल जाता है इतने बड़े मकान का, इस कॉलोनी में।”

“पर श्रवण तो हमारे साथ ही रह रहा है। बाद में भी...”

“भैया आपके साथ क्यों नहीं रहते?” उसने पूछा।

“अब बेटा, संयुक्त परिवार का चलन आजकल उतना रहा नहीं, तुम जानते ही हो।”

“यही तो ग़लती कर रहे हैं आप लोग। हिन्दुस्तान में जो अच्छी बातें हैं, उन्हें मिटने दे रहे हैं। पता है आपको, अमेरिकी समाजशास्त्री कहते हैं, बच्चों की परवरिश के लिए संयुक्त परिवार उत्तम है। मार्गरेट मीड का नाम सुना है? जरमेन ग्रेयर का?

नहीं, कहाँ सुना होगा? बदक़िस्मती है आप लोगों की। मैं लौटकर आऊँ तो..."

"पवन ने पैसा लगाया है," पिता ने बाधा दी।

"पैसा!" सैम ने हिक़ारत से कहा, "पैसा क्या चीज़ है, हाथ का मैल। पैसा लौटाने में कितनी देर लगती है। आप चाहें तो कल लौटा दूँ। कितना लगा दिया पैसा उन्होंने? लाख? दो लाख?"

"तीन लग गया होगा।"

"ठीक है। तीन लाख मैं वहाँ वापस जाते ही भेज दूँगा। उनके नाम। पर लिखा-पढ़ी आप अभी करवा रखिए। भैया को संयुक्त परिवार पसंद नहीं तो वे अलग रहें। मकान आप मेरे नाम कर दीजिए। श्रवण को परेशान होने की ज़रूरत नहीं है। ऊपर की मंज़िल मैं बनवाऊँगा उसके लिए। वह हमेशा मेरे साथ रहेगा।"

पिता कुछ कहते, उससे पहले ही उसने उनके दोनों कमज़ोर हाथ अपने सबल हाथों में जकड़ लिये और कातर कंठ से बोला, "मुझे अपनी जड़ों से मत काटिए। हिन्दुस्तान लौट पाने के तमाम दरवाज़े बंद मत कीजिए। यह मकान होगा तो मुझे लगेगा, हाँ, मेरे देश में मेरा नाम सुरक्षित है। अपनी तरफ़ खींचेगा हर पल मुझे, वरना समझ लीजिए, एक तरह से मैं मर गया।"

माँ फुग्गा मारकर रो दी। पिता ने खींचकर उसे छाती से लगा लिया।

वापस उड़ान भरते जहाज़ की खिड़की से झाँककर, सावन प्रताप सिंह उर्फ़ सैम ने नीचे देखा। वह रहा पुष्प विहार। हवाई अड्डे से विशेष दूर नहीं है। साफ़ नज़र आ रहा है। धीरे-धीरे नज़रों से ओझल होगा, फिर भी आँखों में बना रहेगा। अच्छा लग रहा है सोचकर, वह कहीं भी क्यों न रहे, ईंट-सीमेंट की इतनी सुदृढ़ जड़ें उसका इंतज़ार करती रहेंगी, यहाँ उसके अपने देश में।

(प्रथम प्रकाशन—*धर्मयुग,* 1983)

# शहर के नाम

यह मेरा आख़िरी ख़त है और मैं तय नहीं कर पा रही हूँ कि इसे किसके नाम लिखूँ। ऐसा पहले कभी नहीं हुआ। मुझे ख़त लिखने का शौक़ रहा है। दिमाग़ पर दस्तक हुई नहीं कि ख़त लिखने बैठ जाती। जिस किसी का ख़याल पहले ज़ेहन में उतर आता, उसी के नाम। माँ के, बप्पा के, तुरंत बने दोस्तों के, बरसों से छूटी सहेलियों के, किसी के भी नाम। जवाब मिले न मिले, परवाह नहीं।

जवाब कम ही मिलता था। हर किसी को ख़त लिखने का शौक़ नहीं होता न। बाद में मिलना होता, हफ़्तों-महीनों बाद, तो लोग सकुचा कर कहते, माफ़ करना, सोचा बहुत, पर तुम्हारे ख़त का जवाब नहीं दे पाये। क्या करें यह शहर ही ऐसा है, इतना मशरूफ़ रखता है कि वक़्त नहीं मिलता। मैं हँस पड़ती। लो, शहर को क्यों बदनाम कर रहे हो। जवाब न दिया, न सही। मुझे चाहिए भी नहीं। ख़त तो प्यार की तरह होता है, जवाब नहीं माँगता।

क्यों इतनी खिसियानी हँसी हँस देते हैं ये लोग? प्यार और जवाब न चाहे, कौन सी सदी की बात कर रही हो? वे कहते नहीं ये हमेशा, पर कहा-अनकहा मुझ तक पहुँच जाता था। कौन से प्यार की बात कर रहे हैं ये लोग, मैं सोचती रह जाती थी। शायद औरत-आदमी के बीच के प्यार की बात। पर मेरा मतलब उससे नहीं होता था। मेरे लिए प्यार का मतलब था देना। ख़ुद को देना। नहीं नहीं, जिस्म नहीं।

वे यही मतलब लगाते थे, मैं अब समझ गई हूँ, पर यह ग़लत है। मैं क्या सिर्फ़ जिस्म हूँ? जिस्म तो घर है मेरा। मैं उसके अंदर रहती हूँ। हर घर की एक आत्मा होती है। मेरे घर की भी है। मैं उसी आत्मा को लोगों में बाँटना चाहती थी। घर ही उनके हवाले कर देती तो आत्मा कहाँ रहती?

मैं लोगों से कहना चाहती थी, तुम अच्छे हो, मुझे अच्छे लगते हो। तुम्हारी जिज्ञासा, तुम्हारी दृष्टि, तुम्हारी शीघ्रता, तुम्हारी स्थिरता, तुम्हारी हँसी, तुम्हारी चुप्पी। कुछ भी। हर आदमी के पास कुछ ज़रूर होता है जो दूसरों को अच्छा लगता है। वही मैं उससे बाँट लेना चाहती थी। हर किसी में कुछ था जो मुझे पसंद था। तुम

मुझे पसंद हो मैं कहना चाहती थी, तुम, तुम, तुम भी।

किसी एक को जीवनसाथी बनाने का सवाल दूसरा था। बिल्कुल अलग। क्या बतलाऊँ तुम्हें, मुझे बच्चे कितने प्यारे लगते थे। कोई मोटा, कोई गंजा, कोई मिचमिची आँखों वाला तो कोई गला फाड़ कर रोने वाला। मैं अपने बच्चे भी चाहती थी। कम से कम चार। मुझे मतलब नहीं था परिवार नियोजन से। बच्चे पाने के लिए किसी एक को जीवनसाथी चुनना ज़रूरी था। तो चुन लेती। जल्दी नहीं थी। वक़्त बहुत था मेरे पास। हाँ, एक बात में फेरबदल करने को तैयार नहीं थी। बच्चे चाहिए थे कम से कम चार। ज़्यादा हों तो ठीक। बप्पा की तरह नहीं कि एक पैदा किया और कर दी छुट्टी। क्या कहते थे मेरे बप्पा, सरकार दो कहे तो हमें एक पैदा करना चाहिए। सरकारी अफ़सरों को मिसाल रखनी चाहिए औरों के सामने, कितने फख़्र के साथ ख़ुद कहा था बप्पा ने मुझसे एक दिन।

हाय, मैंने सब कुछ लिख ही तो डाला था। सीधा बप्पा के नाम ख़त में। पढ़ कर कितना नाराज़ हुए थे। उन पर छींटाकशी की, उससे उतना नहीं जितना इस बात से कि मैं ढेरों बच्चे चाहती थी।

चार चार बच्चे। इस युग में। देश की दिन पर दिन बदतर हो रही हालत को नज़रअंदाज़ करके। लानत है। इसीलिए पढ़ाया-लिखाया तुम्हें। इसीलिए अमेरिका भेजा। (लो, अमेरिका आने का मतलब यह कैसे हो गया कि आदमी बच्चे पैदा करना नहीं चाह सकता!)

उफ़, कितनी गुस्सैल पर मज़ेदार चिट्ठी लिख भेजी थी बप्पा ने जवाब में। ख़ूब हँसी थी पढ़ कर मैं, खूब हँसी थी। दोस्तों को भी पढ़ कर सुनायी थी। पर वे लोग हँसे नहीं थे, बल्कि कुछ ज़्यादा ही संजीदा हो गये थे। बग़लें झाँकते से, जैसे लोग किसी की ग़रीबी की बात सुन कर हो जाया करते हैं। इतना गुस्सा आया था कि क्या बतलाऊँ। मन हुआ था सबको पकड़ कर झकझोर दूँ।

तभी हैरी बोल पड़ा था। था तो बड़बोला। किताबें पढ़-पढ़ कर। फ़लसफ़ा छाँटना सीख गया था। पर एक बात थी, उसकी बड़ी-बड़ी बातें सुन कर प्यार आ जाता था। मैं सोचती थी, काश, हैरी हवाई बातें करना भी न छोड़े। धरती से ज़रा सा ऊपर उचक कर चलता रहा तो एक दिन ज़रूर लीक से हट कर कुछ कर दिखलायेगा। हिन्दुस्तान के बारे में इतनी किताबें पढ़ रखी थीं उसने कि हर मुद्दे पर मुझसे ज़्यादा जानकारी हासिल कर ली थी। मुझे वह अच्छा लगता था, उसकी अंतहीन जिज्ञासा और तेज़ी अच्छी लगती थी, इसलिए मैंने उसे नहीं बतलाया था कि जानकारी रखने और जानकार होने में बहुत फ़र्क़ है। सोचती थी, जब हिन्दुस्तान जायेगा तो खुद समझ जायेगा। ज़रूरत हुई तो मैं मदद कर दूँगी। तब तक वह अपनी ख़ुशफ़हमी बनाये रख सकता था कि सबसे ज़्यादा जानकारी उसी को है।

उस दिन बप्पा का ख़त सुना, वह ठीक बप्पा की तरह नाराज़ होकर बोल पड़ा था। बिल्कुल ठीक कहते हैं तुम्हारे बप्पा। हिन्दुस्तान में रह कर चार-चार बच्चे पैदा करना सरासर बेवक़ूफ़ी है। बच्चों का ऐसा शौक़ है तो अमेरिका में रहो। और शादी किससे करूँ, तुमसे? मैंने पूछा तो हैरी तमतमा कर उठ खड़ा हुआ। हाँ, मुझसे, ग़ुस्से से उफन कर उसने कहा, बिल्कुल ठीक आदमी हूँ तुम्हारे लिए, सोच लो।

मैंने सोच लिया हैरी, हम लोग शादी कर लेते हैं, मैंने उसे ख़त में लिखा, पर रहेंगे हिन्दुस्तान में। अमेरिका में रह कर मैं बच्चे पैदा नहीं कर सकती। तुम चलो मेरे साथ हिन्दुस्तान। कितना पढ़ा है तुमने उसके बारे में। अब आँखों से देख लेना। यकीन करो, हम दोनों नौकरी करेंगे तो चार बच्चों के लायक़ ज़रूर कमा लेंगे। और तुम न चाहो तो चारों अपने पैदा करने की ज़रूरत नहीं है, दो तो ख़ैर मुझे चाहिए ही चाहिए, पर बाकी के दो या चार, हम अनाथालय से या परित्यक्त बच्चों की संस्था से गोद ले लेंगे। फिर तो देश की हालत हमारी वजह से बदतर नहीं होगी न? ठीक है, छह बच्चे पालूँगी मैं। मेरे नाना के भी छह थे। बस फटाफट प्रोग्राम बना लो। शादी करके हम दोनों जल्दी से जल्दी हिन्दुस्तान पहुँच जायें और अपना परिवार आरंभ करें।

हैरी ख़ुद आकर मेरा ख़त लौटा गया था। बहुत भोली हो तुम, उसने कहा था, इतनी खुली-खुली चिट्ठी भला कोई लड़की लिखती है। कोई देख लेता तो क्या सोचता। प्रपोज लड़के करते हैं, लड़कियाँ नहीं। वह मेरी तरफ से शर्मिंदा नज़र आ रहा था। निगाहें नीची रख कर भाषण दे रहा था। पर शादी की बात तो तुम्हीं ने कही थी, मैंने कहा तो घबरा गया। यहाँ रह कर शादी करने को कहा था मैंने, तुम तो...तुम तो...पता नहीं क्या समझ बैठीं।

मैं समझ गयी, एक संपन्न देश के नागरिक को हिन्दुस्तान चल कर रहने का न्योता देकर मैं उसका अपमान कर बैठी थी। यह सोच लेना कि वह हिन्दुस्तान आ सकता है, आना चाह सकता है, गुस्ताख़ी थी मेरी। क्यों? वह हिन्दुस्तान नहीं आ सकता था पर मैं अमेरिका रह सकती थी। ख़ुशी-ख़ुशी रह सकती थी। मैं क्यों रहूँ अमेरिका में?

नहीं रहूँगी और वहाँ, मैंने तय कर लिया। सब दोस्तों से कह दिया, मैं वापस लौट रही हूँ अपने देश। बप्पा को भी लिख दिया, फौरन टिकट के पैसे भेज दो; मैं लौट रही हूँ अपने शहर, तुम्हारे पास।

बप्पा का जवाबी ख़त इतनी जल्दी आया कि मैं घबरा गयी। दोनों देशों की डाक-व्यवस्था एकाएक इतनी सुधर कैसे गयी, सवाल-जवाब के बीच थोड़ा सा असमंजस भी बाकी नहीं रहा।

मेरी मुस्कराहट ज़्यादा देर तक नहीं टिकी। बप्पा का ख़त पढ़कर मैं सुन्न

रह गयी। कृतघ्न, बप्पा ने लिखा था, पढ़ायी बीच में छोड़ कर चले आने की वजह? मेरी बेइज़्ज़ती का ज़रा ख़याल नहीं है। लोग क्या कहेंगे, यही न, बड़ा समझते थे अपने को, लड़की से एम.एस. की पढ़ाई तक पूरी न हो सकी। जानती हो शहर में मेरा कितना नाम है, कितने ऊँचे पद पर हूँ आजकल। हर आदमी मुझसे जलता है, मेरी क़िस्मत से रश्क करता है और तुम हो, सब कुछ धूल में मिला देने पर आमादा हो। इतना पैसा ख़र्च करके तुम्हें पढ़ायी पूरी करने अमेरिका भेजा, क्या इसीलिए कि तुम ख़तों में ऊलजलूल बातें लिखती रहो। कभी माँ से आचार-मुरब्बे बनाने की विधि मँगाती हो, कभी चार-चार बच्चे पैदा करने की घोषणा और अब यह वापस आने की धमकी। तुर्रा यह कि पैसे मैं भेजूँ क्यों? किसलिए? कमा लो खुद। झाड़ू लगाओ, बर्तन रगड़ो, तुम्हारी ज़िंदगी है, जियो। पर इतना याद रखो कि डिग्री लिये बग़ैर वापस लौटीं तो हमारा-तुम्हारा कोई रिश्ता नहीं रहेगा। फिलहाल मैंने तय किया है कि तुम्हारी फ़ीस मैं सीधा तुम्हारे कॉलेज में जमा करवाऊँगा। उसके अलावा जेब-ख़र्च नहीं भेजूँगा। देखता हूँ, कमाने की कितनी ताक़त है तुममें। या शायद कमाने की ज़रूरत ही न पड़े। बेशुमार दोस्त जो हैं तुम्हारी मदद करने को। मांग लेना उन्हीं से पैसे।

ख़त की आखिरी लाइन मुझे सबसे ज़्यादा कचोट गयी। कुछ दिन पहले माँ को जो ख़त लिखा था, उसी के जवाब में तमाचा मारा था बप्पा ने। माँ ने बप्पा को ख़त दिखलाया ही होगा, मैंने मना थोड़ा किया था। यहाँ मेरे बहुत सारे दोस्त हैं, मैंने लिखा था, मैं सबको प्यार करती हूँ, तुम्हें और बप्पा को भी। माँ, यहाँ रहती हूँ तो मन दुखता है, अपना देश, अपना शहर याद आता है, तुम और बप्पा बहुत। और लौटने की सोचती हूँ तो भी दिल दुखता है। यहाँ मेरे इतने सारे दोस्त हैं, प्यारे-प्यारे दोस्त। मगर माँ, एक बात समझ में नहीं आती। ये लोग प्यार का मतलब नहीं समझते या मेरी अंग्रेज़ी इतनी कमज़ोर है कि अपनी बात इन्हें समझा नहीं पाती। तुमने मुझे अमेरिका क्यों भेजा पढ़ने? इतने करोड़ों लोग अपने शहर में रह कर पढ़ते हैं, मैं उनमें से क्यों नहीं हूँ? मैं तो अपने शहर को उन सबसे ज़्यादा प्यार करती हूँ। आजकल मैं हरदम यही सोचती रहती हूँ, अपने शहर लौट आने पर मुझे ठीक क्या काम करना चाहिए, जिसके जरिये मैं अपना प्यार ज़ाहिर कर सकूँ। तुम बतलाओ न माँ, क्या करना ठीक होगा?

उस बात का जवाब भी माँ ने नहीं, बप्पा ने दिया था। उस बार भी ख़ूब गुस्सा हुए थे। तुम अच्छी तरह जानती हो, तुम्हें इस शहर से हटा कर बाहर क्यों भेज देना पड़ा। तुमने मेरी इज़्ज़त, मेरी पद-प्रतिष्ठा का कभी ख़याल नहीं रखा। शहर के सबसे बढ़िया कॉलेज में तुम्हें पढ़ने भेजा और तुम मन लगा कर पढ़ने के बजाय, कृतघ्नों की तरह, राजनीति के गंदे दलदल में फँस गयीं। क्यों? मुझे जलील करने

के लिए ही न! पुलिस पकड़ ले जाती तुम्हें तो जानती हो क्या होता? मुझे नौकरी से इस्तीफ़ा देना पड़ता। शहर भर में बेआबरू हो जाता मैं।

मैंने क्या राजनीति की? मजदूरों की झुग्गी-झोपड़ी बस्तियों में, गली-गली जा कर, नाटक ही तो किया करते थे हम लोग। इसमें ग़लत क्या था? हम तो खुद सीखना चाहते थे, जानना चाहते थे, गहराई से महसूस करना चाहते थे, वह सब जो किताबों में पढ़ा करते थे। शोषण, भ्रष्टाचार, प्रदूषण, खोखले शब्द भर न रह जाते, अगर हम उन लोगों के बीच जाकर उन्हें महसूस न करते, जो इनके असली शिकार थे। नाटक में जो हम दिखाते थे, वह तो उन्हीं की दुनिया थी। उससे अनभिज्ञ थोड़े थे वे लोग। फिर भी अपना झेला मंच पर देख कर उनके भीतर उससे लड़ने की इच्छा जग जाती थी शायद। यही क़ुसूर बन गया था हमारा। काम भी कितना सा आ पाये हम उन लोगों के। बस, उनकी तरफ़ से कुछ चिट्ठी-पत्री लिख दिया करते थे। ऐप्लीकेशन, दरख़्वास्त, अपील जो तुम कहना चाहो। मुझे ख़त लिखने का कितना शौक़ था। क़ानूनी कार्रवाइयों के नुक़्ते पढ़ कर उन्हें समझाने में भी ख़ूब मज़ा आता था मुझे।

बप्पा, तुम चाहते थे न, मैं मन लगा कर पढ़ूँ, क्लास में अव्वल आऊँ, तो बिना इन बारीकियों को समझे कैसे पढ़ायी पूरी हो सकती थी। अलग-थलग, सुरक्षित कोनों में बैठे रह कर। फिर यह जुर्म कैसे हो गया? पुलिस हमारे पीछे क्यों पड़ गयी? तुम्हारा मान-सम्मान आड़े कैसे आ गया? अच्छा बप्पा, तुम तो प्रशासक हो, सरकारी अफ़सर। तुम्हें सरकार ने इतनी पद-प्रतिष्ठा देकर बहाल क्यों किया? इसीलिए न कि तुम अपने शहर के लोगों की देखभाल करो। न सही सेवा, सेवा नहीं कहूँगी, तुम्हारे काम को। शब्दों की तानाशाही से वाक़िफ़ हूँ। तुम सेवक नहीं। प्रशासक हो, अफ़सर हो। सेवा न सही देखभाल करने का तो काम है तुम्हारा। मैं तो तुम्हारा ही हाथ बँटा रही थी, फिर मेरी वजह से तुम्हारा अहित-अपमान कैसे हो गया? क्या इतना बड़ा जुर्म था मेरा कि एकदम देश निकाला दे देना पड़े?

मैंने ख़त लिख डाला था बप्पा को।

सोच कर देखती हूँ तो अब तक सबसे ज़्यादा ख़त मैंने बप्पा को ही लिखे हैं। माँ को भी कम नहीं लिखे पर उन्हें एक ही बात समझाने के लिए बार-बार लिखने की ज़रूरत नहीं होती थी। वे मुझसे जिरह या बहस नहीं करती थीं। मेरी बात सुन कर हज़म कर जाती थीं। और बप्पा थे कि उसे चुभलाते-जुगालते रहते थे। मैं जो भी लिखती, माँ का जवाब वही रहता था, तुम ख़ुश रहो, मन लगा कर पढ़ो, ख़ुराफ़ातों में मत पड़ो, तुम्हारे बप्पा को तुमसे बहुत आशाएँ हैं। बेटा-बेटी सब तुम्हीं हो न। अकेली संतान। उनकी महत्त्वाकांक्षा तुम नहीं तो कौन पूरी करेगा। मैं तो यही चाहती हूँ, तुम और तुम्हारे बप्पा, दोनों ख़ुश रहें और मेरे पास रहें। तुम्हारी

बहुत याद आती है। तुम्हारे बिना घर एकदम सूना लगता है। सब दोस्त-रिश्तेदार तुम्हें पूछते रहते हैं। तुम लौट आओगी तो सबसे मिलवाऊँगी। पढ़ायी पूरी करके, जल्द से जल्द लौटो, इसी इंतज़ार में, तुम्हारी माँ।

उसे बेगाने शहर में कभी-कभी लगता, मैं माँ के ख़तों के इस आख़िरी वाक्य के सहारे जी रही हूँ। मेरा शहर मेरा इंतज़ार कर रहा है। जल्द से जल्द मेरे लौट आने का। पर समझ नहीं पाती बप्पा की आशाएँ क्या हैं? उनकी महत्त्वाकांक्षा पूरी करने की ज़िम्मेदारी मेरी क्यों है? अगर बप्पा के एक बेटा भी होता, दो-चार और बेटे-बेटियाँ होते तब भी वे इसी तरह अपनी आशाएँ-महत्त्वाकांक्षाएँ उन सबसे पूरी करवाते? बाप रे? तब तो ढेरों महत्त्वाकांक्षाएँ ढोनी पड़तीं उनको। या एक ही महत्त्वाकांक्षा बँट-चुट जाती। एक जोड़ी कंधों का पूरा बोझा नहीं उठाना पड़ता, सोचते-सोचते हँसी आ जाती थी मुझे।

अकेली जान मैं कब, कहाँ तक तुम्हारी महत्त्वाकांक्षाओं को ढोती फिरूँगी, बप्पा? मुझे ख़ुद को बाँटने दो, देने दो। मैं प्यार बाँटना चाहती हूँ। सबके बीच, बहुत है मेरे पास, तुम्हें भी दूँगी, अथाह ख़ज़ाना है, कभी नहीं चुकेगा, सच। और लिख ही तो डाला मैंने ख़त में बप्पा को। बप्पा, यहाँ के पादरी कहते हैं, मैं नन बन जाऊँ, तब मुझे प्यार बाँटने से कोई नहीं रोकेगा। मेरे प्यार के ग़लत अर्थ भी नहीं लगाये जायेंगे। अंग्रेज़ी कितनी भी ख़राब हो मेरी, जीसस क्राइस्ट से संबंध जोड़ कर मैं सर्वथा मुक्त हो जाऊँगी। बन जाऊँ क्या?

पर कैसे बन सकती हूँ? मुझे बच्चे चाहिए। कम से कम चार। पालने को तो मिल जायेंगे पर अपने पैदा करने की उन लोगों को मनाही है। पर मुझे तो चाहिए। अपने भी। गोद लिये हुए भी। मैं शादी के बाद, बच्चे पैदा करके, बच्चे गोद लेकर, प्यार बाँटते रहना चाहती हूँ, बप्पा। समझ में नहीं आता क्या करूँ? तुम बतलाओ न बप्पा, मेरे प्यारे, अच्छे, विज्ञ बप्पा, मुझे बतलाओ, मैं तुम्हें प्यार करती हूँ फिर भी प्यार बाँटना चाहती हूँ सबके बीच। मुझे बतलाओ यह कैसे संभव होगा, मेरे बहुत-बहुत प्यारे बप्पा।

बप्पा का जवाब आया था...नहीं नहीं, याद करती हूँ तो बर्दाश्त नहीं होता। उसके बाद आये इस ख़त को पढ़ने पर बिल्कुल नहीं होता। तब मैंने सोचा था अगले ख़त में बप्पा को मना लूँगी और उनसे एक प्यारभरा ख़त वसूल कर ही लूँगी। कैसे भ्रष्ट लोगों की संगत में पड़ गयीं तुम, बप्पा ने लिखा था, ऐसे ऊलजलूल संबोधन पिता के लिए प्रयोग नहीं किये जाते, इतना भी ज्ञान नहीं रहा। नन बनोगी तुम! भूल जाओ, शादी की बाबत बात समय आने पर होगी। अभी तुम सिर्फ पढ़ायी पूरी करने में दिल लगाओ। समझीं? मैंने अपने एक दोस्त को लिखा है, तुम पर नज़र रखें। पादरियों से मिलने क्यों गयीं तुम? आगे से ध्यान रखना, एक बार बचा

लिया, इस बार ग़लत सोहबत में पड़ीं तो बचाना मेरे हाथ में नहीं होगा।

एक बार आये थे उनके दोस्त मुझसे मिलने, फिर नहीं। बेचारे मुझ पर क्या नज़र रखते। वे तो ख़ुद नज़र बचाते फिर रहे थे। अपने कारनामों का कोई साक्ष्य नहीं चाहते होंगे। बड़ी उम्र में पहली बार अपना शहर छोड़ आये थे। पता नहीं कब कब की कसर निकाल रहे थे। उनके शहर जा कर कोई कह देता तो? मैंने उन्हें बंधनमुक्त कर दिया। कह दिया, आप जो करते हैं उसमें ज़रा दिलचस्पी नहीं है मेरी। कृतज्ञ हुए बेचारे। नज़रें मुझसे मोड़ लीं। हाय बप्पा, कितना कम समझना चाहते रहे तुम।

इस बार अति कर गये तुम बप्पा। ख़त का जवाब मैंने नहीं दिया। बस, मन ही मन कहा, बप्पा, अब और यहाँ नहीं रहूँगी। तुमने जो कहा है वही करूँगी, झाड़ू लगाऊँगी, बर्तन रगड़ूँगी और टिकट के पैसे जमा होते ही अपने शहर लौट आऊँगी।

कैंपस में मुझे लाइब्रेरी में नौकरी मिल रही थी, कैंटीन में कैश काउंटर पर भी, पर मैंने नहीं की। मैं अपने को उनके शहर में खुला छोड़ देना चाहती थी। विदेशी थी न, विद्यार्थी की हैसियत रखती थी। मुझे बाहर काम करके कमाने की इजाज़त नहीं थी। पर इजाज़त थी किस चीज़ की हम जैसे लोगों को। मैं उन्हीं लोगों से मिलना चाहती थी, जिन्हें समाज इज़्ज़त नहीं देता और इज़ाज़त नहीं देता इज़्ज़त पाने की कोशिश करने की। उस शहर में भी ऐसे अनेक दूषित कोने थे जहाँ क़ानून की इज़ाज़त पाकर काम करने के लिए किसी का पूर्वाग्रह विशेष था नहीं। वहाँ बसे छोटे-छोटे ढाबों में समाज की जूठन बर्तन जूठे किया करते थे। वहीं मैंने बप्पा का कहा पूरा करना शुरू किया। जूठन की जूठन साफ़ करने का काम आसानी से मुझे मिल गया।

कितनी भी बढ़िया प्लेट क्यों न धोऊँ, मेरा मालिक यही कहता था, प्लेट साफ़ करो। एक दिन मुझे ग़ुस्सा आ गया। साफ़ तो है, मैंने कहा। साफ़ करो, उसने दोहराया। ग़ुस्से में मैं कह उठी, जानते हैं मैं एम.एस. कर रही हूँ। तो? उसने कहा और खड़ा-खड़ा मुझे ताकता रहा...ताकता रहा। और कुछ नहीं बोला। वैसे भी वह कम बोलता था। वहाँ सभी कम बोलते थे। इतने दिनों में एक भी दिन हैरी नहीं मिला मुझे। उसके उस एक शब्द के सवाल ने मुझे बेतरह हिला दिया। एक पल के भीतर बहुत सारी बातें मेरी समझ में आ गयीं। प्लेट साफ़ करनी है तो प्लेट साफ़ करनी है। मैं क्या हूँ, कौन हूँ, क्या कर सकती हूँ, उससे मतलब नहीं है।

सच कहती हूँ माँ, मैंने माँ को ख़त लिखा, मेरे जैसा प्लेटें धोने वाला तुम्हें पूरी दुनिया में ढूँढ़े नहीं मिलेगा। जब प्लेट धो रही होती हूँ तो लगता है, मैं मैं नहीं प्लेट हूँ। अपने को साफ़ चमकीला बना डालने के अलावा जीवन में कोई ध्येय नहीं है मेरा। न किसी बाधा को मानने को तैयार हूँ मैं। माँ, दोषरहित काम करने के

लिए एक जैसी एकाग्रता चाहिए, चाहे पहाड़ पर चढ़ना हो, चाहे प्लेटें धोना। नाराज़ मत होना, मेरी प्यारी माँ, पर प्लेटें धोते-धोते मुझे लगता है मैं बप्पा से ज़्यादा महत्त्वपर्ण काम कर रही हूँ। मैं खुश हूँ माँ, आजकल बहुत खुश हूँ। एकदम नये तरह के संगी-साथी मिल रहे हैं और मैं सबको प्यार दे रही हूँ। इन्हें ज़्यादा ज़रूरत है न, माँ।

माँ ने वह ख़त बप्पा को नहीं दिखलाया होगा क्योंकि उनकी कोई तीखी प्रतिक्रिया मुझे नहीं मिली। बल्कि कुछ दिनों की चुप्पी के बाद उन्होंने लिखा, पैसों की ज़रूरत हो तो लिख देना। लिखूँगी बप्पा, ज़रूर लिखूँगी। ज़रूरत हुई तो लिखूँगी नहीं? पर मुझे ज़रूरत है नहीं। इतना भरा-पूरा है सब कुछ। किसी चीज़ की कमी नहीं है तो ज़रूरत कैसे महसूस होगी। पर ख़त नहीं लिखा मैंने बप्पा को; उस दिन के लिए स्थगित रख दिया जब ज़रूरत महसूस करूँगी।

और नहीं, पर एक ज़रूरत मुझे है ज़रूर। वापस अपने शहर लौट जाने की। उसी के लिए कमा कर पैसा जमा कर रही हूँ। पर काम के बीच, इतने लोगों के बीच बँट कर पा रही हूँ कि ज़रूरत कचोटती नहीं, बल्कि दूर से दिखायी दे रहे मंज़िल के दीये की तरह टिमटिमा कर रोशनी देती है।

अच्छा है न माँ, इतने लोगों के बीच बँट कर रहना। माँ, मैंने लिखा, आज मैंने तुम्हारे सिखाये अलीगढ़ी आलू बना कर खिलाये उन लोगों को। बहुत पसंद आये सभी को। अरे, आलू के पीछे तो पागल हैं यहाँ के लोग, पर बनाने के नाम पर वही चिप्स या हद से हद बेक कर लिये मक्खन-चीज डाल कर। हम लोगों की तरह हर शहर के नाम पर अलग-अलग तरह के आलू बनाना कहाँ जानते हैं? सच माँ, सोचती हूँ, मेरी-तुम्हारी तरह लोग आलू के नाम पर प्यार बाँटना शुरू कर दें तो दुनिया में जंग होनी बंद हो जाये। ओ माँ, कितना मन है उड़ कर तुम्हारे पास पहुँच जाऊँ और ऊलजलूल बेवक़ूफ़ी भरी बातें करूँ। तुम्हें बेवक़ूफ़ी से परहेज़ नहीं है न, बप्पा को क्यों है? काश, लोग बेवक़ूफ़ होते और प्यार बाँटा करते। आलुओं की तरह। ओ माँ, इतने स्वाद बने अलीगढ़ी आलू, इतने स्वाद कि मज़ा आ गया। अब फटाफट दम आलू की विधि लिख कर भेज दो। कलकत्ते में खाये थे न लूची के साथ। ख़ूब मसालेदार। कलकतियाँ आलू। न न, दमआलू नाम बेहतर है। चलने दो वही। बना कर खिलाऊँगी इन लोगों को। माँ, तुम सोच नहीं सकतीं, कितने बेबस लाचार क़िस्म के लोग आते हैं यहाँ। दो दिन काम किया और ग़ायब। कोई जेल से छूट कर आ रहा है तो कोई जेल जा रहा है, शराबी, आवारा, गंजेड़ी। ड्रग ऐडिक्ट्स कहते हैं ये लोग। फिर भी गोरी जूठन ख़ुद को काली जूठन से बेहतर समझती है। हँसी आती है। नहीं, रोना आता है। और माँ, कभी-कभी उन लोगों से बातें करते-करते मुझे बप्पा का चेहरा याद आ जाता है और तब मन करता है मैं भी शराब पिऊँ, ड्रग खाऊँ, आवारागर्दी करूँ और इन लोगों के दुःख को भीतर से समझूँ।

न न, घबराओ मत। पैसे ही नहीं हैं मेरे पास वह सब करने के लिए। जो कमाती हूँ, खर्च कर देती हूँ या बचा कर रखती हूँ एक ख़ास काम के लिए। अभी नहीं बतलाऊँगी किस काम के लिए। एक दिन हैरत में डाल दूँगी तुम्हें, मेरी अच्छी प्यारी, कुछ-कुछ बेवक़ूफ़ माँ।

दमआलू की विधि भेजना मत भूलना। इन्हीं लोगों को खिलाने हैं। कुछ हैं इनमें जो पुरानी लतें छोड़ कर दोबारा इंसान बनने की कोशिश कर रहे हैं। भूख मिटाने को बेचारे कॉफ़ी-डोनट का सहारा लेते हैं। उन्हीं को बना कर खिला देती हूँ कभी कभी। अपने ढाबे के पीछे गैरेज है, उसी में मिलते हैं हम लोग। हाय, मेरा मालिक ढाबा नाम सुनेगा तो बिगड़ उठेगा। ईटिंग जॉयंट है यह माँ, फ़ास्ट फ़ूड बोनान्ज़ा काके दा डाबा याद है तुम्हें और वह ईरानी होटल? कब देखूंगी मैं उन्हें?

लगता है अब माँ मेरे ख़त बप्पा को नहीं दिखातीं। बप्पा मेरी फ़ीस और उसके साथ कुछ जेब-ख़र्च सीधा कॉलेज भिजवा देते हैं। रसीद उन्हें मिल जाती है। मैं आजकल उन्हें ख़त नहीं लिखती। जब लौट कर जाऊँगी अपने शहर तो ख़ूब समझ कर बात करूँगी उनसे, तुम्हारे पैसों से ही लौट कर आयी हूँ, बप्पा, तुम्हारे कमाये पैसे या तुम्हारी राय से मेरे कमाये, कोई फ़र्क़ नहीं है न। मुझे लौटना था मैं लौट आयी। अब से तुम्हारे जूते मैं पॉलिश किया करूँगी। शीशे से चमका करेंगे। पता है मैं कौन हूँ, द ग्रेटेस्ट पॉलिशर ऑफ द वर्ल्ड, द चैंप। प्लेटें चमका-चमका कर एक्सपर्ट हो गयी हूँ...पर इंतज़ार करना है अभी। अभी तो जूठन साफ़ करनी है मुझे। प्लेटों की और समाज की। थोड़े से आलू, और थोड़ा सा प्यार बाँट कर।

माँ, अबकी बार, सरसों-प्याज़ वाले आलू-बैंगन की विधि भेज देना। तुम्हारे हिसाब से बनाती हूँ तो खा कर सब भौंचक रह जाते हैं। गैरेज हमारा वह गुलजार होता है कि क्या बतलाऊँ। काके दे ढाबे की याद ताज़ा हो जाती है। एक आत्मा उगने लगती है इस निरानंद शिविर के अंदर। और अब मैं दुगुने आनंद के साथ प्लेटें रगड़ती हूँ, रगड़-रगड़ कर ऐसे चकाचक कर देती हूँ कि तुम्हारा प्यारा-प्यारा सांवला मुँह भी उसमें गोरा बन कर चमके। बप्पा से कहना वापस लौटूँगी तो... नहीं छोड़ो, बप्पा से अभी कुछ मत कहना। मैं ही कहूँगी एक दिन...अच्छा माँ, मेरा कोई पुराना साथी मिला? कभी नहीं मिला? कोई भी? मिला तो होगा। बप्पा ने भगा दिया होगा। माँ, कोई मिले तो कहना...नहीं, रहने दो वह भी। मैं ही कहूँगी एक दिन...

माँ आजकल अपने ख़तों में नसीहतें नहीं देतीं, बप्पा की आशाओं महत्त्वाकांक्षाओं की बात भी नहीं करतीं। जो विधि मँगाती हूँ भेज देती हैं और लिख देती हैं—खुश रहो।

तो क्या माँ मुझे समझ गयीं? काश बप्पा...

समझेंगे एक दिन...
मैं लौटूँगी अपने शहर...

यह क्या हो गया माँ, मैंने मदद करनी चाही थी, निर्मल मन से। क्यों हुआ ऐसा? मैं बप्पा के आगे हार गयी। वह दुःखी था। अब भी कहती हूँ दुःखी था। पीड़ित व्यथित, बच्चे की तरह। दिशा ढूँढ़ रहा था वह, दिशाहारा नहीं था। जीवन से हताश नहीं हुआ था। लौट आना चाहता था, मेरी तरह। लौटना चाहो और कोई बाँह न पकड़े...माँ, मैंने सोचा मैं उसे लौटा तो नहीं ला सकती पर लौटने में थोड़ी-बहुत मदद कर सकती हूँ। वह भूखा था, मैं उसे खाना खिला सकती थी। कमज़ोर-बीमार था। सोने के लिए सिर पर छत और बिस्तर दे सकती थी। सोचा था, एक-दो दिन आराम करेगा, भरपेट खायेगा तो निराशा पर विजय पा लेगा। जायेगा तो ज़िंदगी जीने की भरपूर लालसा लेकर। पर...वह ड्रग खाता ज़रूर था, कुछ समय पहले, हाँ ड्रग ऐडिक्ट था वह। इसीलिए माँ-बाप ने घर से निकाल दिया था। कहा था हमारी अपनी भी ज़िंदगी है। तुम्हारी मजबूरी पर पूरा परिवार क़ुर्बान नहीं हो सकता। उसने आत्महत्या नहीं की, हथियार नहीं डाले, जूझा अपने से, ड्रग छोड़ने की कोशिश की, और आख़िर सफ़ल भी हो गया। अब तो बस भूखा था, नौकरी की ख़ोज में निकला बेकार था और भविष्य से डरा हुआ था। मैंने सोचा मैं उसकी मदद कर सकती हूँ, करनी चाहिए मुझे। वह लौटना जो चाहता था...

मैं उसे कॉलेज के अपने कमरे में ले आयी। तुम्हारे सिखाये कढ़ी-चावल बना कर खाने को दिये। उसने खाये माँ, भरपेट खाये, शौक़ से, ख़ुश होकर। खाकर सोने की तैयारी करने लगा। फिर...माँ, कैसे वहशी हैं यहाँ के लोग। नहीं, बीमार, मन से, आत्मा से बीमार। उसने कहा, फिर लायी किसलिए थीं तुम मुझे अपने कमरे में। माँ, अब और यहाँ नहीं रह सकती मैं। अपने शहर लौट रही हूँ, जब सामने हूँगी, समझ लेना मैं आ गयी।

माँ ने अपना जवाब ख़त में क्या लिखा मैं नहीं जानती। वह ख़त मैंने उन्हें भेजा ही नहीं। लौट कर अपने कमरे में भी नहीं गयी। कोई ख़त आया भी होगा तो पड़ा होगा। बप्पा का भेजा जेब-ख़र्च मेरे खाते में जमा होता रहा था। निकाल लिया। अपना पैसा भी कुछ जमा हो चला था, वह भी। मैंने अपने शहर लौटने के लिए टिकट ख़रीद लिया। अब जो होगा वहीं पहुँच कर।

मैं शाम के वक़्त अपने शहर में उतरी। जानबूझ कर मैंने उस फ़्लाइट का टिकट लिया था जो शाम को मुझे अपने शहर पहुँचाती थी।

हर शहर की एक आत्मा होती है, जो शाम के गहराते झुटपुटे में ही इंसान की पकड़ में आ सकती है। दिन का उजाला बड़ा बेदर्द होता है। हर नक़्श को इस सफ़ाई

से उभार देता है कि हम उसके बारीक कटाव-छँटाव को ही देखते रह जाते हैं। शहर की तब अपनी अलग कोई पहचान नहीं होती। वह दुनिया का एक बेनाम हिस्सा भर होता है, ईंट-गारे से चिना, गली-कूचों में बँटा, शोर-शराबे से घिरा, भीड़ भरा हिस्सा। शाम के बाद जब धीरे-धीरे रात उतरती है तो थकान से चूर जिस्म चुप हो जाते हैं। तब गहराते अंधेरे और सन्नाटे में शहर की आत्मा की महान आवाज़ कानों तक पहुँच सकती है। पर उससे भी पहले, एक छोटा सा वक़्त का टुकड़ा वह होता है, जब शाम का झुटपुटा शहर के तीखे कानों पर कूँची फेर देता है। धुंधले हो कर वे एक-दूसरे में बिला जाते हैं। कुछ देर को शहर की अखंडित तस्वीर हमारी आँखों के सामने झिलमिलाती है। वही वक़्त होता है उसे पहचानने का, उसकी आत्मा की एक झलक पाने का। फिर रात घिर आती है और शहर की आवाज़ इतनी धीमी और महीन हो जाती है कि चाहने पर भी उसे पकड़ने की कोशिश, बहुत मुमकिन है, नाकाम हो जाये।

अब जा कर मेरी समझ में आया था अपने शहर से इतने दिनों तक दूर रह कर, कि बचपन में मुझे धुंध भरे दिर अच्छे क्यों लगते थे। तब मैं सोचती थी शायद इसलिए कि जब दूर तक कुछ साफ़ दिखलायी नहीं देता तो यह सोच लेना आसान होता है कि वहाँ दूरी पर कुछ बहुत ख़ूबसूरत छिपा हुआ है हालाँकि इस डर से भी मैं आज़ाद नहीं हो पाती थी कि सूरज की रोशनी में वह ख़ूबसूरती बदसूरती बन कर उजागर होगी। पर वह बचपन का सोच था। बातें इतनी सीधी साफ़ कहाँ होती हैं। सवाल ख़ूबसूरती-बदसूरती का है ही नहीं। सत्य कटु हो सकता है, असुन्दर नहीं। पर सत्य ठोस सच की परत के नीचे छिपा रहता है। सूरज की रोशनी में ऊपर का सच इतना धारदार मालूम पड़ता है कि सत्य के दर्शन नहीं हो पाते। शाम का धुंधलका जिस्म के उन कटावों को ढँक देता है जो आँखों को भरमा कर आत्मा तक पहुँचने नहीं देते। शायद इसलिए गुज़रे ज़माने में औरतें परदा किया करती थीं।

उतरी तो मैं शाम ही के वक़्त अपने शहर में पर...यह क्या हो गया मेरे शहर को! नहीं, यह मेरा शहर नहीं। या फिर यह शाम का वक़्त नहीं। मैं जहाँ से चली थी, परसों सुबह या कल रात, वहीं हूँ अब भी, कहीं और पहुँची नहीं। कुछ घंटों का समय खो जाता है न वहाँ से यहाँ के सफ़र में। दिन बनी रात को वहाँ से चली थी और दिन बनी रात को यहाँ हूँ। सुबह उगी ही नहीं बीच में। न शाम का धुंधलका गहराया कहीं। मशीनी उजाले का सन्नाटा छाया था वहाँ और...यहाँ भी? हर एक फुट के फ़ासले पर खड़े बिजली के बल्व तीखी पीली रोशनी फेंक रहे हैं। ऊँची-ऊँची इमारतें, ठेलमठेल, मोटरगाड़ियाँ, हड़बड़ाये लोग, निस्संग, असंपृक्त। सचमुच क्या मैं अपने शहर में हूँ। झींगुर सी महीन आवाज़ में भी तो नहीं पुकार रही इस शहर की आत्मा मुझे।

नहीं, यह मेरा शहर नहीं। यह मेरी आत्मा का संगी नहीं, मेरी याददाश्त का

सहारा नहीं। रात से रात तक का सफ़र करके मैंने सुबह खो दी और शाम को दोपहर में तब्दील कर लिया। यह क्या हो गया मेरे शहर को?

बदहवास मैं हवाई अड्डे से बाहर आयी और टैक्सी में बैठ गयी। बूढ़े ड्राइवर से कहा, शहर से दूर जाने वाली किसी भी सड़क पर गाड़ी मोड़ ले। उसने सवाल नहीं किये। गाड़ी अंधेरी सड़क पर बढ़ा दी। अमेरिका से लौट रहे ग्राहकों से होशियार व्यापारी सवाल नहीं किया करते।

पता नहीं कितने देर मैंने सफ़र किया। रात मुझ पर हावी होने लगी। न जाने कब मेरी आँख लग गयी। और तभी नीम बेहोशी में मैंने महसूस किया कोई धीमे से मुझे आवाज़ दे रहा है। झींगुर सी महीन आवाज़ में। बिना चौंके मैं जग गयी। समझ गयी कि शाम के धुंधलके में इस शहर की आत्मा जिस्म के खोल से बाहर निकल आयी है और मुझसे कुछ कहना चाह रही है।

सड़क के किनारे एक विशाल, पर एकाकी इमारत दिखी। चारों तरफ़ नुचा हुआ बाग़, बंजर ज़मीन, ठूँठ हुए पेड़। लुटा-पिटा एक अभिशप्त बग़ीचा। न खुले जंगल सा भव्य, न निजी बाग़ सा सजा-सँवरा। मुझे लगा वह चिरौरी करती आवाज़ उसी इमारत के इर्द-गिर्द मँडरा रही है।

मैंने गाड़ी रुकवा ली। ख़ुद उतरी और सामान भी उतरवा लिया। इमारत का नाम पूछा तो शहर का भी पता चल गया। रात के पहरेदार ने बतलाया कि इमारत में कभी भूतपूर्व युवराज का महल था, अब होटल है नाम का। रहने नहीं आते वहाँ लोग। इक्का-दुक्का यात्री, वह भी कभी कभी। जैसे आज मैं। और भूतपूर्व युवराज, पूछने की देर थी कि याददाश्त बाँध तोड़ हरहरा उठी। बीते दिन के कोलाहल ने महीन आवाज़ को दबा दिया।

जानतीं नहीं आप। सन् 1975 में सरकार ने उन्हें बंदी बनाने के लिए महल का घेरा डाला था। समर्पण करने से इनकार जो कर दिया था हमारे युवराज ने। शहर का कोई अफ़सर उनकी गिरफ़्तारी लेने को तैयार नहीं था। राजधानी से आयी थी पुलिस और घेर लिया था महल को।

सन् 1975 में? हाँ, कुछ तारीख़ें ऐसी होती हैं कि बिना कहे सब कुछ समझा देती हैं। शहरों की तरह तारीख़ों की भी आत्मा होती है। वही साल तो था जब बप्पा ने मुझे देशनिकाला दिलवाया था। इस शहर का भूतपूर्व युवराज और राजधानी की सरकार, एक ही देश के नागरिकों के प्रतिनिधि थे पर कौन नागरिक है, कौन नहीं, तय करने का अधिकार मेरे बप्पा जैसे लोगों के हाथों में था उन दिनों। तभी न मुझे निकाल बाहर किया गया था। आपातकाल था वह मेरे लिए और भूतपूर्व युवराज के लिए जो तब सांसद था विपक्ष का।

उसे घेर कर अपने ही महल में क़ैदी बना डाला गया था। पर वह क़ैद में

रहा कहाँ? बंद कमरे के भीतर पिस्तौल कनपटी पर रख मुक्त हो गया। क्या उसकी आत्मा शहर की आत्मा में मिल गयी या इस अभिशप्त महल के अंदर सिर धुनती भटक रही है? बूढ़े पहरेदार के लिए युवराज ही शहर था पर मैं जानती हूँ ऐसा नहीं है। फिर भी सन् 1975 में शहीद हुए लोगों की आत्मा की आवाज़ सुनने से मैं इनकार नहीं कर सकती थी। जिस्म के कठघरे में कैद मैं कहाँ-कहाँ तो भटकी हूँ, उसी साल की वेदी पर अपनी आत्मा का बलिदान देने से इनकार करके। आत्मा क्या मैं यहीं छोड़ गयी थी? नहीं, मेरे जिस्म में और मेरे शहर में, दोनों जगह बँट-बँट कर भटकती रही थी मेरी आत्मा। सुनूँ तब, एक बार कान लगा कर सुनूँ। भूतपूर्व युवराज और उस समय के सांसद की आत्मा की आवाज़ क्या कहना चाह रही है।

बूढ़े पहरेदार की कहानी के ख़त्म होते ही मैं उस कमरे के पास जा पहुँची, जहाँ उसने क़ैद और मुक्ति दोनों प्राप्त की थीं। दरवाज़े पर ताला लगा हुआ था पर शीशे से भीतर झाँक कर देखा जा सकता था। उस अभिशप्त महल में अब भी कोई रोज़ आकर कमरा सँवार जाता था। साफ़, तरतीब भरा रख-रखाव था, बिस्तर पर बिखरे ताज़े फूल, दीवार पर युवराज की आदमक़द तस्वीर। सब कुछ था पर युवराज की आत्मा वहाँ नहीं थी। शाम के धुंधलके में भी उसने मुझे नहीं पुकारा। पर मुक्त भी नहीं किया पूरी तरह। दूर कहीं से, हलके सुर में कोई मुझे पुकार कर हिस्सेदारी की माँग करता रहा।

मैं आँखें बंद करके महल के सूखी घास भरे अहाते में बैठ गयी। अंधेरा और सन्नाटा गहराता गया और उसी के साथ मुझे पूरी कहानी याद आ गयी। जैसी उन दिनों सुनी थी। बाहर भेजे जाने से पहले, पूरी की पूरी।

उसे घोड़े पालने का ख़ब्त था। रेस के घोड़े। महल के पीछे स्टड फ़ार्म हुआ करता था, जहाँ वह घुड़दौड़ के विजेता तैयार करता था। पुलिस के घेरा डालने पर उसके वे नायाब घोड़े बिना दाना-पानी दम तोड़ने लगे थे। वही तुरुप चाल थी राजधानी की। घोड़ों की ज़िंदगी समर्पण न करने की शर्त बन गयी थी। तभी उसने कनपटी से पिस्तौल सटा दी थी। उसके मरते ही घेरा हटा लिया गया था। पानी की सप्लाई खोल दी गयी थी। रसद अंदर जाने लगी थी। घोड़े बच गये थे। अपनी नालों समेत।

हाँ, ध्यान से सुना मैंने। उन्हीं घोड़ों के नाल जड़े पैरों की आवाज़ थी वह। वहीं अस्तबल के आसपास भटक रही होगी उसकी आत्मा। अंधेरे में बिना राह टटोले, उसी के सहारे मैं बढ़ती चली गयी। मुश्किल नहीं था उस सुनसान सन्नाटे में आवाज़ को सुन पाना। पैरों की थपक धीमी ज़रूर थी पर रात के सन्नाटे में अकेले होने के कारण, चोट ज़ोरदार करती थी। कानों पर, दिमाग़ पर और दिल पर।

सुनो, आओ, इधर मेरे क़रीब आओ। मेरी कहानी सुनो। अनकही कहानी समझने की ताब है तो आओ। इसी ध्वनि के सहारे चली आओ। रास्ता पैरों के

नीचे की ज़मीन भर नहीं, पहचान माँगता है। तुम्हारे रास्ते की पहचान यह ध्वनि है मेरी पदचाप की।

सुनो...थप थप, टप टप, ठप ठप, ठक, ठक, कहाँ से कहाँ पहुँचा दी तुम लोगों ने ध्वनि मेरे पदचाप की। तुम समझ पाओ शायद...शायद नहीं...शायद...शायद नहीं...शायद...

ठक ठक, ठप ठप, टप टप, थप थप...थपक खो क्यों गयी ठक ठक में? पदचाप बँध क्यों गयी नालों में?

मैं घोड़ों तक पहुँचने से पहले ही बहुत कुछ समझ चुकी थी। शाम का धुंधलका अब पूरी तरह रात के एकछत्र अंधेरे में बदल चुका था। वहाँ तक पहुँचने से पहले ही मैं उस ध्वनि को पहचान गयी थी, सीखचों से घिरे, बाड़ों में बंद धावक घोड़ों के पैर पटकने की आवाज़ ही नहीं, उसमें छुपी कसक को भी।

दौड़ने की क्षमता अथक थी। पर दौड़ लगाने के लिए खुला जंगल नहीं था, मैदान नहीं था। बँधा-बँधाया ट्रैक था और थी मालिक की चुमकार, दाँव लगाने वालों की आशा-निराशा और जुआरियों का जुआ ढोने वाले नाल जड़े पैर। खड़े-खड़े एक जगह दौड़ लगाने का मायाजाल पैदा करके अपनी तृष्णा शांत कर रहे थे।

पहले बाड़े के सामने ही मैं ठिठक कर खड़ी हो गयी। आवाज़ के साथ ऊँचे सफ़ेद अरबी घोड़े की दृष्टि ने मुझे बाँध लिया। दौड़ लगाते वक़्त आँखों पर परदे डले रहते हैं, इस वक़्त देखने के लिए मुक्त थीं। जंगल और मैदान के आख़िरी छोर पर नज़रें गड़ा कर मनचाही दौड़ लगाने के लिए फिर भी नहीं, मेरी तरह प्यार बाँटने वाले हाथों से मैंने उसका चेहरा दोनों तरफ़ से थाम लिया। सिर पर हाथ फेर पाने लायक़ ऊँचाई मुझे खुद में मिली नहीं, आँखों से आँखें मिला पायी, यही बहुत था।

तुम ग़लत थे, बीते हुए कल के युवराज। खुदकुशी करके तुमने अपने अहम् को बचाया, घोड़ों को नहीं। तुम्हें अपने घोड़ों से प्यार नहीं, उनका मालिक होने पर नाज़ था। इसीलिए तुम्हारी आत्मा की आवाज़ इनके पैरों की ठक-ठक के बीच खो गयी है। बेहतर होता अगर तुम इनके बाड़ों के सींखचे तुड़वा देते, इनके पैरों से नालें उखड़वा लेते, इन्हें आज़ाद छोड़ देते, अपना-अपना जंगल और मैदान ढूँढ़ने, तय कर पाने के लिए।

उस अरबी घोड़े का चेहरा हाथों में पकड़ उसकी आँखों में आँखें गड़ा कर मैंने अपने पैरों को झाड़ा, ठीक किसी रेस के घोड़े की तरह। हल्के से चौंक कर घोड़े ने मेरी तरफ़ देखा। मेरे आँसुओं की झिलमिलाहट उसकी आँखों के कोरों में उतर आयी।

नहीं, उसने मुझसे कहा, तुम्हारे पैरों में नाल नहीं ठुकी, तुम अब भी आज़ाद हो। रेस में मत दौड़ो, भाग जाओ। रेस शुरू हो उससे पहले भाग जाओ। भाग जाओ,

एक और आवाज़ उसकी आवाज़ से आ मिली। नाल ठुके पैरों के आघात से रौंदी धरती से उठ कर चारों तरफ़ फैल गयी। समय रहते भाग जाओ, रेस से बाहर हो जाओ वरना मेरी तरह झूठी आज़ादी के मोहपाश में बँध कर, कनपटी पर पिस्तौल रख गोली चला लेनी पड़ेगी। या प्रगति की भूलभुलैया के बीच खड़ी, किसी गगनचुंबी इमारत की सबसे ऊपरी मंज़िल से कूद कर शरीर का मलबा बना डालना होगा।

नहीं, उसी क्षण मैंने निर्णय ले लिया, यह नहीं होगा। तुमने मुझे चेताया, तुम्हारी शुक्रगुजार हूँ। सिर्फ़ तुम्हारी नहीं, उनकी भी जिन्हें मैं अपना अपराधी मानती रही हूँ। सब मुझे चेता रहे थे, अपने शहर वापस जाने को उकसा रहे थे। उस शहर को नहीं जहाँ से मैं पहले पहल चली थी। पर उस शहर को, जो मेरे शहर की भटकती आत्मा सँजोये बैठा था। मैं उस शहर में पहुँच गयी। अब मैं हारूँगी नहीं और न भागूँगी निरर्थक रेस में।

एक बार घोड़े के माथे पर अपना सिर सहला कर मैं वापस मुड़ गयी।

और जो हो, मैं याद रखूँगी मेरे पैरों में नाल नहीं ठुकी, मैं खुले मैदान में दौड़ सकती हूँ। अपना रास्ता चुन सकती हूँ। रेस के ट्रैक पर दौड़ना लाज़िमी नहीं बना सकता कोई मेरे लिए। मैं आज़ाद रखूँगी ख़ुद को उन लोगों के साथ रहने के लिए जो रेस में शरीक होने लायक़ नहीं हैं।

बप्पा, तुम फ़िक्र मत करना, कोई नहीं जान पायेगा मैं तुम्हारी बेटी हूँ। अपनी जवाबदेही से मैंने तुम्हें मुक्त किया। और ख़ुद को तुम्हारा स्वीकार पाने की लालसा से। माँ, तुम्हें प्रणाम। पर यह ख़त तुम्हें नहीं भेजूँगी। तुम न जानो तो अच्छा है कि मैं अपने शहर में लौट आयी हूँ। और ख़त भी नहीं लिखूँगी। ख़त लिखने की मेरी ज़रूरत आज ख़त्म हो गयी। यह मेरा आख़िरी ख़त है। इसे फाड़ूँगी नहीं। आख़िरी वक़्त आने पर अपने शहर के नाम छोड़ जाऊँगी। उस शहर के नाम, जो मेरा अपना नहीं था पर जिसमें मेरे शहर की आत्मा ज़रूर थी।

(प्रथम प्रकाशन—*हंस,* 1985)

# बड़ा सेब काला सेब

मैं ठहरी हिन्दुस्तानी। परिचित-दोस्त-रिश्तेदार, सब हिंदुस्तानी। एक दिन कहा, मैं न्यूयॉर्क जा रही हूँ। बस बधाइयों, हिदायतों की झड़ी लग गयी।

''बिग एपल, वाऊ! कितनी ख़ुशक़िस्मत हो तुम।''

''नहीं, न्यूयॉर्क।''

''वही रे। हर किसी का चहेता। सफलता का प्रतीक। बिग एपल।''

वाह, क्या नाम है। बड़ा सेब। सारा का सारा शहर, सुर्ख़-तंदुरुस्त। लाल कुप्पा गालों वाले गोरे चेहरे।

''पर कालों से बच कर रहना।''

''सबवे में मत चढ़ना। काले ख़ून ख़राबा करते हैं।''

''क्वींस की तरफ़ मत निकलना। काले भरे रहते हैं।''

''सामान का ध्यान रखना। काले साले सब चोर होते हैं।''

हद है। मेरे मुँह पर मुझे ही गाली। जानती हूँ, मैं काली हूँ। बचपन से सुन रही हूँ। कान पक चुके हैं। भला हो पीटर ब्रुक के महाभारत का, जो काले फ़ैशन में आ गए। यानी कालों का ज़िक्रेख़ैर, फैशन में आ गया। सेक्सी, एक्ज़ॉटिक, एथनिक, जाने क्या-क्या। वरना हाय बेचारी और छुट्टी। बहुत हुआ तो नाक नक़्श अच्छे हैं, काश रंग गोरा होता। ये ख़ुद कौन गोरे हैं। हाँ, मेरी बनिस्बत खिलता हुआ रंग है। गेहुंआं, बादामी, साँवला, अरे फ़र्स्ट क्लास से थर्ड क्लास तक की श्रेणियाँ हैं, अपने यहाँ भूरे रंग की। पर मैं स्वीकृत श्रेणियों से बाहर, सीधी सपाट काली हूँ। कल्लो, काली कलूटी, बैंगन लूटी।

''कालों से आपका मतलब?'' गुस्सा बस आ ही गया।

''नीग्रो। अफ़्रीक़ी और क्या? पर तुम उन्हें नीग्रो मत कहना। वे काला कहलाना पसंद करते हैं। साले कहते हैं, ब्लैक इज़ ब्यूटीफ़ुल।''

''सिड़ी सनकी! गोरे चेहरे पर काला तिल तो सुना था सुंदर। पर पूरा चेहरा काला, वाह! क्या सौंदर्यबोध है।''

हा हा, ही ही, हू हू, चारों तरफ़ हँसी फूट चली।

ब्लैक इज़ ब्यूटीफ़ुल। काला सुंदर? यानी सेब भी काला? बड़ा काला। सफ़ेद बर्फ़ को ज़हर भरा सेब खिलाया था चुड़ैल सौतेली माँ ने। क्या काला था वह सेब? होगा। फ़्रांस के द्योर मोशाय ने बनाया है न ज़हर (पायज़न) नाम से इत्र। बोतल काली, आधे कटे सेब की शक्ल में। कितना लोकप्रिय हुआ वहाँ और यहाँ। ज़रूरी तौर पर। जो वहाँ, सो यहाँ। ब्लैक इज़ ब्यूटीफ़ुल। है काला सुंदर, नहीं? क्यों नहीं, पूछूँ इनसे?

पर मुझसे पहले वे बोले।

"बहुत मँहगा शहर है, ठहरोगी कहाँ?"

"मेरे भतीजे का पता ले लो। पॉश सबर्ब चपाकुआ में रहता है। ख़ूब कमाता है। वहाँ ठहर जाना। सुबह बिग एपल जाना, शाम को लौट आना।"

भतीजा गोरा है कि काला, पूछूँ? यह कोई पूछने की बात है। हिन्दुस्तानी आदमी का भतीजा हिन्दुस्तानी ही होगा, नहीं? ज़रूरी नहीं है। छोड़ो। जो हो। ठहरने का बंदोबस्त हुआ न। काफ़ी है।

भतीजे से बात हुई। हिदायत मिली, "न्यूयॉर्क के जे.एफ़.के. हवाई अड्डे पर पूछ लेना, रेलगाड़ी से चपाकुआ स्टेशन आ जाना। वहाँ से फ़ोन करना। लेने आ जाऊँगा। यहाँ फ़ोन कभी ख़राब नहीं होते।"

वाह, भई वाह! क्या ख़ूब!

जे.एफ़.के. हवाई अड्डे पहुँच गई। बिग एपल। बड़ा सेब। सब कुछ बड़ा। हवाई अड्डा बड़ा। लाउंज बड़ा। सूटकेस बड़ा। आदमी बड़ा। औरत बड़ी। पूछताछ का बोर्ड बड़ा। ख़ूब बड़ा। दूर से दिखने वाला।

बड़े सूटकेस को घसीटती मैं बड़े लाउंज को पार करके, पूछताछ के बड़े काउंटर पर पहुँच गई। लाल गालों वाली तंदुरुस्त गोरी लड़की के सामने।

"चपाकुआ रेलगाड़ी कब जाती है? और कहाँ से?"

"पता नहीं।"

"आपके पास टाइम टेबल होगा। टूरिस्ट जानकारी? चपाकुआ के लिए रेलगाड़ी कहाँ से लूँ और कब?"

"ईमानदारी से मुझे पता नहीं।"

"कहाँ पता लगेगा?"

"ईमानदारी से मुझे पता नहीं।"

"प्लीज़, चपाकुआ पहुँचने के क्या तरीक़े हैं?"

"टैक्सी।"

"टैक्सी के अलावा? रेलगाड़ी जाती है न। मुझसे कहा गया था, आपसे पूछूँ।"

“कहा न, ईमानदारी से मुझे पता नहीं।”

“तो बेईमानी से ही बतला दीजिए।”

“आगे बढ़िए। पीछे क़्यू है, दिखता नहीं?”

दिखा, क़्यू। क़्यू में लोग। उनसे भी पूछा। अमरी सेब जैसे लाल मर्दों से। डिलिशियस सेब जैसी गुलाबी औरतों से। हर बार एक ही जवाब मिला, “ईमानदारी से मुझे नहीं पता।”

हे भगवान, यहाँ क्या कोई बेईमान नहीं?

रुआँसी हो आयी। चपाकुआ फ़ोन किया। सुझाव मिला। “टैक्सी लेकर आ जाओ। चालीस डॉलर भाड़ा लग जायेगा। पर क्या किया जाये। पुलिस वाले से पूछ कर भाड़ा तय कर लेना।”

मरती क्या न करती। सोचा, होटल का किराया फिर भी बचेगा। टैक्सी स्टैंड की तरफ़ चल दी। टैक्सी दिखीं। चार। सबके ड्राइवर गोरे, लाल। आश्वस्त हुई।

एक टैक्सी तक पहुँची। कहा, “चपाकुआ स्टेशन।”

“मीटर से या बग़ैर मीटर?”

याद आया, कहा गया था, पुलिस वाले से पूछ कर भाड़ा तय करना। देखा, सामने चला आ रहा था। पर...काला!

“कालों से बच कर रहना।”

हे राम! अब? रहने दूँ? पर यह तो यमदूत की तरह बढ़ा चला आ रहा है मेरी तरफ़।

पूछा, “कोई समस्या?” इतना लंबा, तगड़ा, काला मर्द। साँस रुक गयी। फिर भी मिमियायी, “चपाकुआ तक का भाड़ा?”

“मीटर चलाओ,” उसने ड्राइवर से कहा, और मुझसे, “क़रीब तीस डॉलर बैठेगा, ठीक है?”

“ठीक,” फिर मिमियायी।

वह चला गया।

कितनी मधुर आवाज़। मन हुआ रोक लूँ। रेलगाड़ी के बारे में पूछ डालूँ। शायद यह बेईमान हो। पर....“कालों से सावधान।”

ड्राइवर टैक्सी में बैठ चुका था। खट से पीछे का बूट खुला। बटन दबाया होगा। जैसे-तैसे, खींच-खाँच कर, अपने छोटे बदन की पूरी ताक़त लगा, मैंने बड़ा सूटकेस उसमें डाल दिया। हाँफती हुई सीट पर लुढ़की कि टैक्सी दौड़ी और ट्रैफ़िक जाम में फँस गयी।

वाह, क्या रफ़्तार है! धक्के से रुक जाना पड़ा तो क्या। चली तो तीर की तरह थी। खड़क खड़ाक । एक मज़ा और। बाहर कड़ाके की ठंड पर भीतर पसीना

लाती गर्माहट। मौसम ज़रूरत से ज़्यादा अनुकूल। आँख झपक गयी। खुली तब, जब ड्राइवर की आवाज़ कानों में पड़ी :

"कहाँ जाना है?"

"चपाकुआ स्टेशन।"

"किधर है?"

"पता नहीं। चपाकुआ में होगा। यानी उससे पहले। ठहरो, नक़्शा देखती हूँ।" नक़्शा खोला नहीं कि मीटर दिखा। चालीस डॉलर। बाप रे! यानी चपाकुआ निकल चुका।

"चपाकुआ निकल चुका। उसने कहा था, तीस डॉलर।"

"बकवास। तीस! उसे क्या पता।"

"पुलिस वाला था।"

"तब? काला सुअर। उतर जाओ यहीं।" टैक्सी रुक गयी।

देखा, मार बियाबान। चौड़ी सड़क के एक तरफ़ ताल-तलैया, दूसरी तरफ़ सड़कों का गुंजलक।

"यहाँ कैसे उतरूँ? शहर चल कर पूछो। नक़्शे में देखो। चपाकुआ जाना है।"

"साठ-सत्तर से कम नहीं आयेगा मीटर में, समझ लो।"

"जो हो। पहले कुछ पता तो चले। आगे चलो, बोर्ड पढ़कर पता लगेगा, हम हैं कहाँ। तभी नक़्शा देखूँगी।"

बात पूरी हुई नहीं कि टैक्सी दौड़ पड़ी। जैसे काले चोर पीछे पड़े हों। बोर्ड आया तो कुछ पढ़ा नहीं गया।

"चपाकुआ? चपाकुआ?" मैं चीख़ी।

"स्ट्रीट? बिल्डिंग नंबर?"

"कुछ नहीं, स्टेशन चलो, स्टेशन।"

"वापस स्टेशन जाऊँ, पागल हो?"

"वापस नहीं। चपाकुआ स्टेशन। आगे पीछे जहाँ हो।"

हे भगवान, वीर हनुमान, सीता-राम, राधा-कृष्ण, भोले शंकर, अल्लाह, जीसस, मदद करो। इसे बतलाओ चपाकुआ स्टेशन कहाँ है।

भागती टैक्सी धाड़ से दाएँ मुड़ी। आँखें फाड़ कर देखा। चपाकुआ का 'सी' तक नज़र नहीं आया। कुछ कहूँ कि टैक्सी रुक गयी। ड्राइवर उतर आया, "इधर।"

किधर? चारों तरफ़ सुनसान बियाबान। पास ही क़ब्रिस्तान। एक तरफ़ लकड़ी की टाल। बिजली की फुर्ती से कटती लकड़ियाँ। दो मोटे ताज़े ललमुँहा गोरे, मशीनी आरे सँभाले।

"यह स्टेशन थोड़ा है।"

''क्यों, है नहीं वह रेल लाइन?''

हाँ, एक परित्यक्त रेल लाइन जा रही थी पास से।

''रेल लाइन होने से स्टेशन नहीं होता।''

काफ़ी आध्यात्मिक वाक्य लगा अपने काँपते दिलोदिमाग़ को। उसे नहीं।

''उतरो।''

''नहीं।''

''तो मरो।''

वह टाल में जा घुसा। तीनों कॉफ़ी पी रहे थे और हँस-हँस कर मेरी तरफ़ ताक रहे थे।

सुना, ''द ब्लैक बिच (काली कुतिया)।''

कहाँ? किधर? कौन? कोई नहीं थी वहाँ। बस मैं। तो क्या मैं? उनका इशारा मेरी तरफ़ था? तीनों अश्लील इशारे करके हँसे। अब? हे करुणानिधान! कर्णधार...पुलिस वाला? टैक्सी का नंबर नोट किया था उसने? हाँ, किया था।

''याद रखो, पुलिस के पास तुम्हारा नंबर है। स्टेशन चलो,'' मैं दहाड़ी, अगर बकरी की आवाज़ को आप दहाड़ मानें।

वह हँसा, वे हँसे, ख़ूब हँसे और हँसते-हँसते रुक गए।

''क्या हो रहा है?'' एक पुरसोज़ पर बुलंद आवाज़।

हैं! वह काला पुलिस वाला यहाँ कैसे? नहीं, यह दूसरा काला था। सब काले एक जैसे लगते हैं, नहीं?

''कुछ नहीं,'' दोनों ललमुँहे झट काम पर लौट गये।

''बोलो, बेटे?'' काले ने टैक्सी ड्राइवर से पूछा पर बेटे ऐसे कहा जैसे चाकू मार रहा हो।

''सुनिए। सुनिए। प्लीज़ सुनिए!'' मैं दरवाज़ा खोल कर चिल्लायी।

''मैं? श्योर।'' सीटी जैसी बजी और वह पास खड़ा था।

ओ माँ, जैसे दानव। वह हँसा। पहले आँखें हँसी, फिर होंठ। बिजली चमकने के बाद ही घर्षण होता है न? वहाँ तो पूरा आर्केस्ट्रा बज उठा।

''बोलो, मिस?''

इससे डरूँ कि न डरूँ, तय करने से पहले दूसरे डर ने बुलवा दिया।

''प्लीज़, मदद कीजिए। चपाकुआ स्टेशन जाना है। यह पता नहीं मुझे कहाँ कहाँ घुमा रहा है। प्लीज़।''

यह क्या। एक काले से यूँ मदद की गुहार।

उसकी हँसी ग़ायब हो गयी।

कैसा भयावह हो उठा चेहरा।

सीता-राम! सीता-राम!

यमदूत ने दरवाज़ा खोला और मेरे बराबर में बैठ गया।

मैं कोने में सिमट गयी।

उसने सीटी बजायी।

नहीं, प्लीज़ नहीं। हे भगवान, अल्लाह, जीसस, स्वीट जीसस!

ड्राइवर दौड़ा आया।

''चपाकुआ स्टेशन। सीधे। आवारागर्दी नहीं,'' वह नीचे उतरा और हँस दिया।

मेरा ख़ून जम गया।

ड्राइवर का चेहरा पसीने से लथपथ हो गया। उसने गाड़ी वापस मोड़ ली।

''बास्टर्ड! पिग,'' वह गरियाता रहा पर टैक्सी की रफ़्तार में ढील नहीं आयी। चपाकुआ स्टेशन आ पहुँचा। कितना बड़ा-बड़ा लिखा था। च-पा-कु-आ अहा! चाहो तो आधा मिनट पहले पढ़ लो। पर मीटर में किराया—सत्तर डॉलर! मर गये। कुल मुद्रा मिली है, पाँच सौ डॉलर! पहले ही दिन सत्तर की चपत। आगे? गले में सोने की चेन है ज़रूर। बेचनी पड़ी तो बेचेंगे। ये लोग अब क्रेडिट कार्ड रखने लगे हैं। हम तो हमेशा से सोना पहनते आये हैं। देखा जायेगा। जान बची तो लाखों पाये, लौट कर बुद्धू अभी घर नहीं आये। टैक्सी रुक गई। मैं उतरी। घूम कर पीछे गई। बूट खुलने की प्रतीक्षा में ताक़त समेटने लगी।

बूट बंद रहा।

''बूट खोल दो,'' मैंने पुकारा।

ड्राइवर नीचे उतर आया। अरे, यह तो बीस बरस का छोकरा है, मेरे बेटे की उम्र का। मैं ख़ामख़्वाह डर रही थी। सुरक्षित जगह पहुँचते ही सब सामान्य लगने लगा था, मीटर पर भाड़े के अलावा।

''बूट खोल दो।''

''पहले पैसे दो।''

''सामान निकाल कर दूँगी न।''

''नहीं, पहले दो।''

''क्यों?''

''लोग बिना पैसे चुकाये भाग जाते हैं।''

''वे सामान उठाकर पैदल भाग जाते हैं और तुम गाड़ी में उनका पीछा नहीं कर पाते?'' हँसी आ गयी। आधा पागल है छोकरा।

''मेरे साथ यही सब होता है।''

''पर पैदल आदमी गाड़ी से तेज़ कैसे भाग सकता है?''

''पता नहीं।''

"ईमानदारी से?"

"हाँ!"

मैं भी किससे ठिठोली करने चली थी। लोगों की आवाजाही से ढाढस पाकर मैंने सुर तेज़ किया, "सामान लिये बिना पैसे नहीं दूँगी।"

कोई ठिठका तक नहीं।

जान पर खेलकर, मैं टैक्सी के आगे, मडगार्ड से सटकर खड़ी हो गयी।

"बूट खोलकर सामान निकालो, तब पैसे लेना," दस-दस डॉलर के सात नोट मैंने हवा में लहराये, "मेरे पास यही नक़दी है, बस।" मेरी चिल्लाहट सुन कोई हिचकिचाया तक नहीं। बड़े सेब जैसे तगड़े ललमुँहे पास से गुज़रे और बेझिझक आगे बढ़ते गये।

"मुझे सब धोखा देते हैं," कह वह रहा था, महसूस मैं कर रही थी।

स्वर कोमल बनाकर बोली, "क्यों ऐसा सोचते हो, बेटा। तुम्हारे माँ-बाप तुम्हें प्यार नहीं करते क्या?"

"तुम्हें क्या?"

"मैं तुम्हें धोखा नहीं दे रही। काले कॉप ने ग़लत कहा था। इतनी दूर के कुल तीस डॉलर कैसे होंगे?"

सातों नोट हवा में फिर लहराये। छी छी, एक अनजान पर ग़लत तोहमत। पर क्या करूँ? माल बचाऊँ कि ज़मीर।

धड़ाक से बूट खुला। मैं पीछे दौड़ी। बड़ा सूटकेस आधा बाहर हुआ था कि हाथ से नोट झपट, उसने गाड़ी चला दी। सूटकेस समेत मैं पीछे गिरी। तो क्या? धूल झाड़ उठ खड़ी हो गयी। जान-माल दोनों सलामत। और क्या चाहिए।

फ़ोन हुआ, भतीजा आया और घर ले गया। मेरी कहानी सुनी तो बोला, "ये काले साले सब धोखेबाज़ होते हैं।"

"तुम ग़लत समझे। ड्राइवर गोरा था। पुलिस वाला और फ़ोरमैन काले थे।"

"होंगे। अपवाद नियम को साबित करता है।"

उफ़्, ये जेबकाटे मुहावरे। आग लगा देते हैं बदन में। पर बोले कौन? मुश्किल से मुफ़्त की छत नसीब हुई थी, पंचायती छाँट कर गँवा कैसे देती। भूख भी ज़बरदस्त लगी थी, टोस्ट ठूँस, मुँह बंद कर लिया।

लंबी तानकर सोयी।

अगले दिन आसपास घूमी। शानदार इलाक़ा। बड़े घर। चौड़े मैदान। लंबी गाड़ियाँ, दैत्याकार। बड़े काग़ज़ी गिलासों में कॉफ़ी। सब ऊँचा, बड़ा, खुला, चौड़ा।

"और गोरा," भतीजे ने कहा, "यह बढ़िया पॉश इलाक़ा है। सबसे अच्छी बात यह है कि यहाँ काले नहीं रहते। चोरी-चकारी नहीं होती।"

एक बार सुना, दो बार सुना, बार-बार सुना। कॉफ़ी पीते सुना, ताल पर घूमते सुना, बाज़ार में सामान ख़रीदते सुना, घर में घुसते सुना, बाहर निकलते सुना। आख़िर खीज बर्दाश्त की छत फलाँग गयी। कहा, ''आपका मतलब, आप यहाँ अकेले काले हैं।''

''मैं एशियन हूँ,'' वे तमतमाये।

''हाँ, मेरी तरह काले। हिन्दुस्तान में आपका रंग इक्कीस मान भी लिया जाता, पर यहाँ सारे हिन्दुस्तानी एक से काले लगते हैं।''

उनका चेहरा लाल, यानी बैंगनी हुआ, फिर पीला, यानी साँवला पड़ गया। मुँह से आवाज़ नहीं निकली। थूक भीतर घोंट, वे एक पूरा बड़ा चॉकलेट एकबारगी खा गए।

चॉकलेट इज़ ब्लैक (चॉकलेट काला है), ब्लैक इज़ ब्यूटीफ़ुल (काला सुंदर है) मेरे मन में बजा। एंड यू आर मैड (और तुम पागल हो)। ''इतना क्या क़द बढ़ाना कि अच्छा ख़ासा मेज़बान खो दो। अब? बिग एपल, और क्या।''

रात जैसे-तैसे कटी। अगली सुबह, मय सूटकेस अपने को चपाकुआ स्टेशन के प्लेटफ़ॉर्म पर खड़े पाया। न्यूयॉर्क की गाड़ी पकड़ने के लिए। दिन-दिन का काम था। रात काटने के लिए कमरा जुटाना होगा। शिकागो की उड़ान अगली सुबह थी। वहाँ अपना देवर है। काला भुस हिन्दुस्तानी। काला कहने पर भी घर से निकाल नहीं पायेगा। रिश्तेदार ठहरी।

रेलगाड़ी आयी। डिब्बे का दरवाज़ा चौड़ा था। सूटकेस घुसता चला गया। मैं ही बेहाल थी, उठाने की मशक्कत में। सामने दो सीटें ख़ाली दिखीं। हाँफती हुई उधर बढ़ी। सूटकेस हाथ से छोड़ सीट पर गिरी। पर बैठ नहीं पायी। ऊपर उठी मेज़ खुलकर पेट से टकरायी। हवा निकले ग़ुब्बारे सी, अधखड़ी रह गयी।

''हम यहाँ ताश खेल रहे हैं,'' मोटा ललमुँहा खौखियाया। उसी ने मेज़ गिरायी थी। देखा मेज़ चार सीटों के बीच थी। दो पर बड़े सेबनुमा गोरे बैठे थे दो ख़ाली थीं। डिब्बे में बैठे लोग मज़ा लेकर हँस रहे थे। सब सूट-बूट ओवरकोट में लैस, ब्रीफ़केस थामे भद्रजन। रोज़ इसी गाड़ी से एक साथ बिग एपल जाते होंगे और दफ़्तर निपटाकर शाम को साथ लौटते होंगे। रोज़ ताश जमता होगा। पर यह बात शालीनता से भी कही जा सकती थी। मैंने ग़ौर किया। सभी भद्रजन गोरे थे। मेरे सिवा काला कोई नहीं। कहा था न भतीजे ने, चपाकुआ में काले नहीं रहते। काश, डिब्बे में एकाध काला और होता।

मैंने सूटकेस उठाया। दूसरी सीट पर जाने से पहले सिर्फ़ इतना कहा, ''सभी अमेरिकन इतने असभ्य होते हैं या आप ख़ास हैं?''

कायर! डरपोक काली! सीट पर बैठ, मैंने ख़ुद को धिक्कारा। गांधी जी होते

तो सीट पर डटे रहते। खींचतान, मारपीट के बावजूद तब तक जमे रहते, जब तक लोग उन्हें उठाकर बाहर न फेंक देते। सूटकेस की तनिक परवाह न करते। और मैं? उन्हीं की देशवासिनी। धिक्कार है मुझ पर! तोले भर की ज़बान हिलाई सो ठीक पर मन भर का बदन क्यों हिलाया? जमी रहती तो क्या कर लेते वे लोग? जान से मार देते? तो क्या? एक बार ही मरता है न आदमी। पर साहब, यही तो मुसीबत है। एक बार मरना ही तो मौत है।

मुझे रोना आ रहा था पर मैं रोई नहीं। अपमान, आत्मधिक्कार, क्षोभ, क्रोध सब पर विजय पा ली। तर्क इकट्ठा करने में हमारा सानी है भला। यह क्या अवमानना थी, कुछ नहीं। उन दलितों की सोचो, जिन्हें उस डिब्बे में घुसने तक नहीं दिया जाता। पैसे ही नहीं होते टिकट ख़रीदने को। होते भी तो वे कोने में सिकुड़ कर बैठते। भद्रजनों के समीप आते संकोच करते। उनके जीवन का हर पल अपमान के बोझ तले दबा रहता है। मेज़ नहीं पेट पर लात घूँसे खा कर बदहवास होते हैं। उनके मुक़ाबले मेरा अपमान क्या था, कुछ नहीं। ईमानदारी से, कुछ भी तो नहीं। और बेईमानी से?

न्यूयॉर्क में जिससे मिलना था, वे मेनहैटन टैंथ स्ट्रीट पर रहती थीं। शाम साढ़े पाँच बजे का वक़्त दिया था। सोचा, पास कहीं ठहरूँ, टैक्सी का भाड़ा बचेगा, पैदल पहुँच जाऊँगी।

"सबवे में मत चढ़ना। काले ख़ून-ख़राबा करते हैं," चेतावनी याद थी।

बत्तीसवीं गली के बैस्ट वैस्टर्न होटल में निम्नतम दर का कमरा ले लिया। अजीब होटल था। फ़ोन के नाम पैसा पहले जमा करवा लिया। ख़ासी लंबी लाइन थी।

"मुझे कहीं फ़ोन करना ही नहीं," बतलाया, तो कहा, "जाते वक़्त पैसे वापस ले लेना।"

"लाइन में लगकर।"

"ज़ाहिर है।"

क्या कहती, विकसित देशों की यही रीत होगी।

टी.वी पर सुना, "अस्सी प्रतिशत अनुमान है, शाम को तेज़ आँधी-बारिश आयेगी।"

अनुमान! हम क्या जानते नहीं? अपने मौसम विभाग वाले जो अनुमान लगाते हैं, ठीक उससे उलटा होता है। मूसलाधार बारिश तो तेज़ धूप। साफ़ आसमान तो टपाटप बारिश।

सूटकेस कमरे में पटक, घूमने निकल गयी। दिसंबर की मारक ठंड। मटमैले चकत्तों में उगती ढलती धूप। फिर भी थी तो धूप। न बर्फ़ न बारिश। भला लगा

इधर-उधर भटकना। सड़क के किनारे कैफ़े में बैठकर पिज़्ज़ा का टुकड़ा खाया (उस दिन की ख़ास सस्ती पेशकश), फ़िटमारी सी बेस्वाद कॉफ़ी पी, खिड़कियों से झाँककर, दुकानों में सजा चमाचम सामान निरखा, एंपाइर स्टेट बिल्डिंग की चोटी से नीचे का धुंधला नज़ारा देखा। जैसे समुद्र के किनारे चाँदनी चौक बसा हो।

तीन बजे बूँदा-बाँदी हुई। तेज़ चाल से होटल की तरफ़ पलटी। बूँदा-बाँदी बंद हो गई। ठंडी हवा चलने लगी। ठीक है। साड़ी पर इकलौता कोट चढ़ाया और लाउंज में उतर आई। चार बज लें तो घूमते-घामते दसवीं गली पहुँचूँ।

तभी मूसलाधार बारिश शुरू हो गई। रुक जायेगी। वरना टैक्सी ले लूँगी। छाता साथ है। बारिश थमी नहीं। बल्कि बढ़ती चली गई। साथ में तेज़ हवा। होटल के दरवाज़े पर टैक्सी लेने वालों की भीड़ लग गई। सब हड़बड़ी में। हर तीसरा आदमी हवाई अड्डे पहुँचने को बेक़रार। मैं भीड़ में शामिल हो गई। एक घंटे के बेताब इंतज़ार के बाद, मेरे हिस्से टैक्सी आ गई। भीतर की गर्माहट में इत्मीनान की साँस ली और सीट में धँस गई। बाहर का दृश्य दिलचस्प था। तेज़ हवा की मार से, पानी की बौछारें उड़कर गोल-गोल चोट कर रही थीं। जैसे इडली की पिट्ठी पिस रही हो। टैक्सी इतने धीमे सरक रही थी कि लग रहा था एक ही बिंदु पर जड़ है। पर जैसे-तैसे रास्ता तय हो रहा था। बारिश की धुंध के सिवा बाहर का कुछ नहीं दिख रहा था। दिखता भी तो मैं पहचानती नहीं। एकदम अनचीन्हा था सब मेरे लिए। पर डर नहीं था। मेनहैटन के भीतर-भीतर एक गली से दूसरी गली तक ही तो जाना था। बिल्डिंग नंबर 42, दसवीं गली, ड्राइवर को बतला कर निःशंक बैठी थी।

टैक्सी गली में घुसी और रुक गई। ''इतनी बारिश में उतरोगी, बीमार पड़ जाओगी,'' काले ड्राइवर का कहना भला लगा। छाता सँभाला, उतरने लगी तो सामने की इमारत का चमकता नंबर दिखा—42 नहीं, 38।

''यहाँ नहीं, आगे,'' वापस बैठकर कहा।

''मैं आगे नहीं जा रहा।''

''क्यों?''

''बस, नहीं जा रहा।''

''पर क्यों? मीटर से पैसा लोगे? तुम्हें क्या नुकसान है? दो बिल्डिंग बाद तो है।''

''उतरना है तो यहीं उतरो, वरना वापस चलो।''

''इस बारिश में?''

''आई क्यों इस बारिश में?''

''काम था। आना पड़ा। आगे चले चलो।''

''नहीं।''

''आख़िर क्यों?''

''यहाँ से ज़्यादा आसानी से सवारी मिलेगी।''

''इतनी बारिश में उतरूँगी तो बीमार पड़ जाऊँगी। तुम्हीं ने कहा था।''

''ज़रूर पड़ोगी, वापस चलूँ?''

''नहीं।''

''तो उतरो।''

बहस के लिए मेरे पास वक़्त नहीं था। साढ़े पाँच बजा चाहते थे। मैं सुनना नहीं चाहती थी, 'हिन्दुस्तानी हमेशा देर से आते हैं'। उतर गई। भाग कर छज्जे के नीचे पहुँची। ऐसे ही, बीच-बीच में भीगती-भीगती, 38 नंबर से 42 नंबर तक पहुँची।

बारिश, अंधड़ की थाप पर उसी तरह तांडव करती रही। मेरी मेज़बान अचंभित थी। इतनी तूफ़ानी बारिश में कोई समय से कैसे पहुँच सकता था। वह भी शाम के साढ़े पाँच बजे!

वाक़ई! ''सबसे ज़्यादा भीड़भाड़ वाला वक़्त होता होगा?'' पूछा उनसे।

''हाँ, कहावत है, ड्राइवर अपने चूतड़ों पर बैठा रहता है और कमायी होती रहती है।''

''शाम के साढ़े पाँच बजे?''

''हाँ।''

तब उन्होंने मुझे वही वक़्त क्यों दिया? मैंने बतला दिया था, मैं पहली बार न्यूयॉर्क आ रही हूँ, एकदम अज्ञानी हूँ शहर के मामले में।

सवाल पूछने के बजाय मैं छींक दी। कमरे में तेज़ ताप का परस पाकर मेरी गीली रेशम की साड़ी चारों तरफ़ भाप के गोले उड़ा रही थी। नरक का सा समाँ था। उन्होंने मुझे घूरा, पूछा, ''कॉफ़ी?''

जवाब में मैं फिर छींक दी। उन्होंने डिकैंटर उठा कर प्याले में कॉफ़ी डाल दी। मैंने अपनी भीगी काया और दुहरी छींकों के लिए माफ़ी माँगी तो बाक़ी कहानी भी सुना दी। उन्होंने कमरे का तापमान और बढ़ा दिया। कहा, ''बहुत समझिए, उसने आपको गली के मुहाने पर नहीं उतार दिया। यहाँ कुछ भी हो सकता है।''

''ख़ासकर शाम के साढ़े पाँच बजे?''

''बिल्कुल,'' उनका इत्मीनान क़ाबिलेतारीफ़ था।

मैंने सोचा पूछ डालूँ, मेरे लिए उन्होंने वही वक़्त क्यों मुफ़ीद माना? पर नीमगरम कॉफ़ी को और ठंडा करना बेवक़ूफ़ी होती।

हम काम की बात पर आये।

मेरी कहानी नागरी कहानियों के संकलन में ली जानी थी। उसके अनुबन्ध पर हस्ताक्षर हो गये। बाक़ी कहानियों और लेखों पर विचारों का आदान-प्रदान हुआ।

दो लेख उन्होंने प्रकाशनार्थ रख लिए। चिट्ठी-पत्री के लिए मैंने देवर का, शिकागो का पता दे दिया। फिर रुख़सत। उन्होंने गर्मजोशी से हाथ मिलाया, साड़ी की तारीफ़ की और दरवाज़े की तरफ़ देखा। मैंने पूछा, ''क्या फ़ोन करके टैक्सी यहीं नहीं बुलायी जा सकती?'' उन्होंने कहा, ''नीचे हॉल से जैनिटर बुला देगा। कोई दिक़्क़त नहीं होगी। टेक केयर (अपना ख़याल रखना)।''

मैं शुक्रगुज़ार हुई।

नीचे हॉल में पिद्दी सा काला छोकरा बैठा था। अच्छा लगा, कोई तो इस बड़े देश में छोटा था। पर टैक्सी बुला देने की बात सुनते ही वह फुत्कारने लगा, ''मैं कहाँ से बुलाऊँ? जैसे तुम बाहर जाकर आवाज़ लगाओगी वैसे मैं। लिमो बुलानी थी तो ऊपर से फ़ोन करतीं।''

''ऊपर जाऊँ?''

''चौगुने पैसे देने हों तो जाओ।''

''बाहर टैक्सी मिल जायेगी?'' पूछकर मैंने ज़बान काट ली। अब यह कहेगा, ईमानदारी से इसे पता नहीं। वह ठठा कर हँस पड़ा। क्या उसने मेरे मन की बात जान ली?

''नो प्रॉबलम (कोई दिक़्क़त नहीं), टेक केयर।''

बाहर झाँका। लगा मूसलाधार बारिश हल्की पड़ी है। छाता खोला और चौखट लांघ गयी। बर्फ़ीली हवा के पहले थपेड़े से ही छाता उलट गया। हड्डियाँ पिघलने लगीं। बदन में गरमी भरने को मैं भागते हुए आगे बढ़ी। टैक्सी दिखी तो आवाज़ लगा, इतनी ज़ोर से दौड़ी कि खेल का मैदान होता तो तेज़तम औरत का ख़िताब मिल जाता।

न ख़ुदा मिला, न विसाले सनम। टैक्सी वाले ने टका सा जवाब दिया, ''ऑफ़ ड्यूटी'' और आगे बढ़ा। मैं और मेरे साथ बारिश भी बढ़ी। फिर हवा क्यों पीछे रहती?

टैक्सियाँ दिखती रहीं। मैं उन तक दौड़ती रही। 'ऑफ़ ड्यूटी' का नारा बुलंद होता रहा। बारिश और हवा में होड़ लगी रही। मैं भागती, रुकती, चलती, हर हाल में भीगती, ठिठुरती, काँपती रही। दौड़ में कभी बारिश आगे निकल जाती, कभी हवा। मैं दोनों से पिछड़ गयी। लथपथ, गीली, ठंडी साड़ी तपते बदन से चिपक, चलना दुश्वार कर रही थी, भागने की क्या कहें। पुलिस वाला दिखा तो उससे भी मिन्नत कर डाली। एक टैक्सी का सवाल है, बाबा, सिर्फ़ एक टैक्सी का। पूरी नहीं तो आधी चलेगी। सारी जागीर एक टैक्सी पर न्योछावर। पुलिस वाला क्या कर सकता था? आज़ाद कमेरों का मुल्क था। ड्राइवर चाहे जाये, न चाहे न जाये।

आगे-पीछे, दाएँ-बाएँ सब तरफ़ घूमकर, जब आधी टैक्सी भी नसीब नहीं हुई,

तो पलट कर दसवीं गली की 42 नंबर की इमारत में घुसी। हॉल से मेज़बान का बज़र दबाया। बुरा मानें चाहे भला, फ़ोन करके लिमो बुलाने को कहूँगी। किराया चौगुना लगे चाहे छह गुना। कहा न, सारी जागीर एक टैक्सी पर न्योछावर। ‘‘माई किंगडम फ़ॉर ए हार्स।’’

कोई जवाब नहीं मिला। छोकरे ने बताया, वे मेरे जाने के तुरंत बाद बाहर चली गयी थीं।

‘‘उन्हें बाहर जाना ही था तो मुझे टैक्सी तक छोड़ सकती थीं।’’

उसने कंधे झटके। कहा, ‘‘आप यहाँ नहीं बैठ सकतीं। मैं ताला लगाकर घर जा रहा हूँ।’’

‘‘आपके पास गाड़ी है?’’

वह हँसा कि ख़ूब हँसा।

‘‘मैं यहीं पीछे रहता हूँ।’’

मैं फिर सड़क पर थी।

बारिश में कुत्ते-बिल्लियों की चिल्लपों थी। शायद मेरा भ्रम हो। अंग्रेज़ी मुहावरे का असर। पर धार बेरहम थी। हवा में चाबुक की सरसराहट थी। यक़ीनन थी। चाबुक फटकारता हाथ बारिश का था, चाबुक हवा का, या हाथ हवा का था, चाबुक बारिश का, कह नहीं सकती। जो था, ग़ज़ब का मारक था।

तपते बदन पर गीली साड़ी की बर्फ़ीली फिसलन बर्दाश्त के बाहर हो चली थी। सिर में घुमेर उठ रही थी। डर था, और चली तो चक्कर खाकर बीच सड़क गिर न पड़ूँ।

साक्षात् ईश्वर की तरह, यूनिवर्सिटी ऑफ़ न्यूयॉर्क की इमारत ने दर्शन दिये। मैंने समर्पण कर दिया।

अंदर घुसी। बड़ा हॉल। लोग-बाग। दीवार के साथ लगे सोफ़े। ख़ाली। एक सोफ़ा पूरा खाली। लस्टम-पस्टम मैं उस तक पहुँची और भीतर धँस गयी।

सब कुछ थम गया।

बर्फ़ीली हवा का झंझावात क्या ठहरा, मशीनी गर्माहट ने मुझे नर्म फाहों में लपेट दिया। गीले ठंडे बदन को छू, तपिश, भाप बनकर उठी और मुझे घेर लिया। लगा, मैं सॉना बाथ में हूँ।

ताप से ऊपर उठते भाप के परदे। परत दर परत गरम कोहरा। कोहरे में धुंधलाती आँखों की बिनाई। धुंध में छिपते सोफ़े। ओझल होते लोग। अकेली मैं, पुरसुकून भाप के समंदर में गोते लगाती, डूबती-उतराती, बहती।

मैंने फ़ोन किया...टैक्सी आयी...मैं बैठी...कमरे में पहुँची...साड़ी उतारी...बिस्तर पर लेटी...सो गयी...

सोओ नहीं। उठो, फ़ोन करो।

...सोने दो...अभी लेटी हूँ...सूखे कपड़े पहने हैं...अभी आयी हूँ...सो गयी...उठो, उठो, फ़ोन करो।

...लेटी...लेटते ही सो गयी...

अभी नहीं, उठो, फ़ोन करो।

...हाँ...फ़ोन...टैक्सी...करती हूँ...फ़ोन किया...टैक्सी आयी...मैं चली... पहुँची...लेटी...सो गयी...

उठो, उठो।

सोने दो।

उठो!

सुबह होने दो।

उठो!!

मैंने आँखें खोलीं। एक भीमकाय काला दानव मेरे कंधे पकड़ कर हिला रहा था।

मैं ज़ोर से चीख़ी।

वह डरकर पीछे हट गया।

मैं उठ कर बैठ गयी।

वह पास आया।

"शुक्र है, तुम ज़िंदा हो।"

"यह नरक है?"

"हाँ, पृथ्वी पर।"

"तुम शैतान हो?"

"हाँ, काला। नर। और तुम?"

"मादा। काली।" मैं हँसी और हँसती चली गयी।

"चुप!" उसने ज़ोर से फटकारा।

मैं चुप हो गई। आँखों से टपाटप आँसू गिरने लगे।

"यहाँ कैसे बैठी हो?"

"टैक्सी नहीं मिली।"

"कहाँ जाना है?"

"बैस्ट वैस्टर्न, मेनहैटन, बत्तीसवीं गली।"

"उठो।"

मैं उठी। लड़खड़ाई तो उसकी छाती से जा लगी। टी शर्ट पकड़ कर सँभली तो नीचे फिसल गई। ज़मीन पर गिरने से पहले, उसने सँभाल लिया।

"पिये हो?"

"नहीं, प्यासी।"

उसने मेरा माथा छुआ, फिर गला और हाथ।

"हिन्दुस्तानी हो?" मैंने पूछा।

"नहीं, अफ़्रीक़ी। तुम्हें बुख़ार है।"

"पता नहीं।"

"एस्पीरिन है पास?"

"नहीं।"

"चलो।" सहारा देकर चलाया और पास के कैफ़े में ले गया। पूछा, "पैसे हैं?"

"हाँ।"

"दो एस्पीरिन और दो कॉफ़ी। पैसे दो।" मैंने दे दिये। उसने एस्पीरिन पानी में घोली, कहा, "पी लो।"

"ख़ाली पेट एस्पीरिन?"

वह हँस पड़ा, "नहीं, नन्हीं बच्ची। मफ़िन के साथ।"

दो मफ़िन सामने थे। मैंने पैसे दे दिये। उसने एक मफ़िन मुझे पकड़ा दिया। मैंने एक गस्सा खाया और एस्पीरिन मिला पानी पी लिया।

"चलो।"

"क्यों? यहाँ मेज़ पर बैठकर पियेंगे न कॉफ़ी।"

"बेकार और पैसे लगेंगे। पीते-पीते चलो सबवे तक।"

देखा, प्लास्टिक के बड़े गिलासों पर ढक्कन लगे हैं। उसने एक हाथ में कॉफ़ी का एक गिलास थामा हुआ है। मुझे बाँहों से घेरे दूसरे हाथ में मफ़िन और दूसरा गिलास। मुँह में पकड़ कर उसने गिलास का ढक्कन अलग किया। गटागट कॉफ़ी पीता आगे बढ़ा। मैं आप से आप आगे खिसक आयी।

"ढक्कन," मेरे मुँह से निकला और मुझ पर हँसी का दौरा पड़ गया।

"क्या है?"

"गिलास...ढक्कन," मैं हँसती गयी।

"मफ़िन खाओ जल्दी, खाली पेट," वह भी हँस दिया। उसने हाथ का मफ़िन दाँतों से उठाया और मेरे सामने लहराया, "यह भी चाहिए?"

"नहीं।"

अपना मफ़िन कुतरा। इतना बड़ा। जैसे गोभी का फूल।

"बड़ा सेब!" मैं हँसी।

"कॉफ़ी पिओ," उसने गिलास मेरे मुँह से लगा दिया। ज़बरन घूँट भरनी पड़ी।

“पकड़ो।”

मैंने गिलास पकड़ लिया।

“चलती रहो।”

रुकती कैसे? वह ठेलता आगे बढ़ाता रहा।

देखा, बारिश रुक चुकी।

पूछा, “क्या बजा है?”

“चार।”

“चार! फिर इतना अंधेरा क्यों है?”

“रात के चार।”

“रात...तुम्हारा मतलब सुबह के?”

वह हँस पड़ा।

“सुबह...रात...जब अंधेरा, तब रात।”

मेरी हँसी ग़ायब हो गयी। उसने मुझे रुकने नहीं दिया। बराबर आगे ठेलता रहा।

“सामने सबवे स्टेशन है। ट्रेन लो और तीसरे स्टेशन पर उतर जाओ। सामने बैस्ट वैस्टर्न होगा। समझ गईं?”

“और तुम?”

“स्टेशन तक चलता हूँ।”

“सबवे में अकेली नहीं जाऊँगी।”

“क्यों?”

“काले ख़ून-ख़राबा करते हैं।”

“तो भागो। मैं भी काला हूँ,” अब हँसते चले जाने की उसकी बारी थी। मुझे घेरता हाथ हटा नहीं कि मैंने वापस पकड़ लिया।

“मुझे डर लगता है।”

“मुझसे? तो भागो।”

“नहीं। उनसे। बड़े लाल सेबों से।”

“कहाँ के लाल सेब।

यहाँ कीड़े ही कीड़े हैं।

मैं काला, तुम काली।

मफ़िन काला, कॉफ़ी काली।

भौंरा काला, मक्खी काली।

कीड़े सब काले हैं।”

हँसते-हँसते वह गाने लगा। गाते गाते पैरों से ताल देने लगा। मैं भी। वह

मुझे साथ उड़ाये ले जा रहा था सबवे की तरफ़।

स्टेशन आ गया। उसने मुझसे पैसे लेकर मशीन से टिकट निकाला। मुझे पकड़ाया, कहा, ''जाओ। गाड़ी आने वाली है।''

''तुम साथ चलो।''

''पागल लड़की। मर्द को साथ होटल ले जाने का मतलब जानती हो?''

''बाहर से लौट आना। दोतरफ़ा टिकट ले लो,'' मैंने पैसे उसकी तरफ़ बढ़ाये।

''बेवक़ूफ़! जाओ अब!'' उसने डपट कर कहा।

उसकी आँखें अंगारे बरसा रही थीं। एकदम काला, शैतान, भुजंग लग रहा था वह। मैं सिर से पाँव तक काँप गयी।

''जाओ!'' चाबुक बरसा कर वह तेज़ी से पलटा और लंबे डग भरता बाहर निकल गया। मैं खड़ी रह गयी।

ट्रेन आयी। मैं भीतर घुसी। डिब्बा आधा ख़ाली था।

आधी सीटों पर थके-हारे इंसानी आकार पसरे पड़े थे। कुछ काले, कुछ भूरे, इक्का-दुक्का गोरे। पर सब एक जैसे पस्त। पिद्दी। हिन्दुस्तानी बेर जैसे।

होटल पहुँच, बिस्तर पर ढह जो सोयी तो दोपहर बारह के अलार्म से जगी। कमरा छोड़ा, सूटकेस उठाया, चाबी दी, फ़ोन के पैसे वापस लिये, कॉफ़ी मफ़िन के साथ दो एस्पीरिन ख़रीदीं। खड़े-खड़े कॉफ़ी पी। एस्पीरिन खाई, मफ़िन खाते-खाते सबवे पकड़ी और हवाई अड्डे चल दी। बड़े सेब में से एक और कीड़ा बाहर निकल गया।

प्रथम प्रकाशन—*धर्मयुग,* 1987

# बर्फ़ बनी बारिश

बाहर वही सहमी सी बर्फ़ गिर रही थी। इतने बरस बाद भी अमर उसका आदी नहीं हो पाया था। उसे याद आ रहे थे, बहुत पहले के वे दिन, जब उसकी आवाज़ चली गयी थी। बर्फ़ गिरती देख उसे वही अहसास होता था, जैसे बारिश की आवाज़ खो गयी हो। गहरी चोट खाकर आँसू भीतर घोंटे हों और गला फँस कर रह गया हो। बेआवाज़ ही बरसना पड़ा हो, घुट-घुट कर थक्कों में। जैसे वह रोया था। जब मैट्रिक में फ़ेल हो गया था। पिता जी ने पूछा था, क्या नतीजा निकला और वह गों गों कर रह गया था। पता उन्हें पहले से था, बिना साँस लिये उन्होंने पीठ पर दोहत्थड़ जमाने शुरू कर दिये थे। रो-रो कर वह बेहाल हो गया था पर गले से आवाज़ नहीं निकाल पाया था। पिता जी अंदाज़ नहीं लगा पाये थे, कितना पीट चुके, शायद इसलिए...। हफ़्तों लग गये थे आवाज़ वापस आने में।

अपने बच्चों पर उसने कभी हाथ नहीं उठाया। फेल भी नहीं हुए वे कभी। पढ़ायी में अव्वल रहे। न भी रहते तो अपना पूरा प्यार देता उन्हें। दिया न; फ़िर भी जितना चाहता था, नहीं कर पाया उनके लिए। कभी छुट्टियों में पहाड़ तक नहीं ले जा सका। ख़ुद गया था पहाड़ पर एक बार। कॉलेज का एक सहपाठी शिमला का था, वह ले गया था भरी सरदी में। तभी हिन्दुस्तान में पहली और आख़िरी बार उसने बर्फ़ देखी थी।

पहाड़ों पर बर्फ़ का गिरना अटपटा नहीं लगता। पहाड़ हों तो बर्फ़ में उतार-चढ़ाव रहता है, ज़िंदगी की तरह। डर नहीं लगता। पर यों सपाट मैदान में गिरती बर्फ। खिड़की के शीशे में से झाँक कर बाहर देखता है तो दूर तक फैली बर्फ़ की सफ़ेद चादर मौत पर आने वालों के लिए बिछी चाँदनी सी लगती है। फ़र्श पर दरी के ऊपर बिछी सफ़ेद चादर उसने सिर्फ़ मातम में देखी है पर वहाँ कम से कम चुप्पी नहीं रहती। चीख़-चीख़ कर रोते लोग शोक को सन्नाटा नहीं बनने देते। उसके चिथड़े कर इधर-उधर छितरा देते हैं। सफ़ेद चादर स्वर की लहरियों पर थिरकती रहती है।

जिसे जितना कम शोक होता है, वह उतनी ही ज़ोर से रोता है। वह भी रोया था हिलक-हिलक कर, पिता जी के मरने पर।

पर यह शोर के बिना सन्नाटे में खिंची सफ़ेदी डर पैदा करती है। ऐसा कि आँसू बहाओ तो गला घोंट कर चुपचाप, कि कहीं हिलक गये तो शब्द सुन कोई आयेगा और दबोच लेगा। कितनी देर से खिड़की पर खड़ा अमर बर्फ़ की चादर देख रहा था। उस पर चलते हुए वह उसे नहीं देखता, कहीं न कहीं पहुँचने की जल्दी में रहता है। बर्फ़ उसके लिए हमेशा दूर की चीज़ रही थी, जैसे चाँद या सितारे। पर अमेरिकन तो चाँद पर भी जा चढ़े थे। अपने पैरों के निशान खोद आये थे वहाँ, और किसी ने चूँ तक नहीं की थी। फिर बर्फ़ का क्या वजूद? उतर आयी थी बेचारी, पहाड़ की चोटियों से और गुमसुम गिरने लगी थी उनके समतल मैदानों में। हिन्दुस्तान की बड़ी से बड़ी ऊँचाई भी इनकी न्यूनतम उठान की बराबरी नहीं कर सकती। उसी न्यूनतम ऊँचाई के लालच में तो वह अपना देश छोड़, यहाँ भाग आया था। यहाँ पैसा कमा कर वहाँ की खाई पाटने की कोशिश कर रहा था, पर फ़र्क़ था कि बढ़ता ही जाता था। गरीब, अविकसित, पिछड़े देश का, दौड़ में पीछे छूटता, हाँफता-काँपता आदमी था वह। इनके लिए इतना ही परिचय था उसका। क्या और कुछ नहीं था उसके देश में, आँकड़े, अधबूझे इतिहास और विश्वव्यापी होड़ में पीछे छूट जाने के अलावा? था, बहुत था। वह ऊँचे पहाड़ जैसे उन्नत दिमाग़, जो इस देश की प्रगति को संचालित करने, अपनी छोड़, इनकी दौड़ में शामिल होने चले आते थे रोज़। उसके अपने बेटे सुरेश, रमेश और कितने उनके संगी साथी।

वह नदियों जैसी प्रवाहमयी या शांत गंभीर औरतें जो अब भी गाँव-वन सुरक्षित रखे थीं। वह मेह जैसा बरसता सस्वर स्नेह, जो अकेलापन बचाये रखता था। यूँ गूँगा नहीं होता था इन्सानों का आपसी रिश्ता, उसके देश में, बर्फ़ की तरह। एक का स्नेह उदासीनता में बदल भी जाता तो अकेलेपन की सफ़ेद चादर नहीं बिछानी पड़ती थी। कितने रिश्ते थे, जो क़ायम रहते थे। कोई होता था जो शून्य को पाट देता था। हँसी में, रोने में साथी बन जाता था। और कोई नहीं तो पड़ोसी ही। पड़ोस के मास्टर जी ही तो थे जिन्होंने पिता जी की मार से ही नहीं, उसकी अपनी कुंदज़ेहनी से भी उसे बचाया था। उन्हीं से पढ़ कर वह अगले बरस अव्वल दर्जे में पास हुआ था और पिता जी के मरने पर चीख़-चीख़ कर रोया था। उनका हाथ उसके सिर पर बराबर बना रहा था। बाद की लड़ाई उसने ख़ुद लड़ी थी पर उनका प्रोत्साहन हमेशा साथ रहा था।

सुरेश-रमेश हँसते हैं उसकी भावुकता पर। कितनी बार सुनायेंगे कहानी, पापा। साल भर उन्होंने आपको पढ़ाया भर ही तो था।

यहाँ लोग माँ-बाप को याद नहीं रखते, आप कहाँ एक मास्टर को रोते रहते हैं, वे कहते नहीं थे, पर अमर भाँप लेता था। ज़्यादा बात करके वह उन्हें तंग नहीं करता था। उसे यहाँ बुलवाया, यही क्या कम था। फिर दूसरे-तीसरे वीकएंड मिलने भी आ जाते थे, सपरिवार छुट्टी बिता कर लौटते हुए। उसके लिए एकाध डिश भी छोड़ जाते थे। वह कृतज्ञ था उनका। पर उतना नहीं जितना बचपन के अपने पड़ोसी मास्टर का। जब वे मरे, वह ज़रा नहीं रोया था, मूक अवाक् बैठा रहा था, छाती पर पत्थर लिये। इस बर्फ़ की तरह। अब भी गिर रही थी वह उसी तरह, मूक, महीन।

वह खिड़की से हट कर बिस्तर पर आ लेटा। अकेला। आँखें बंद कर लीं। ठीक है, अब पता नहीं चलेगा कि बर्फ़ कब तक गिरी, कब बंद हुई। अपनी झड़ी की तरह नहीं है न कि लय बदल-बदल कर बरसे, यूँ कि आँखें बंद करके महसूसो तो भूले-बिसरे राग याद आयें और भूली-बिसरी प्यार की अनुभूतियाँ।

यह हो क्या रहा है आज उसे। अपना देश, अपनी बारिश, यहाँ तक कि बिन्नी भी, अपने बन कर यूँ आ रहे हैं, जैसे अपनी इच्छा से उसने उन्हें छोड़ा न हो।

बिन्नी ने उसके साथ अमेरिका आने से इनकार कर दिया था।

बिन्नी उसकी पत्नी थी। उसके तीन बच्चों की माँ। तीसरे बेटे विजय और दूसरे बेटे रमेश में आठ साल का फ़र्क़ था, इसलिए जब सुरेश-रमेश, एक के बाद एक, दो साल के भीतर, स्कॉलरशिप पाकर अमेरिका चले गये तो विजय पीछे रह गया था। उम्र जो कुल सोलह थी। और दो-तीन साल में वह भी चला आयेगा। फिर शायद बिन्नी भी आ जाये। निपट अकेली न रह जायेगी। तब अपना देश मानो पराया देश।

कितना समझाया था, मान कर नहीं दी थी। वह उसके साथ इस अजनबी देश में आने के लिए तैयार नहीं हुई थी। लोग विश्वास नहीं कर पाते थे। हिन्दुस्तानी औरत और पति का साथ छोड़ दे। एक अमूर्त विचार के लिए।

“लोग अपने पराये होते हैं, देश नहीं,'' अमर ने कहा था। सबने कहा था। ''तुम कोई बड़ा काम-धंधा करती होतीं तब भी बात थी। यह छोटी सी नौकरी, स्कूली टीचर की, भला यह भी कोई नौकरी है। बाहर ऐसी एक नहीं, दस मिलेंगी।” बार-बार कहा था, हर किसी ने, पर बिन्नी पर असर नहीं हुआ था।

“मुझे कहीं नहीं जाना। वे गये, जाने दो। आप क्यों जाते हैं उनके पीछे?”

“अपने बच्चे हैं। प्यार से स्पांसर करके बुला रहे हैं। वहाँ पर कमाऊँगा तो अपना घर बना पायेंगे। रहने को खुली जगह होती तो शायद वे पढ़ाई पूरी होने पर वहाँ न बस रहते।”

"अब तो जगह की तंगी नहीं रही। तीन जन ही बचे हैं।"

कैसे सपाट स्वर में कह दिया था बिन्नी ने बिना हिचकी भरे। अमरनाथ को झुरझुरी आ गयी थी। बात को दूसरे सिरे से पकड़ कर बोला था, "यहाँ अठावन पर रिटायर होना पड़ेगा। वहाँ रहूँगा तो पैंसठ तक काम कर सकूँगा। हाथ में पैसा आ जायेगा तो अपना घर बनायेंगे, जैसा तुम चाहोगी वैसा।"

"पैंसठ के बाद?" उसकी भौंहें वक्र हो गयी थीं।

"हाँ...नहीं..." वह गड़बड़ा गया था। सवाल जवाब की बूँदा बाँदी, बौछार नहीं बन पायी थी। बिन्नी ने चुप्पी ओढ़ ली थी। अमर पहाड़ तो था नहीं, जो उससे टकरा कर, वह बादल बन बरस पड़ती। उसकी चुप्पी समतल मैदान पर गिर रही इस बर्फ़ की तरह थी, वह तो यहाँ आकर पता चला। भूत की तरह पीछा करती चली आयी थी उसकी मौन अस्वीकृति यहाँ उसके पास।

उस वक़्त वह मुँह फेर कर चला आया था। तिरपन की भी कोई उम्र होती है, भविष्य से नज़रें बचा कर, बुढ़ा जाने की। वाक़ई कौन बुढ़ा गया था, वह या बिन्नी, वह नहीं जानता था। मोह बेटों का था या पैसे का, यह भी नहीं जानता था। बिन्नी उसके बग ैर ख़ुश थी या उसके साथ, कह नहीं सकता था। उसे आज यह सब क्यों याद आ रहा था, जानता नहीं तो कहता कैसे? बंद आँखों के सामने कभी बिन्नी आ खड़ी होती थी, कभी दिल्ली शहर। पता नहीं बर्फ़ अब भी गिर रही थी, या थम चुकी थी। रात के सन्नाटे में वह बारिश की आवाज़ सुनने को बेक़रार था।

उसे यहाँ आये कितने बरस हुए? तीन ही तो।

ऐसा नहीं है कि यहाँ बारिश नहीं होती, बल्कि कुछ ज़्यादा ही होती है।

पर रह-रह कर पूरा साल होने वाली वर्षा और भयानक गरमी के बाद, धड़ल्ले से होने वाली बरसात में बहुत फ़र्क़ था। मानसून की झड़ी, क्या बतलाये, क्या शै थी। एक साथ सब बंधन खुल जाते थे, दिलोदिमाग़ के। ठस्स से ठस्स आदमी कविता कर बैठे। यहाँ कोई समझ नहीं पाता, उसकी महक या संगीत को। मूसलाधार बरसेगा तो कहेंगे, "रेनिंग कैट्स एंड डॉग्स।" सारा मज़ा ख़राब हो जाता था। पानी में निचुड़े, दाँत निपोरे, दुम दबाये, सड़कछाप, बदनुमा, कुत्ते-बिल्ली आँखों के सामने दौड़ लगाने लगते थे। बारिश न हुई, नगरपालिका का छकड़ा हो गयी। धत्। कहा किसी से नहीं था उसने। यहाँ आ कर कहने से ज़्यादा छिपाना सीखा था। अपनी वर्षा का संगीत सुनने को न मिले, चलो न सही। पर यह बर्फ़ की ख़ामोशी। इसे झेलना बहुत भारी पड़ता है। हमेशा। नहीं हमेशा इतना नहीं, जितना आज पड़ रहा है।

पिछले बरस वह सह गया था। पर पहले साल, बर्फ़ के ख़ामोश अकेलेपन ने इतना डराया था कि छुट्टी के कुल तीस दिन हाथ में लेकर, हिन्दुस्तान भाग गया था। अगली बरसात में।

बाहर मूसलाधार बारिश हो रही थी। जैसे तड़-तड़ मूसल बरस रहे हों। गाँव की औरतें दलती हैं न ओखली में तिल और मूँग। धम धम, तिड़क तिड़क। अमर को उसकी उपमा पसंद नहीं आती थी। कहता था "मूसल नहीं, बिन्नी, सावन के महीने में झूले की पट पेंग, पट पेंग, ऐसी है अपनी बारिश की आवाज़। तभी न औरतें गाती हैं इसकी लय पर, सावन के सावन।"

अमर को झूले दिखें, बिन्नी को ओखली, वाजिब ही था। उसे बारिश से जाने क्या लगाव था। अपनी बारिश तो ऐसे कहता था जैसे निजी खाते में बैंक में जमा कर रखी हो। जब चाहा चैक काटा और निकाल ली।

इधर बादलों का घटाटोप फटता, उधर अमर बाहर घूम आने का कार्यक्रम बनाना शुरू कर देता। जाना हो चाहे नहीं, सोच-सोच कर खुश हो लेता। दफ़्तर छोड़ कर भाग तो सकता नहीं था, पर बरसते दिन की शाम होने पर घर में घुसता तो ललकता हुआ, "बिन्नी, बारिश हो रही है।"

तो? बिन्नी क्या जानती नहीं? छज्जे से गीले कपड़े उठाने कौन भागा था? भीगी साड़ी हाथ से ऊपर उठाये, कीचड़ में पिच-पिच चप्पल फटकारता कौन स्कूल से घर लौटा था? विजय के चोड़े कपड़े बदलवा, सिर-बदन को कौन तौलिये से रगड़ कर सुखा रहा था? पानी के दबाव में नाली के बाहर सर्राते पानी को कौन उलीच-उलीच कर घर के अंदर आने से रोके रहा था? बिन्नी ही तो। चिढ़ थी उसे बारिश से।

अमर की क्या कहें, बरसते पानी में ही बाहर घूम आने को लपक पड़ता। साफ़ पक्की सड़क हो तो बात है। यहाँ इस महानगर कहलायी जाने वाली दिल्ली में हर कदम पर कीचड़ पैर चूमती है। छिः।

"अरे कीचड़ का क्या है, मिट्टी ही है न। इसी मिट्टी से बने हैं हम भी," अमर कहता।

"मिट्टी से बने हैं न, कीचड़, दलदल से तो नहीं। क्या देश है, पक्की सड़क बनते ही धँसने लगती है। एक बौछार पड़ी नहीं कि हर दस कदम पर खड्डे-गड्ढे। गंदे नाले का पानी सड़क पर बह कर गँधाता रहता है।"

"ठीक है यार," अमर कहता, "नीचे की बजाय ऊपर देखना सीखो। हरियाली, पेड़, चहचहाती चिड़ियाँ। ठंडी बयार।"

"पेड़ों पर चल सकते तब न। पाँव तो कीचड़ में ही लिथड़ेंगे।"

अमर ठठा कर हँस पड़ता, "देश से प्यार करो। देश के कीचड़ से प्यार करो।"

बिन्नी घूमने जाने से साफ़ इनकार कर देती। अमर अकेला निकल जाता या उसे चिढ़ा-चिढ़ा कर बौछार के नीचे नहाता, मना करते-करते विजय को साथ ले लेता। दोनों बदन मल मल कर गाते, "मेरे देश की मिट्टी कीचड़ उगले।"

कभी मूड अच्छा होता तो बिन्नी हँस पड़ती। फिर क्या था, दोनों खींच कर उसे भी बाहर कर लेते। "ठंडे-ठंडे पानी में नहाना चाहिए, रूठी-रूठी मम्मी को मनाना चाहिए।" गा गा कर उसे सिर से पाँव तक भिगो कर ही मानते। ज़्यादातर बिन्नी उसकी इज़ाज़त नहीं देती थी। अमर बाहर निकलता तो वह रसोईघर में जा घुसती। झाड़ू लेकर भीतर मटरगश्ती करते तिलचट्टे और मकोड़े मारती और बर्तन पटक पटक कर खाना बनाती।

"टपके ही जा रहा है..." मन ही मन बिन्नी ने गाली दी।

अलसुबह स्कूल पहुँचने की मुसीबत। छाते के भरोसे सिर बचा भी ले तो पैरों में मार वही लिजलिज कीचड़। ऊपर से जो गाड़ी पास से गुज़रे, गंदे पानी के छींटे उछालती जाये। ऐसा ग़ुस्सा आता था कि गोली मार दे सब गाड़ी वालों और ख़स्ता हाल सड़क बनाने वालों को।

पिछले बरस अमर आया था तो ऐसे ही बरसात के मौसम में। जब आया तो इतनी उमस थी कि पसीने में नहाया, अकबकाया सा जैट लैग की रट लगाये, बिस्तर पर लोटता रहा था। नींद भादों की लिसलिसाहट की वजह से नहीं आ रही थी और दोष जैट लैग को दिया जा रहा था। दो दिन की चिपचिपी तपन के बाद बादल यों टूट कर बरसे कि अमर के साथ बिन्नी का मन भी हरसा गया। नीचे झुक कर कचरा कीचड़ कौन देखे जब सब तरफ़ जल-थल, जल-थल हो। पट पेंग, पट पेंग। वाक़ई अमर ठीक कहता था, झुलना झुलाती ही आती है शायद मौसम की पहली रिमझिम। अमर ऐसा ख़ुश हुआ कि जैट लैग भूल चटपट सज-सँवर लिया और बाहर जाकर चाट खाने का प्रस्ताव रख दिया।

बिन्नी ने तीन दिन पहले ही टाइफ़ाइड और हैज़े का टीका लगवाया था। उनके इलाके में बीमारी सबसे पहले फैलती है। और फ़िर स्कूलों में टीके लगाने का रिवाज़ है, दवाई के कारगर दिन भले पूरे हो चुके हों।

"चाट इस मौसम में!" उसने कहा था, "चारों तरफ हैज़ा-पीलिया फैल रहा है। आप कहें तो घर पर ही पकौड़े तल दूँ।"

अमर का उत्साह कम नहीं हुआ। "न सही चाट", उसने कहा था, "चलो, ऐसे ही घूम आते हैं। बारिश में भीगने में कितना आनंद है।"

जी हाँ, ज़रूर। कीचड़ में लिथड़े कपड़े धोयेगा कौन और सूखेंगे कब।

"कीचड़ ही कीचड़ होगा सड़क पर। देख लीजिए, वहाँ आपको गाड़ी में घूमने की आदत है," कहने से रोक नहीं पायी थी बिन्नी ख़ुद को।

"साथ चलतीं तो तुम्हें भी हो जाती। हरेक के पास होती है गाड़ी वहाँ," अमर ने तल्ख़ी से कहा था।

आप क्या गाड़ी के मोह में ही इतनी दूर गये हैं, बिन्नी ने मुँह में आया जवाब

वापस घोंट लिया था पर अमर उसकी चुप्पी से और झल्ला गया था।

"देखता हूँ तुमने कूलर लगवा लिया है," कुछ देर बाद तंज के साथ उसने कहा था।

बिन्नी हँस दी थी। "अब आपका रुतबा बढ़ गया है तो कुछ मज़ा हम भी लेंगे न," उसने कहा था।

दरवाज़ा धाड़ से मार, अमर अकेला मेह में घूमने चला गया था। फ़ायदा क्या हुआ। भीग-भीग कर आया और सर्दी-जुकाम में तीन दिन पिनपिनाता रहा। बिन्नी का स्कूल तभी-तभी खुला था, छुट्टी लेकर घर नहीं बैठ सकती थी। अमर रोज़ सुबह ताना देने से नहीं चूकता था, "एक दिन तुम स्कूल नहीं जाओगी तो पूरा देश अनपढ़ नहीं रह जायेगा।" एक तो लगातार झरता पानी, बारिश, अमर के सारे शौक़ पूरे करके ही थमी थी, ऊपर से उसकी नकियाती फ़र्माइशें और छींटाकशी, बिन्नी खासी भन्नायी रही थी उन दिनों।

थकी-माँदी बिस्तर पर लेटी थी तो अमर ने पूछा था, "तुम्हें यहाँ अकेलापन नहीं लगता?"

"अकेला कौन नहीं है दुनिया में," उसने कहा था।

"तुम्हारे पास फिर भी विजय है," अमर कह गया था।

बिन्नी ने नहीं पूछा था, सुरेश-रमेश का क्या हुआ। वह जानती थी, उनके अपने परिवार थे, अपनी व्यवस्तताएँ, सरोकार और जवानी। पूछा था, "आप विजय को ले जाना चाहते हैं?"

अमर चाहता तो अपने अकेलेपन की बात कर सकता था, सुरेश, रमेश की दूरी और परायेपन के बारे में उसे बतला सकता था। पर उसने सिर्फ़ एक शब्द कहा था "हाँ।" ऐसे जैसे मूसल मार रहा हो ओखली में।

"दो साल रुक जाइए," बिन्नी ने कहा था, "कॉलेज पूरा करते ही वह भी भागने को तैयार मिलेगा। मुझे लगता है हमारी ज़मीन में ही कुछ है जो भगोड़ों को जन्म देती है।"

"तो यहाँ रह कर तुम कौन सा तीर मार रही हो। क्या कर रही हो अपने देश के लिए।"

कुछ नहीं। न मैं देश के लिए कुछ कर रही हूँ, न देश मेरे लिए। पर इसका यह मतलब नहीं कि भाग कर किसी संपन्न देश में शरण लूँ। मेरी मर्ज़ी है, यहीं रहूँगी। चिढ़ूँगी, खीजूँगी, बुराई दिखेगी तो बुराई करूँगी, बेबात खुश रहूँगी, पर रहूँगी यहीं।

नहीं, यह सब उसने अमर से नहीं कहा था। तब तक चुप रही थी जब तक उसकी खीज, उससे हट कर बंद नाक-गले पर न चली गयी थी। कराह-कराह कर

वह नाक सिनक रहा था तो उसने सहज स्वर में कहा था, "मैं आप से लौट आने को तो नहीं कह रही।" अमर कुछ नहीं बोला था, गला खँखारते-खँखारते खर्राटे भरने लगा था। पहले से तेज़ हो गये थे उसके खर्राटे। शायद उसे सुनने की आदत छूट गयी थी। उसे याद है, थकी देह की माँग के बावजूद वह बहुत देर तक जगी रही थी। फिर उठ कर विजय के कमरे में फ़र्श पर दरी बिछा कर सो रही थी। सुरेश-रमेश के जाने के बाद से घर के दो छोटे कमरे भी काफ़ी खुले-खुले लगने लगे थे। क्या ज़रूरत थी अमर को घर छोड़ कर भागने की।

उसके खर्राटे कान में बज उठे। उसने घबरा कर आँखें खोलीं। कुछ नहीं। बाहर बारिश ने ज़ोर पकड़ा था, बस। कमरे में वह अकेली ही थी।

बिस्तर पर लेटा अमर बिन्नी से बतिया रहा था। एक पुरज़ोर समा उन्हें बाँधे था। वह जानता था बाहर फुहार पड़ रही है। यह भी जानता था, पास की खटिया पर विजय सो रहा था और पास के कमरे में सुरेश और रमेश। पर वृष्टि का संगीत एक ख़ास क़िस्म का एकांत प्रदान कर रहा था। एकांत और अंतरंगता। जैसे उनका छोटा सा साझा पलंग नदी के बीच का निर्जन द्वीप हो। घर में तीनों लड़कों के रहते भी...नहीं वह पहले की बात थी...इस बार कमरे में वे अकेले थे। सिर्फ़ विजय था, घर में। दूसरे कमरे में।

"बिन्नी," वह कह रहा था, "मैं अकेले नहीं रह सकता, मुझे तुम्हारी ज़रूरत है। मैं यह नहीं कह रहा कि तुम ग़लत हो। ग़लत मैं हूँ, तुम नहीं। फिर भी मैं तुम से मनुहार कर रहा हूँ, मेरे साथ चलो। मुझे तुम्हारी ज़रूरत है। कुछ दिन रह कर देख लो, अच्छा न लगे तो लौट आना।"

कितनी आसानी से कह गया अमर। कितने भले लगे अपने शब्द खुद अपने कानों को। फिर बिन्नी भला कैसे अछूती रह पायी होगी।

"बिन्नी," उसने पुकारा, "बिन्नी।"

चौंक कर उसकी नींद खुल गयी। ज़िद करके आँखें बंद रखीं। पर बाहर का श्मशानी सन्नाटा महसूस कर लेने को वह एक पल काफ़ी था। पता नहीं बर्फ़ अब भी गिर रही थी या थम चुकी थी। उठकर देखने की तबीयत नहीं थी। बदन बेजान सा लग रहा था।

नींद में कहे अपने शब्द उसने याद किये। क्योंकि नहीं कह पाया था बिन्नी से, पिछले बरस, जब भारी बरसात में दिल्ली गया था। बात छेड़ी भी तो बिन्नी के अकेलेपन की, अपने की नहीं।

"तुम्हें यहाँ अकेला नहीं लगता?" उसने पूछा था। सोचा था बिन्नी कहेगी, विजय तो है। तब वह उसकी कमज़ोरी पर चोट करता हुआ कहेगा, "कितने दिन?

और दो साल। कॉलेज पूरा करते ही वह भी मेरे पास चला आयेगा। तब क्या करोगी?" पर बिन्नी ने विजय का नाम तक नहीं लिया था। कहा था, "अकेला कौन नहीं है दुनिया में।"

ऐसी सूक्तियों को कोई क्या कह कर काटे। अमर को विजय का सहारा लेना पड़ा था। कहा था, "तुम्हारे पास फिर भी विजय है।"

बिन्नी ने सुरेश-रमेश का ज़िक्र नहीं छेड़ा, चोट खाने के बजाय कर बैठी थी। "दो साल रुक जाइये," उसने कहा था, "वह भी भागने को तैयार मिलेगा। यहाँ की ज़मीन में ही कुछ है जो भगोड़ों को जन्म देती है।"

अमर ने तिलमिला कर वापसी तिरस्कार किया था। कई बार हुआ था ऐसा। पर उतनी ही बार बारिश के संगीत का संरक्षण भी मिला था। फिर भी अमर अपने अकेलेपन का ज़िक्र नहीं छेड़ सका था। उसे साथ लेने की कोशिश जब जब की, उसी को कमज़ोर बना कर। एक रात फिर विजय का नाम लेकर बात शुरू की थी।

"विजय चाहे तो अभी मेरे साथ चल सकता है। दो साल की पढ़ायी का ख़र्च हम लोग मिल कर उठा लेंगे।"

"हम लोग कौन?"

"सुरेश, रमेश और मैं।"

वह हँस पड़ी थी, "रहने दीजिए, क्यों चंदा किया। वैसे भी यहाँ अच्छा चल रहा है। न छेड़ें तो बेहतर है। दो साल की तो बात है।"

"विजय आयेगा जब तो तुम भी चली आओगी।"

"क्यों? सुरेश, रमेश के साथ नहीं गयी तो इसके साथ क्यों जाऊँगी।"

"तो क्या यहाँ निपट अकेली रहोगी?"

"मुझे अकेले रहने से डर नहीं लगता," उसने कहा था।

फिर भी अमर ने नहीं कहा, पर मुझे तो लगता है। नहीं कहा, सुरेश, रमेश वहाँ गये तो अपने लिए। मुझे बुलाया, मेरे लिए। अपने पास रहने के लिए नहीं। अब विजय आयेगा तो मेरे पास रहने नहीं, जहाँ बेहतर नौकरी मिलेगी तीनों उस शहर में रहेंगे। अपना परिवार बनायेंगे। मेरे शहर में रहें या दूसरे में, कोई फ़र्क़ नहीं पड़ता। मिलना तो वही रहेगा, कभी-कभार का। अजनबियों की तरह। नहीं अजनबियों की तरह नहीं। सुखी, व्यस्त, जवान लोग बूढ़ों से जैसे मिला करते हैं, वैसा ही। पर मैं अभी बूढ़ा नहीं हुआ। हम अभी बूढ़े नहीं हुए। हुए हैं तो सिर्फ़ उनकी नज़रों में। साथ चलो बिन्नी, सिर्फ़ तुम मेरा साथ दे सकती हो। उनके और मेरे बीच एक खाई है। पीढ़ी की, उम्र की, संस्कृति की, सोच की।

कुछ नहीं कहा था उसने। यहाँ रह कर वह भी इन घुन्ने हिमकणों की तरह

हो गया था। नहीं, ग़लत है। धोखा है अपने साथ। सच यह है कि वह चाहता था कमज़ोरी की बात बिन्नी करे। अकेलेपन के त्रास का डंक दिखलाये तो बिन्नी, संरक्षण साहचर्य मांगे तो बिन्नी। आख़िर वह औरत थी। पत्नी। कमाने भर से क्या पुरुष बन जायेगी।

क्या बेवक़ूफ़ी की बात है। यहाँ उसकी बॉस जो औरत है, उसका क्या कर लेता है वह? यहाँ क्या, वहाँ अपने देश में भी कितनी औरतों का हुक़्म बजा लाता रहा है, कितनी बार। अपनी पत्नी होने से क्या औरत छोटी हो जाती है। बड़ा पुरुष बना फिरता है, बेज़ुबान बर्फ़ से दहशत खाने वाला, साला बुड्ढा।

अपने को फटकार लेने पर उसका तनाव घटने लगा। एक ख़ुशगवार उत्तेजना से बदन थिरक उठा। मुस्करा कर करवट बदली तो दिल ज़ोरों से धड़क उठा।

गिरने दो बर्फ़ को। बढ़ने दो बाहर मातमी सफ़ेदी। भीतर वह सुरक्षित था। अगली बार गरमी में दिल्ली जायेगा और बिन्नी को साथ लेकर ही लौटेगा। फिर क्या बिगाड़ लेगा पाला उसका। गिरा करे बाहर निःशब्द। भीतर वह हँसेंगे, बोलेंगे, और कुछ नहीं तो खर्राटे भरेंगे। एक-दूसरे के अहसास से हर सन्नाटा पट जाता है। मौसम का, रिश्तों का...कब तक बच्चों से चिपका रहेगा...क्यों करेंगे वे उसकी परवाह। वह कौन अपने पिता से...मरने पर भी...छोड़ो, पिता जी को नहीं याद करना चाहता वह।

उसका साझा अब बिन्नी से है। उसने एक बार फिर अपने शब्द दोहराये, जैसे नींद आमंत्रित करने को बकरियाँ गिन रहा हो। तुम सही हो...मैं ग़लत...तो क्या...मैं तुम्हें समझा नहीं रहा...मना रहा हूँ...मैं अकेला नहीं...रह...सकता...अ...के...ला...खर्र...ख...र्र...नींद के हावी होने से पहले उसने ख़ुद अपने खर्राटे सुने और सुकून का अनुभव किया।

बिन्नी की आँख खुल गयी। बारिश कब बंद हुई? मौत की सी चुप्पी छायी थी सब तरफ़।

वह उठ कर कमरे से बाहर छज्जे पर निकल आयी। हाथ पसार कर देखा, टपटपाहट एकदम बंद हो गयी थी, पर उमस बनी हुई थी। क्या और बरसेगा? वह रेलिंग पर हाथ रख आगे को लटक आयी। आसमान देखने के लिए यह करतब ज़रूरी था। ऊपर स्याह तंबू तना था। एक भी तारा नज़र नहीं आया। वैसे कौन बहुत तारे नज़र आते थे इस तंग दड़बेनुमा घर के दो फ़ुटे छज्जे से। फिर भी अहसास हो जाता था, तारे खिले हैं या नहीं। अभी कुछ नहीं था। अंधेरे और ध्वनिहीनता के सिवा। अपने दो फ़ुट के आकाश से ही उसे निस्सीम का अनुभव हो आया। उसने आँखें बंद करके सन्नाटे को महसूसा...दूर अनंत तक फैला, मूक, निर्वाक् अकेलापन। बाहर लाखों की गिनती में स्त्री-पुरुष रह रहे हैं, वह जानती थी। पर

भीतर वह अकेली थी। नहीं, विजय था उसके पास। "तुम्हारे पास फिर भी विजय है," अमर ने कहा था। हाँ है। एक आदमी की जगह दूसरा आदमी इतनी आसानी से ले सकता है? यह नहीं तो वह।

क्यों गये तुम वहाँ, उसने अमर से पूछना चाहा। अपने आप निर्णय ले लिया और सोचा मैं चुपचाप तुम्हारे पीछे चली आऊँगी। मेरा अपना कोई अस्तित्व नहीं, चुनाव नहीं, निर्णय नहीं। कभी मोटर का लालच देते हो, कभी खुली, चौड़ी जगह का। यह नहीं कहते, संकरा हो चाहे खुला, मकान घर तभी बन सकता है, जब तुम उसमें हो। मुझे तुम्हारी ज़रूरत है।

मुझे तुम्हारी ज़रूरत है, उसी ने कब कहा अमर से। कितनी अजीब बात है, सुरेश-रमेश गये तो उसने उन्हें रोकने की कोशिश की थी। कम से कम हमेशा के लिए वहाँ न बसने का आग्रह किया था। यह जानते हुए कि उन्हें उसकी ज़रूरत नहीं थी। पर अमर गया तो वह तटस्थ बनी रही थी। इसीलिए न क्योंकि वह जानती थी कि अमर के लिए, फिर भी उसकी एक शख़्सियत थी, जबकि बच्चों के लिए वह एक बीता हुआ रिश्ता थी। जो कभी ज़रूरी रहा था पर अब, काम पूरा हो जाने पर, बिल्कुल ग़ैरज़रूरी हो गया था। नयी चमकीली सड़क के किनारे काई लगी शिलाएँ पड़ती रहती हैं न। तेज़ रफ़्तार से दौड़ता यातायात उन पर कब ध्यान देता है। चंद उन जैसे बुढ़ाते लोग ही होते हैं न, जो वहाँ बैठ सुस्ता लिया करते हैं।

पर ज़िंदगी का कोई क्या करे। बच्चे हुए तो ख़ुद ब ख़ुद, ध्यान पति से हट कर, उन पर केंद्रित हो गया। उनकी ज़रूरत अपनी ज़रूरत बन गयी। सोच-विचार कर कब तय किया उसने कि उनके बीमार होने पर रात रात जागेगी? नौकरी में सिर खपा कर घर लौटेगी तो अपनी थकान भूल, उन्हें खिलाने-पिलाने, स्कूल का काम करवाने में जुट जायेगी? कि किसी तरह मशक्कत करके उन्हें वे सब सुविधाएँ देगी, जिससे वे शिक्षित, सेहतमंद और नीतिवान बन सकें? अनायास ही होता गया था सब कुछ। स्वतंत्रता! चुनाव! निजी निर्णय! अच्छे लगते हैं ये शब्द सुनने में। अहम् को सहलाते-दुलराते हैं। पर हैं वास्तव में एकदम खोखले। कैसी स्वतंत्रता? किसका निर्णय? हाँ, बच्चे पैदा न करना वह चुन सकती थी। या विवाह न करना। वह तो कभी चाहा नहीं था उसने। फिर क्यों कर चुनती? पर न चुनना भी तो एक तरह का चुनाव ही है न। हाँ, बस इतनी भर स्वतंत्रता होती है, हमारे पास। सिर्फ़ एक बार चुनने का अवसर मिलता है। एक बार चुन लिया, स्वीकार या नकार, बस। बाक़ी सब कुछ स्वतः होता जाता है। स्वतः तुम करते जाते हो वह, जो होना होता है, समय के साथ। सिर्फ़ एक चीज़ तय है कि ज़िंदगी में, बूढ़े होना। वह भी तभी न, जब इंसान जवान रहते मर न जाये। नहीं, बुढ़ापा भी नहीं। मौत के अलावा, सिर्फ़ एक चीज़ तय है, समय का गुज़रना।

सब कुछ गुज़र जाता है। बस, गुरुमंत्र क्या इतना भर है? और कुछ नहीं? पर इतनी खींचतान किसलिए? उसने अपना सिर छींटों से भीगी रेलिंग पर टिका दिया। पानी का स्पर्श भला लगा। अपना सा। बारिश में कितना अपनापन है, अमर ने कहा था। मानो तो अपनापन है, न मानो तो कुछ नहीं। कुछ रार कुछ तकरार, कुछ मेल-मिलाप, आपसी संवाद, जिससे हो जाये वही अपना है। पर कितनी देर? हर पल, समय हाथ से निकला जाता है। क्या ऊलजलूल सोचे जा रही है, जाये बिस्तर पर, सो रहे। अपने को डपट कर सिर ऊपर उठाया।

अरे! सामने आकाश चमक रहा है। वह चाँद ठीक उसके सामने कैसे उग आया। पहले कभी देखा नहीं। रात के दो बजे कभी बाहर निकली जो नहीं। यह क्या रोज़ उसके छज्जे के सामने यूँ ही आ ठहरता है?

सहसा उसे ताजमहल याद आ गया। ज़िंदगी में कुल एक बार देखा था। वह भी बरसात की पूर्णमासी की रात को। उन दिनों अमर की नौकरी आगरा में थी। किसी चाँदनी रात को ताजमहल देखने जायेंगे, सोचते तीन साल निकल गये थे। फिर अमरनाथ के तबादले का आदेश आ गया था। हाथ में बस एक पूनम की रात बची थी। भरी बरसात थी। तभी वहाँ पहुँच गये थे। कौन जाने, न ही बरसे और देर-सबेर चाँद निकलेगा तो सही, इस उम्मीद में वहाँ डटे रहे थे। बूँदा-बाँदी शुरू होने पर भी नहीं हटे थे।

आख़िर बिन्नी का धैर्य चुक गया था। "बहुत सुंदर है, अब चलें," उसने कहा था।

अमर एकदम बिफर गया था, "ख़ाक सुंदर है। दिख भी रहा है कहीं। खिली चाँदनी में देखती तो कहतीं।"

"बिल्कुल तो भीग गये। कब तक बैठे रहेंगे?"

"तुम्हीं तय करो। फिर न कहना चाँदनी रात में ताजमहल तक नहीं दिखलाया।"

तो यह बात थी। ठीक माहौल में ताजमहल न दिखला पाना उसकी मर्दानगी को कचोट रहा था। बिन्नी को हँसी आ गयी। उसके गले में बाँहें डाल कर बोली थी, "बारिश में ही देखना चाहिए ताज। कितना रोमांटिक है, है न, बारिश में भीगा, रोया-पसीजा सा ताज।"

अमर का चेहरा भी शायद पसीज गया था, ठीक से याद नहीं। क्योंकि तभी गोद में सोया सुरेश चीख़-चीख़ कर रोने लगा था। दोनों उसे चुप कराने और बारिश से बचाने में लग गये थे।

याद करके बिन्नी को हँसी आ गयी। कभी वे दोनों, अमर और बिन्नी, अपनी स्मृतियों को एक साथ याद कर, मिल-बैठ हँसे क्यों नहीं? समय को परास्त करने

का एक ही तरीका है, स्मृतियाँ ताज़ी रखना। वे दोनों तो जैसे सब कुछ भूलने पर उतारू थे।

अबकी आयेगा अमर, तो याद दिलाऊँगी उसे। समय को गुज़रना था, गुज़र गया। बच्चे बड़े हो गये। अब हमसे कुछ नहीं चाहते। एक बार फिर चुनने की स्वतंत्रता मिली है हमें। मुझे। चाँद को और अच्छी तरह देखने के लिए वह छज्जे पर आगे को लटक आयी। धुली, अधखिली रोशनी में उसे अपना मोहल्ला काफ़ी सुंदर लगा। दिन की रोशनी में ऐसा कभी नहीं लगता। सड़क पर जगह-जगह पड़े चकत्ते, गंदले पानी से भरे गड्ढ़े, किनारे पर जहाँ-तहाँ गँधाते कचरे के ढेर, पलस्तर उड़ी दीवारें, कुछ दिखायी नहीं दे रहा था। गीली चाँदनी में नहायी सड़क, मकानों की धूमिल रेखाएँ और दूर खड़े दो-चार पेड़ों के साये, सब मिल कर एक कलाकृति का आकार ले रहे थे।

ठीक दूरी और ऊँचाई से देखो तो हर चीज़ ख़ूबसूरत नज़र आती है। जितनी दूर हो उतनी ज़्यादा। मेरे देश की मिट्टी...मेरी बारिश...पाँव नीचे रखोगे तो कीचड़ सालेगा न? वरना सब सुंदर ही सुंदर है। उत्फुल्ल भाव से वह हँस दी। कभी-कभी अपने पर हँसना भी चाहिए। अबकी गरमी की छुट्टी होंगी तो अमर के पास चली जायेगी। छुट्टी और बढ़ा लेगी। बिना तनख़्वाह। दिल्ली शहर कहीं भागा नहीं जा रहा। लौटने का क्या है, जब चाहे लौट सकती है।

अमर ने साफ़ सुना, बारिश के अधीर घोड़े धड़-धड़ दौड़े जा रहे थे। यह कैसे हो सकता है? हिमपात और वर्षा एक साथ नहीं हो सकते। पानी या जमेगा, या नहीं जमेगा। कुछ जम जाये, कुछ बरस जाये, यह मुमकिन नहीं। विज्ञान से अटे इस देश में तो बिल्कुल नहीं। जैसे उसके अपने देश में बर्फ़ और बारिश साथ गिरा करती थी। गूँगी बर्फ़ गिरनी बंद हो गई होगी, अरसा पहले, पता नहीं चला होगा। अब बारिश हो रही थी। अच्छा है। गरमी में बारिश सुकूनदेह लगती है। गरमी? गरमी नहीं पड़ती इस देश में। पर है। गरमी है, तभी बदन पसीने से चिपचिपा रहा है। उसने करवट बदली।

धड़-धड़। बौखला गयी बारिश। जीत का खंभा पास आ गया क्या? रेस के घोड़े बाहर दौड़ रहे हैं या भीतर, उसकी चेतना में? यह तो उसका दिल है जो बाँह के नीचे उछल-उछल पड़ रहा है। इतनी ज़ोर से धड़कने का सबब?

यह कैसी वर्षा है जो उमस घटा नहीं, बढ़ा रही है। सिर से पाँव तक पसीना बहा चला आ रहा है।

“बिन्नी,” उसने पुकारा, “बिन्नी। खोलो...पंखा...दरवाज़ा।”

कोई जवाब नहीं मिला। पसीने के साथ घबराहट उस पर हावी हो गयी।

सरदी की सुबह आसमान बिल्कुल साफ़ था। धूप से ऐंठा। सड़क के किनारे पड़ी धूल सिर धुनती रही थी। बिना हवा, आँधी बन, आकाश से बातें नहीं कर सकती थी। बस, ज़रा सा उठ कर सड़क पर आ गिरती थी। बिन्नी धूल में साड़ी लथेड़ती, स्कूल से लौट रही थी। एक बार भी झटक देने का प्रयास नहीं किया था।

सुबह के सूरज के साथ रमेश का संदेश मिला था। अस्पताल से घर लौटने पर, अमर के पास किसी का रहना ज़रूरी था। बीमे के रुपयों को देखते हुए, इलाज के लिए वहीं बने रहना बेहतर था। बिन्नी ने बहस नहीं की थी, लड़कों का फ़ैसला मान लिया था। इतना दूर बैठे, असंवाद की स्थिति में, बीमार अमर से यहाँ आने को कहना नामुमकिन था।

वह जानती थी, पास रहना साथ होना नहीं होता। फिर भी जा रही थी। गयी बरसात की रात वह जान गयी थी, ज़िंदगी में बार बार चुनने को नहीं मिलता। बहुत पहले उन्होंने, उन जैसे सभी लोगों ने, अकेले रहना चुन लिया था। तब से केवल समय आगे बढ़ा था, वे वहीं खड़े रह गये थे। पर समय अब भी स्थिर नहीं हुआ था। उसी ने इस्तीफ़ा देने से उसे रोक लिया था। लंबी छुट्टी की अर्जी देकर चली आयी थी। हो सकता है, एक दिन ऐसा आये जब वे साथ लौट सकें...शायद।

(प्रथम प्रकाशन—*साप्ताहिक हिन्दुस्तान,* 1990)

# छत पर दस्तक

सूजी आँखों में बिनसोई रात की थकन लिये नलिनी कालीन में पैर डुबाती रसोई तक पहुँच गयी, बेआवाज़, जैसे लंबी घास में दुबका शेर दबे पाँव आगे बढ़ा रहा हो। वहाँ भी वही सन्नाटे भरी पदचाप। चूल्हे के सामने भी कालीन का फैलाव था न। अच्छा लगता है, सुबह-सुबह चप्पल की चट-चट से आज़ाद, चाय बनाने पहुँच पाना।

सच पूछो तो पूरे घर में बिछे इस एकसार सलेटी रंग के ऊनी बिछावन को कालीन कहते झिझक होती है। उसकी कल्पना में कालीन का रूप बिल्कुल फ़र्क़ था। चित्रकला या नक़्क़ाशी की तरह, सौंदर्य की बारीक सूझ-बूझ से भरपूर, क़सीदे का भव्य प्रतिरूप। रंगों का मिलान हो या बेल-बूटों की पच्चीकारी, हर टाँके में राजसी शान-शौक़त और कलात्मकता समायी हुई। ईरानी, कश्मीरी, मिर्ज़ापुरी...बनते बनते सपना टूट कर बिखर गया। कल्पना अलग होती है और यथार्थ बिल्कुल अलग, दुख-दर्द से भरा। उसे याद आ गया था, नन्हे-नन्हे बच्चे बुनते हैं कश्मीर और मिर्ज़ापुर में कालीन। भूखे नंगे, झुकी पीठ और कटी उंगलियाँ लिये जवान होने से पहले बूढ़े होते बच्चे। सुना है, उन नन्हें हाथों से बुने गलीचों की सबसे ज़्यादा बिक्री अमेरिका में ही होती है।

होती होगी! उसका दिमाग़ है या घनचक्कर! यहाँ कौन हाथ का बुना गलीचा बिछा है। यहाँ से वहाँ तक मशीन का बुना सलेटी कालीन है, पैरों के नीचे, और कुछ नहीं। नंगे पाँव चलने में आवाज़ नहीं होती। चप्पल की चटकार से बेटे के आराम में दख़ल नहीं पड़ता। उसके अमेरिकन बेटे को शोर पसंद नहीं है, चप्पलों का, बर्तनों का, हिन्दी गानों का।

नहीं, उसके पति अमेरिकन नहीं थे, न उसके भीतर रत्ती भर अमेरिकन ख़ून था। यही तो मज़े की बात थी। इस देश में भरा-पूरा जवान आदमी, मिनट भर में

हिन्दुस्तानी से अमेरिकन बन जाता था। माँ-बाप की नागरिकता, सदियों की विरासत, ख़ून और नस्ल, सब धरे रह जाते हैं और आदमी बिना गर्भ में आये, बिन मदद या परवरिश, नया जन्म ले लेता है। शरीर का चोला तक नहीं उतारता, ज़िंदा का ज़िंदा...नहीं यह ग़लत है, मरता ज़रूर है, पुनर्जन्म लेने से पहले। बहुत कुछ मरता है अंदर-बाहर। देखने में जवान-जहान आदमी भीतर से निरीह बच्चा बन कर ही जन्म लेता है। डरा-सहमा, पूरे एक देश को बाप मान कर, उसका हुक्म बजाता हुआ, इतना धीरे-धीरे बड़ा होता है कि डॉलर का मूल्य समझने के आगे, उसकी ज़ेहनियत जा नहीं पाती।

वे होती हैं न, छोटी छोटी कविताएँ, जो नन्हे बच्चे माँ की गोद में सीखते हैं : चँदा मामा दूर के, पुए पकायें बूर के! कहाँ के चँदा मामा। हिन्दुस्तान के शहरी बच्चे तो कब से 'ट्विंकल-ट्विंकल लिटिल स्टार! रट कर बड़े होते आ रहे हैं। यहाँ दोबारा जन्म लेते हैं तो डॉलर डॉलर गाने लगते हैं।

डॉलर डॉलर दूर के।

पुए पकायें बूर के।

धत्, ऐसे भी कोई गाता है...वह हँसी। पर एक बात है। दोबारा जन्म भले हो जाये, इन नये नकोर अमेरिकनों की ज़ुबान का स्वाद नहीं बदलता। वही पुए-पुलाव, मटर-पनीर, मुर्ग़ मुसल्लम, देखे नहीं कि लार टपकनी शुरू। यही एक रिश्ता है जो जोड़े रखता है देश से, माँ से। खाना जितना चाहो पकाओ पर ख़बरदार जो बर्तन खड़कने का शोर हो। उसका अमेरिकन बेटा पसंद नहीं करता।

ख़ैर, शोर उसे खुद भी पसंद नहीं है। नयी शादी हुई थी तो अलसुबह, पाँच बजे से, सास-ससुर का पूरे घर में चप्पल चटकारते घूमना बड़ा नागवार गुज़रता था। सास-ससुर ही क्यों, घर के तमाम प्राणी, देवर-देवरानी, ननदें सभी उसी ऊँची सड़प-सड़प आवाज़ के साथ नंगे फ़र्श पर पाँव घसीटा करते थे। बस, उसका विवेक एकदम अलग था। उसकी पदचाप में एक कशिश थी, एक उड़ान और तरतीब। गरदन पर गरम साँस महसूस होने पर ही अहसास होता था, वह पास पहुँच चुका। सुना है, उम्र के साथ हर बेटा बाप जैसा होता जाता है। क्या एक दिन विवेक भी वैसा हो जाता...रहता तो? पर कहाँ...जैसे दबे पाँव करीब आता था, वैसे ही बिना आवाज़ दूर निकल गया, हमेशा के लिए।

घर तो उसके बिना भी भरा-पूरा बना रहा पर उसके लिए सूनापन इतना गहराया कि चप्पल की चटकार साथिन बन गयी। शेर की तरह इतरा कर चलना वह भूल गयी। धीरे-धीरे वह ख़ुद अपनी सास में तब्दील होने लगी। उसकी अपनी माँ, उसकी

उम्र में ठीक कैसी थीं, कहना मुश्किल था। शादी के बाद उनसे मिलना बहुत कम हो गया था। दूर शहर, बढ़ते किराये वग़ैरह वग़ैरह। सास के करीब बने रहना मज़बूरी थी, फिर वही बढ़ते किराये, चढ़ती महँगाई। दो घरों का किराया कौन दे, नलिनी नौकरी पर जाये तो बच्चे को कौन देखे, वग़ैरह वग़ैरह। सच, ज़िंदगी में वग़ैरह की बड़ी अहमियत है। फ़र्क सिर्फ़ इतना है कि वे रुपये को वग़ैरह में डाल देते थे और उसका अमेरिकन बेटा डॉलर को ज़िंदगी की तरह जीता है।

जो हो, चप्पल उतार कर बेआवाज़ नंगे पाँव चल पाना अच्छा लगता है... कितने डॉलर का आया होगा कालीन? छोड़ो...चाय बनाओ। हे राम! पानी तो सारा जल गया। पींऽऽ...सत्यानाश! बज गया स्मोक अलार्म।

उसने अख़बार उठाया और अलार्म के नीचे हिलाने लगी। धुआँ तितर-बितर हो गया तो बजना बंद हो जायेगा। शोर...

पर बेटा तो सामने खड़ा था। बिल्कुल बाप पर गया है। ऐसा भी क्या दबे पाँव चलना!

"इतनी सुबह परांठा बना रही थीं?" सुधीर ने बेदिली से पूछा।

"नहीं," वह शर्मिंदा थी, "चाय का पानी जल गया।"

"चाय तो मैं पीता नहीं।"

"मैं पीती हूँ।"

"ओ हाँ, परांठा नहीं बना रहीं?"

"नहीं, टोस्ट खाओ! कोलस्ट्रोल बढ़ जायेगा।"

"ओ माँ, अमेरिकनों की तरह मत बोलो।"

"क्यों, तू अमेरिकन बन सकता है, मैं नहीं।"

"तो चाय पीना छोड़ो, हर्बल पियो।" कह कर वह खट से अपने कमरे में जा घुसा। वहाँ उसका दख़ल नहीं था। पहले दिन ही उसने कह दिया था, प्राइवेसी भी कोई चीज़ होती है, हिन्दुस्तान की तरह नहीं कि तीन पीढ़ियाँ एक ही कमरे में सो रही हैं।

"हमारे घर में ऐसा था क्या?" उसने पूछा था पर तब भी वह अपने कमरे में जा घुसा था और भीतर जाते उसके क़दम ठिठक गये थे।

प्राइवेसी भी कोई चीज़ होती है, उसने भी इतनी ही बेदिली से कहा था, जब शादी के बाद विवेक की पहली चिट्ठी आयी थी और देवर-ननद ने मिल कर खोल ली थी। सास-ससुर सामने बैठे हँसते रहे थे। क्यों न हँसते? इन्हीं ससुर जी की बदौलत तो सुहागरात से ज़्यादा, अगली सुबह, न भूलने वाली बन गयी थी। सुबह

आठ से ऊपर क्या बजे, ससुर जी उनके कमरे का दरवाज़ा धड़ाक से खोल, भीतर घुस आये थे। विवेक शायद रात में एक बार बाहर गया था...क्या करता, पाख़ाना जो एकदम बाहर था...और लौट कर सिटकनी लगाना भूल गया था। पर खटखटाया तक नहीं ससुर ने, दरवाज़े पर हाथ मारा और एकदम अंदर। उफ! भीतर घुसते ही फ़ौरन लौट गये थे, विवेक ने बतलाया था, वह ख़ुद तो शर्म से गड़ कर चादर के भीतर दफ़न हो गयी थी।

बाद में उनके सामने जाना कितना मुश्किल हो गया था...एक गाँठ पड़ गयी थी मन में। पर अचरज, उन्हें कोई मलाल नहीं था। न पछतावा न शर्मिंदगी। दो रात बीती नहीं थी कि सास-ससुर ने सीख देनी शुरू कर दी थी। क्या गरमी में कमरे में घुसे रहते हो...छत पर सोया करो खुली हवा में अलसुबह इतनी ठंड होती है कि कंबल लेना पड़ता है। सेहत का ख़याल करो बुढ़ापे में पछताओगे हमें देखो साठ के हो गये पर तुमसे जल्दी उठते हैं दुगुना काम करते हैं वग़ैरह वग़ैरह। शिक्षाप्रद वाक्यों के बीच विराम लगाने की परंपरा उनके यहाँ नहीं थी। उसी दिन से उसके मन में ससुर के लिए दुर्भावना घर कर गयी थी।

यह भी कोई बात हुई भला। कोई पूछे, हिन्दुस्तान में बहुओं को क्या कुछ नहीं सहना पड़ता। यह क्या था उसके सामने, न तिल, न तिनका। यूँ चाहो तो तिल का ताड़ बना लो। कितना समझाया मन को पर मान कर नहीं दिया। क्या था कि अगर सिर्फ़ एक बार, आँख मिलने पर ससुर शर्म से सिर झुका लेते, चेहरा उनका तनिक सा पसीज उठता तो वह सब कुछ भूल जाती। पर वे तो ऐसे अकड़े रहे जैसे कुछ हुआ ही नहीं, सिवाय इसके कि आठ बजे तक बिस्तर में लोट लगाने से सेहत ख़राब हो जाती है। रात में तीन-चार बार उठकर दरवाज़े की सिटकनी पक्की कर लेना उसकी आदत में शुमार हो गया था। पर विवेक से किसी रात उसने कुछ नहीं कहा था। ससुर के लिए दुर्भावना की बात ज़ुबान पर नहीं लायी जा सकती थी। लाख विवेक परिवार से फ़र्क़ हो, पर था तो उसी परिवार का बीज।

विवेक के न रहने पर उसका कमरा रेलवे प्लेटफ़ार्म बन गया था। जो मेहमान आये, बिस्तरा बोरिया ले सीधा उसके कमरे पर काबिज़। कुछ दिन बीतते न बीतते, कमरा छोड़ स्टोर में जाना पड़ा था। यूँ नाम उसका पिछवाड़े की कोठरी था। एक खाट बिछी थी भीतर। एक दरवाज़ा और एक खिड़की भी थी, हवा के आवागमन के लिए। सुधीर की पढ़ाई न रही होती तो वह कोठरी भी न मिलती। फिर उसे वजीफ़ा मिलने लगा था और उसकी पढ़ाई का मोल बढ़ गया था। यूँ नलिनी भी स्कूल में पढ़ाती थी, अपने और सुधीर के खाने-पहनने लायक़ कमा लेती थी पर

उसका कोई मोल नहीं था। होता भी कैसे? एक बरसाती तक किराये पर लेकर रहने की बिसात नहीं थी, कोठरी ही कोठी थी उसके लिए। सास-ससुर भले थे उसके, लाख कहते रहे हों, नलिनी का क्या है, कहीं भी पड़ जायेगी, पर किसी रात उसे रसोई या गलियारे में सोने के लिए मजबूर नहीं किया। रात होने पर वह कोठरी का दरवाज़ा कस कर बंद करके सिटकनी चढ़ा देती थी। और जो हो, कोठरी में प्राइवेसी तो थी।

प्राइवेसी! हिन्दी में कोई शब्द है उसके लिए? शायद नहीं। ऐसी कोई अवधारणा ही नहीं है हमारे पास। जो खुद पर ज़ाहिर, जग ज़ाहिर। जो अपना होता है, नितांत अपना, ढका-ढँपा, मन की परतों के भीतर क़ैद, बस वही अपना बना रहता है और कुछ नहीं। न कोई रिश्ता, न भावना। वह सुधीर के मन को समझ सकती है। उस कोठरी की पर्दाफ़ाश रिहाइश के बाद प्राइवेसी कितनी क़ीमती चीज़ बन गयी होगी उसके लिए, वह समझती है। इसीलिए उसकी ग़ैरमौजूदगी में भी, उसके कमरे के भीतर नहीं घुसती। कभी-कभी मन होता है, भीतर जाकर कुछ सार संभाल कर दे, कौन वहाँ उसकी बीवी बैठी है। पर एक क़दम अंदर रखते ही, अपने कमरे के दरवाज़े में टँगा ससुर का बिटर-बिटर ताकता चेहरा याद आ जाता है और वह जहाँ की तहाँ जड़ हो जाती है।

उसने कुकिंग रेंज के छोटे चूल्हे पर पानी दोबारा रखा। चाय तो पीनी ही पीनी है। मन भारी हो चाहे हल्का। बीता हुआ कल दिल पर काबिज़ हो या आने वाला कल। विवेक के जाने के बाद भी सुबह की चाय नहीं छूटी थी। स्कूल के लिए सुबह जल्दी घर छोड़ना पड़ता था इसलिए निभ गयी थी। चाय कहो, नाश्ता कहो, सुबह की चाय फिर भी चाय थी।

यहाँ आने पर सुधीर ने माइक्रोवेव में पानी का प्याला रख कर चाय बनाने को कहा तो वह बिफ़र गयी थी। लो भला, सोंधी महक न उठी तो चाय का क्या फ़ायदा। उसे न टी बैग सुहाता है, न चाय में लबालब दूध, न इलाचयी मसाला। उबलते पानी में छोड़ी गयी लंबी पत्ती वाली चाय की धीरे धीरे ऊपर उठती गंध। विवेक के साथ के दिनों की यादगार के नाम पर यह दिलकश महक ही तो बची थी उसके पास...वही उसका ताजमहल, वही उसकी शेरोशायरी।

पानी उबल गया। उसने चाय पत्ती उसमें छोड़ दी, भगोना ढका और चटपट चूल्हे से अलग कर दिया। अब दो मिनट का इंतज़ार। तभी न पानी चाय की गंध सोख पायेगा। छलनी से छन कर प्याले में ढलती चाय की गंध से लबरेज़ समाँ विवेक को पास खींच लायेगा। ठीक दो मिनट के इंतज़ार के बाद चाय की पहली चुस्की

भरने का मज़ा रोज़ नहीं मिल पाता था। सुधीर समेत घर भर का नाश्ता तैयार करने की हड़बड़ी में कितनी बार चाय पड़ी कड़वी और ठंडी हो जाया करती थी। फिर भी एक बार महक सोख हो चुकी होती थी उसकी अंतरात्मा।

अंतरात्मा! सुधीर को इस शब्द से ख़ास चिढ़ है। कहता है, तुम लोगों के सिर पर हमेशा कोई अपराधबोध सवार रहता है, इसीलिए अंतरात्मा-अंतरात्मा चिल्लाते रहते हो। नहीं सुधीर, बात सिर्फ़ अपराधबोध की नहीं है। प्राइवेसी के नाम पर हमारे पास और कुछ नहीं है, सिवा इस एक अंतरात्मा के। बाकी सब कुछ तार-तार करके नंगा कर दिया जाता है। चाय की महक में विवेक के सान्निध्य को ढूँढ़ने की बात किसी से कहती तो लोग पागल क़रार दे देते मुझे, दुनिया के लिए मेरी ख़ुदी अफ़साना बन जाती। पर मैंने कभी किसी पर कुछ ज़ाहिर नहीं किया। चाय के चस्के पर कितने ताने तिश्ने सुने पर अपनी प्राइवेसी पर किसी को हाथ नहीं डालने दिया।

उसने पहली चुस्की ली, साँस लंबी खींच कर गंध को सहेजा और मुस्करा दी। हर्बल पियो। हर्बल! ये नए बने अमेरिकन भी लकीर के फ़क़ीर होते हैं। शुरू होंगे वही अलिफ़ से पर जो कहेंगे तर्जुमा करके। मन हुआ सीधा जाकर सुधीर से पूछे, तू पीता था बचपन में बनफ़्शा-जुशांदा जो मैं हर्बल पिऊँ? जुकाम-खाँसी होने पर दादी काढ़ा पिलाती थीं तो आसमान सिर पर उठा लेता था। यही हर्बल तो था वह, जिसे आज तू सेहत और तरक्की के नाम पर घोंटा करता है, तर्जुमा बेशक कर लिया तूने नाम का। पर बचपन की क्या कहे, तब तो सुधीर दूध पीना चाहता था...मुश्किल से आधा गिलास नसीब होता था। ऐसा नहीं था कि वह उसे दो गिलास दूध ख़रीद कर देने लायक़ कमाती नहीं थी, पर घर में और लोग भी थे न। बूढ़े सास-ससुर, फिर देवर-देवरानी, उनके दो बच्चे। एक जने के हिस्से में मुश्किल से एक गिलास दूध आता था, सुधीर के लिए आधा ही बचता था, वह ख़ुद दो बूँद दूध की चाय पीती थी वरना उतना भी नहीं होता शायद...अब तो दिन में तीन बार दूध पीता है, नलिनी से भी कहता रहता है, दूध पिया करो, पर उसकी तो दूध की आदत कब की छूट चुकी। अच्छा, कहीं इस दूध के मारे ही तो सुधीर अमेरिकन नहीं बना?

छोड़ो...होगा। चाय पीते हुए ऊलजलूल नहीं सोचना चाहिए, मज़ा ख़राब हो जाता है।

चाय के चार घूँट अंदर गये तो दिमाग़ चौकस हुआ। पुरानी यादों से निकल कर आज पर आया। कल फिर सारी रात, ऊपर वाला फ़र्श पर पैर पटकता रहा था। उसका फ़र्श, नलिनी की छत। रात भर उसके पैरों की धमक सिर पर हथौड़े

की तरह बजती रही थी। कौन रहता है ऊपर वाले फ़्लैट में। सारी रात तंग दीवारों के बीच, इधर से उधर क्यों भागता रहता है?

नलिनी सो नहीं पाती। रातोरात जग कर उसकी पदचाप सुनती है। पहले पहल सोचा था, जैट लेग होगा, एक देश से उड़ कर दूसरे देश जाओ तो, हल्की से हल्की आवाज़ भी रात में शोर बन कर जगाये रखती है। पर अब एक पखवाड़ा बीत चला। ऊपर वाले की चहलक़दमी उसी तरह क़ायम है। रात में दो एक बार उठकर रसोई या ग़ुसलख़ाने तक जाना और बात है, यह तो सारी रात भूत की तरह इधर से उधर डोलता रहता है।

मर्द है, इतना वह पहली रात उसके क़दमों के आघात और फ़ासले से जान गयी थी। धीरे-धीरे और कई क़यास लगा लिये थे। उम्र साठेक होगी, अकेला रहता है, कभी किसी का बोल नहीं सुना। एक पैर ज़रा घसीट कर चलता है। फर्श पर कालीन नहीं बिछा क्या, इतनी आवाज़ क्यों होती है? उस फ़र्श और इस फ़र्श का फ़ासला कितना है, बस कोई सात फ़ुट। बंद माचिस की डिब्बी सी पतली, गत्ते-लकड़ी की दीवारें। ऊपर से आवाज़ बेरोक नीचे कूदती है और उसके साथ इस डिब्बी में क़ैद हो जाती है।

माचिस की डिब्बी। बिल्कुल वही। बचपन में वे लोग माचिस की डिब्बियों से घर बनाया करते थे। एक के ऊपर एक डिब्बी रख कर कई मंज़िल ऊँचा मकान। कैंची से चकोर काट कर डिब्बी में खिड़की बना ली जाती थी। मकान काफ़ी ख़ूबसूरत लगता था, ऊँचा, सवाल-जवाब में खरा, कहीं कुछ बिखरा, फैला, असंगत नहीं। पर कितना तंग, उफ़, कितना-कितना तंग और दमघोंटू। इतना दमघोंटू कि सहेलियों के इसरार के बावजूद, वह उनके भीतर वीर बहूटिया रखने को राज़ी नहीं होती थी। पकड़ने में अव्वल वही थी, इसलिए उन्हें उसका फ़ैसला मानना पड़ता था पर काफ़ी झक तकरार के बाद।

अपने अमेरिकन बेटे का अपार्टमेंट उसे माचिस की डिब्बियों से बने बहुमंज़िला मकान जैसा लगता है। ऊँचा, खूबसूरत, सवाल-जवाब में खरा, बाहर इतना खुला और भीतर एकदम क़ैदख़ाना।

यह कालिफ़ोर्निया है। इतना खुला, फैला और लंबा-चौड़ा कि बिना गाड़ी आदमी कहीं आ-जा नहीं सकता। इस एक बड़े हिस्से का नाम सिलिकॉन वैली पड़ा हुआ है। यहाँ कंप्यूटर कंपनियों की भरमार है, क़रीब क़रीब हर आदमी-औरत कंप्यूटर के धंधे में लगा हुआ है। पर पते में सिलिकॉन वैली नहीं लिखा रहता। यहाँ हर पाँच मील पर शहर बदल जाता है...सनीवेल, रेडवुड सिटी, सांटा क्लारा, सानहोज़े,

माउंट व्यू नाम इतनी जल्दी-जल्दी आते हैं कि उसे हिन्दुस्तान के गाँव याद आ जाते हैं। पर इनके नामों में गँवई बोली कि देशज ताज़गी और कशिश नहीं है। यहाँ नाम बार-बार दोहराये जाते हैं। कालिफ़ोर्निया प्रदेश में निवाडा शहर और निवाडा शहर में फिर कालिफ़ोर्निया गली। निवाडा प्रदेश में कालिफ़ोर्निया शहर और उसमें निवाडा गली। यह माउंट व्यू नाम जाने कितनी बार आँखों के सामने से गुज़र चुका। दूर-दराज अनदेखे इलाक़े में आदमी ठिठका खड़ा रह जाये, अरे आ तो गयी अपनी गली...पर कहाँ, यहाँ तो जाना-पहचाना नाम भी अजनबी होता है। अजनबीयत कहो, प्राइवेसी कहो, हिन्दुस्तान की तरह बाहर को भीतर लिवा लाने का रिवाज़ यहाँ नहीं है। अब देखो, बाहर कितना खुला मैदान है, चौड़ी सड़कें, रेडवुड और डगलस फर के ऊँचे पेड़ और फूल ही फूल। कितनों के तो नाम भी वह पहचानती है–पिटूनिया, डेज़ी, पॉपी, हनीसकल, डाइड्रेन्जिया...अरे कितने ढेर नाम पहचानती है वह...स्कूल में बॉटनी पढ़ाती थी न। पर खिड़की पर डले परदे इस खुलेपन और फैलाव पर रोक लगा देते हैं। बेमतलब की पतली दीवारें और नीची छत तमाम शोर को जज़्ब करती हुई भी निस्संग बनी रहती है। हर आदमी अपनी प्राइवेसी में दफ़न हो जाता है। सामने पड़ जाये तो पड़ोसी को देखता नहीं, आवाज़ करे तो सुनता नहीं।

एक बार परदा हटाया था तो सुधीर ने फ़ौरन वापस डाल दिया था। क्यों पूछने पर ऊबे स्वर में कहा था, “यहाँ एक-दूसरे के घर में कोई नहीं झाँकना चाहता।”

उसे एक डरावना ख़याल आया था। फ़र्ज़ करो, कोई हादसा हो जाये, आग लग जाये, पानी का पाइप फट जाये, उसका ख़ून हो जाये, तब भी कोई नहीं सुनेगा? वह चिल्ला-चिल्ला कर मदद की गुहार करेगी पर माचिस की डिब्बियों में बंद पड़ोसियों का सन्नाटा नहीं टूटेगा? कोई कुछ सुनेगा ही नहीं?

उसने दफ़्तर जाते सुधीर का रास्ता रोक लिया था।

“सुन, एक बात बतला, मान लो घर में आग लग जाये...”

“स्मोक अलार्म है,” उसने उकता कर कहा था।

‘‘बात सुन पूरी। अगर कोई घर में घुस आए...’’

“ओह हाँ,” वह सतर होकर भीतर आ गया था। “यह देखो इस अपार्टमेंट बिल्डिंग के बाहर का दरवाज़ा हमेशा बंद रहता है। जो आता है बाहर से घंटी बजाता है। यहाँ बजती है। घंटी सुनने पर यह बटन दबाओ, पूछो कौन है? फिर यह सुनो का बटन दबाओ। जवाब सुन कर, पूरा भरोसा करके ही यह तीसरा बटन दबाओ। तभी बाहर का दरवाज़ा खुलेगा, वरना नहीं। और यह घर वाला दरवाज़ा भी बंद रखना। बस, कोई अंदर नहीं आ पायेगा।”

“और जो कोई ज़बरदस्ती भीतर घुस कर मुझे मार दे, तो?”

“अब उसमें कोई क्या कर सकता है,” उसने कहा और बाहर चला गया।

यानी नहीं सुनेगा। कोई कुछ नहीं सुनेगा। उन्हें दिखलायी देता है पर वे देखते नहीं। वे सुन सकते हैं पर सुनते नहीं।

इस बात को पंद्रह दिन बीत चले थे। अब भी रात को नींद मुश्किल से आती थी। तीन-चार रातें बीत जाने पर एक रात बेहोश भले बीत जाती हो पर अपनी मर्ज़ी की नींद न पाने का मलाल मन में बना रहता था।

उसने बैठक के दरवाज़े से परदा हटा दिया। बाहर की हरियाली ने मन मोह लिया। साबुन के झाग से हल्के, सफ़ेद बादल नीचे आसमान पर छिटक रहे थे। उसने शीशे और जाली के, दोनों दरवाज़े खोल दिये और चाय का प्याला थामे बाहर बालकनी में निकल आयी। ताज़ी हवा में चाय की चुस्कियाँ भरना कितना अच्छा लगता है। सर्दियों के मौसम में वह थर्मस में चाय डाल कर स्कूल ले जाती थी। आधी छुट्टी में बाहर बग़ीचे में बैठ कर पीने का आनंद सारी थकान हर लेता था।

अचानक पूरा समाँ कानफोड़ू शोर से भर गया। यह इनका सुबह का शोर है। चेहरे पर पट्टी बाँधे, दो नौजवान बड़ी-बड़ी मशीनों से बाहर के पेड़ और झाड़ियों पर कीटनाशक दवा डाल रहे थे। एक दूसरी मशीन बाड़ की छँटाई कर रही थी। यहाँ सड़क पर मोटर गाड़ियों को हार्न बजाने की मनाही है पर घर के ठीक सामने मशीनों का धड़ड़-धड़ड़ शोर सफ़ाई और सेहत की निशानी है। अभी कान इस शोर के अभ्यस्त नहीं हुए थे कि दायें घर में कपड़ा धुलाई और बर्तन सफ़ाई की मशीनें एक साथ चल पड़ीं और बायें घर में टी.वी., बचाओ बचाओ की चिल्लपों मचाने लगा।

“दरवाज़ा बंद करो माँ,” देखा सुधीर पीछे खड़ा था।

उसे अच्छा लगा। बहरा नहीं है उसका बेटा। सुनता है।

“सारा कैमिकल अंदर आयेगा। देख नहीं रहीं, उन्होंने मास्क पहना हुआ है।”

“अच्छा, ये रोज़-रोज़ कैमिकल क्यों छिड़कते हैं। मैंने तो पढ़ा था, आजकल अमेरिकन सतर्क हो गये हैं,” उसने गुस्से से कहा।

“उसमें मैं क्या कर सकता हूँ।”

“क्यों, तू अमेरिकन नहीं है?”

“हूँ, तो? सरकार मैं नहीं चलाता।”

“क्यों, तू वोट नहीं डालेगा?”

“ओ माँ, वोट तो तुम भी डालती हो हिन्दुस्तान में। सरकार तुमसे पूछ कर

काम करती है क्या?”

करती तो नहीं, ठीक कह रहा है सुधीर। उसने स्वीकार में सिर झुकाया ही था कि भीतर गुस्सा फनफना उठा।

“यह जो रात भर सिर पर पैर पटकता है, उसका भी तू कुछ नहीं कर सकता,” उसने कहा।

“नहीं, हमें उससे कुछ लेना-देना नहीं है।”

लो, यह क्या बात हुई। ऐसे हथियार डाल कर रहो तो हो लिया। उसकी शादी हुई थी तो सास-ससुर ने नौकरी छोड़ने पर कितना ज़ोर दिया था। कितने ताने-तिश्ने सहे पर नौकरी नहीं छोड़ी। बाद में सबने राहत महसूस की थी, विवेक चला गया पर चलो नौकरी तो है। सारी उम्र वह गर्मी की छुट्टियों में भी घर नहीं बैठी। ग़रीब बच्चों को या बड़े-बूढ़ों को पढ़ाने का काम पकड़ लेती थी। इस बरस तो ख़ैर...

“तुम्हारी छुट्टियाँ कब तक हैं?” उसने सुना, सुधीर पूछ रहा था।

“छुट्टियाँ?” अचकचा कर उसने दोहराया।

“हाँ, कब का टिकट करवाना है?”

“टिकट?”

“वापसी का टिकट। स्कूल कब खुल रहा है? आठ जुलाई को या पंद्रह को?”

“तारीख़ें ख़ूब याद हैं तुम्हें,” उसने बुदबुद की।

समझ नहीं आ रहा था एकदम क्या कहे। अभी तक उसे बतलाया नहीं था कि इस बरस वह रिटायर हो गयी है। नहीं जानती आगे क्या करेगी। बेटा वहीं हिन्दुस्तान में होता तो...पर नहीं है। वापस लौट कर आ रहा होता तो...पर नहीं आ रहा। अमेरिकन बन चुका है।

क्या कहे अपने इस अमेरिकन बेटे से? यह कि उसका कोई ठौर नहीं है, अब यहीं रहना पड़ेगा...नामुमकिन। कहे कि जब वह चाहेगा, लौट जायेगी, स्कूल नहीं जाना...नहीं तब भी भिखारी सा महसूस करेगी वह।

“बोलो, भाई,” सुधीर ने कहा, “मैं हफ़्ते भर के लिए बाहर जा रहा हूँ, टिकट पहले करा देता तो...”

“कहाँ जा रहा है?” उसने चौंक कर कहा।

“उससे क्या फ़र्क़ पड़ता है?”

“कब?”

“शाम को।”

“आज ही।”

"हाँ।"

"पहले नहीं बतलाया।"

"पहले बतलाने से क्या करतीं?"

"कुछ नहीं," खुद अपना जवाब उसने तमाचे की तरह अपने मुँह पर दे मारा, कहा, "कल का करा दे मेरा टिकट।"

"कल का?" अब अचकचाने की बारी सुधीर की थी, "कल एयरपोर्ट कैसे जाओगी? मैं तो रहूँगा नहीं।"

"तो हफ़्ते बाद का करा दे।"

"आज दस है, पच्चीस का करा देता हूँ।"

"नहीं, बीस जून का। मुझे बहुत काम है वहाँ। कोर्स बदल गया है, तैयारी करनी है।"

"तो पहले कहतीं। अब जिस दिन का मिलेगा, उसी दिन का तो करवाऊँगा।"

"मुझे हर हाल में बाईस जून को दिल्ली पहुँचना है।"

"टिकट करवाना क्या मेरे हाथ में है?" सुधीर ने बिफ़र कर कहा।

"हश! धीरे। शोर नहीं। लोग सुनेंगे तो क्या सोचेंगे?"

"कोई नहीं सुनेगा। कोई कुछ नहीं सुनता यहाँ," सुधीर ज़ोर से बोला और बाहर चला गया।

वह हँस पड़ी। चलो, लड़का अपने खोल से बाहर तो निकला।

पर ज़्यादा देर हँसी टिकी नहीं। भविष्य की भयावह अनिश्चितता ने पेट में घबराहट का गोला उठा दिया। वह धम से कुर्सी पर बैठ गयी। हिन्दुस्तान लौट कर कहाँ जायेगी, क्या करेगी? नौकरी गयी। प्रोविडेंट फ़ंड की सारी जमा पूँजी सुधीर को अमेरिका भेजते वक़्त निकाल ली थी। तभी न उसके टिकट का जुगाड़ हो पाया था। दिल्ली का घर, ससुर ने मरते वक़्त देवर के नाम पर कर दिया था। कहा था, सुधीर अमेरिका में लाखों में खेल रहा है, ऐसे दस घर ख़रीद सकता है। सुधीर ने उसके लिए यहाँ आने का टिकट भेजा था तो देवर-देवरानी ने साफ़ कह दिया था, "जा रही हो तो अब वहीं बेटे के पास रहना। सारी जमा पूँजी ख़र्च करके वहाँ भेजा, अच्छा कमा खा रहा है, उसका भी कोई फ़र्ज़ बनता है। अपने पास रखे या दिल्ली में घर ख़रीद दे। इस छोटे से घर में कब तक इतने लोग रुलते रहेंगे। हमारा बेटा भी ब्याहने लायक़ हुआ।"

ख़्वाहमख़्वाह वह सुधीर के सामने अकड़ दिखलाने चली। बाईस जून को ज़रूर दिल्ली वापस पहुँचना है, ख़ाक। साफ़ कर देना चाहिए था, मेरी नौकरी ख़त्म, अब

माँ का बोझ तुझे उठाना है। महीने के महीने रुपये भेजा कर मुझे। उसकी सास कितने ठसके के साथ विवेक और देवर विनीत से पैसे माँगा करती थीं। हक़ जमा कर। ठीक भी है, आख़िर माँ थीं उनकी। वह भी माँ है सुधीर की। सारी उम्र इसी लड़के की ज़रूरतें पूरी करते बितायी है। माँ-बाप के लाख ज़ोर देने पर भी दूसरी शादी नहीं की। प्रोविडेंट फ़ंड का तमाम रुपया इसके हाथ पर रख दिया। अब इसका भी कोई कर्तव्य है माँ के प्रति। ठीक है, लौट कर आयेगा तो साफ़ कह देगी, दिल्ली में उसके नाम बैंक में रुपया जमा करे, महीने के महीने सूद मिलेगा तो घर ख़र्च के अलावा बचत भी कर लेगी। अरे यहाँ के हज़ार डॉलर, वहाँ तीन हज़ार रुपये होते हैं, तीन हज़ार डॉलर में सारी उम्र कट जायेगी उसकी। इतना तो यहाँ इस छोटे से घर का, चार महीने का किराया देता है सुधीर।

आने दो लौट कर साफ़ बात करेगी इस बार। ज़रूर। पक्का!

रात बिस्तर पर लेटी तो आँखों में नींद का नामोनिशाँ नहीं था। सुधीर से पैसे माँगने की बात सोच कर दिल डूबने लगता था। न माँगने का फ़ैसला करती तो ज़िंदगी का अगला सफ़र तय करने का ख़याल, पिस्तौल सा सीने पर तन जाता। नसों का तनाव इतना कि तनिक सी आहट पर सिर फटने लगे और नींद कोसों दूर। अशांत मन, वह हठ करके नींद का आह्वान कर रही थी कि हर रात की तरह, छत पर आते-जाते क़दमों की धमक शुरू हो गयी। तार-तार हुई नसों से आज आघात बर्दाश्त नहीं हुआ। गुस्से से उफन कर उठी और सुधीर का टेनिस का बल्ला उठा कर तीन बार ज़ोर से छत पर दे मारा। क्षण भर को सन्नाटा हो गया। उसने फिर बल्ला छत पर बजाया, इस बार रुक-रुक कर तीन बार...शोर मत करो।

क्षण भर के अंतराल के बाद ऊपर से जवाब आया।

ठक ठक ठक, ठक...ठक...ठक। बिल्कुल उसकी नक़ल करते हुए किसी ने ऊपर फ़र्श पर आघात किया था। तीन बार जल्दी-जल्दी, फिर तीन बार रुक-रुक कर।

चकित सी वह बैठी रही। सचमुच एक लय में कुछ बजा था ऊपर, या मात्र उसका भ्रम था?

उसने फिर बल्ला संभाला और इस बार दो दफ़ा ठक-ठक की।

ऊपर भी दो दफ़ा ठक-ठक हुई।

उसने फिर तीन ताल में छत पर आवाज़ दी। तीन बार जल्दी-जल्दी, फिर तीन बार रुक-रुक कर।

ऊपर बाक़ायदा प्रतिध्वनि हुई।

वह दम साध चुप्पी लगा कर लेट गयी।

ऊपर कुछ देर चुप्पी रही फिर धीमे से टोह लेतीं दो ठक-ठक हुईं।

वह उठ कर बैठ गयी, बल्ला उठाया और छत पर यूँ बजाने लगी जैसे लोरी गा रही हो। दो बार ठक...विराम...दो बार ठक...फिर विराम...फिर दो बार ठक-ठक...

ऊपर एक ठक हुई।

उसने बल्ले को हलके हाथ से समापन की तरह पूरी छत पर घुमा दिया। सो जाओ।

ऊपर चुप्पी छा गयी।

कोई बैठा, उठा, लेटा और...सो गया? शायद। हो सकता है वह ख़ुद सो गयी हो और ऊपर वाला दोबारा चहलक़दमी करने लगा हो।

अगली सुबह मन शांत था, बदन चुस्त। ऊपर से नीचे तक घर की सफ़ाई कर डाली, जैसे कोई मेहमान आने वाला हो। लौटने पर सुधीर को घर साफ़-सुथरा मिलेगा तो ख़ुश होगा। होगा? ध्यान जायेगा उधर? गंदा होने पर दिखता हो तो साफ़ होने पर भी दीखे, ज़रूरी नहीं है। न सही। उसे करना था, कर दिया।

काम ख़त्म करके चाय पीने बैठी तो रात के ख़याल ने आ घेरा। देखो, आज रात क्या होता है? मान लो, उसके चहलक़दमी शुरू करने से पहले ही नलिनी छत पर दस्तक दे दे? क्या करेगा तब ऊपर वाला?

हल्का खाना खाकर नौ बजे अपने कमरे में पहुँच गयी और बल्ला उठा लिया। आज पहल उसकी रहेगी। छत पर दस्तक दी, तीन बार जल्दी-जल्दी, फिर रुक-रुक कर तीन बार। फिर साँस रोक कर जवाब का इंतज़ार करने लगी।

कुछ देर चुप्पी रही, फिर जवाब बज उठा।

नलिनी ने दो बार बल्ला बजाया।

ऊपर भी दो बार बजा।

कैसे हो?

अच्छा हूँ।

नलिनी ने तर्जुमा किया और करती गयी।

तीन बार...खाना खा लिया?

ऊपर तीन बार...कब का।

तुमने खाया?

दो बार...अकेले हो?

ऊपर दो बार...हाँ, तुम?

अब नहीं।

मैं भी।

हाँ! अब तुम हो।

और? क्या किया आज?

घर साफ़ कर डाला।

मिलो न एक दिन।

कब?

कल।

अच्छा, देखूँगी।

ज़रूर मिलना।

धीमे-धीमे दो बार...गुड नाइट।

दो बार...गुड नाइट।

उसने आँखें बंद कर लीं। दिन भर की थकान नींद लाने लगी।

सहसा आँख खुल गयी। ठक-ठक की आवाज़ सुन पड़ी। शायद ऊपर वाला कुछ कह रहा था। वह उठ कर बैठ गयी। ध्यान देकर सुनने लगी। ऊपर से आ रही आवाज़ फट फट एक सुर में बजती रही। हर रात की तरह ऊपर वाला इधर से उधर चहलक़दमी कर रहा था।

कुछ देर वह स्तब्ध बैठी रही, फिर बल्ला उठा कर पूरी ताक़त के साथ छत पर दे मारा। चहलक़दमी तुरंत रुक गयी।

हाँफती सी वह लेट गयी।

चहलक़दमी दोबारा शुरू हो गयी।

वह झपट कर कुर्सी पर चढ़ी और छत के करीब पहुँच गयी। हथेलियों के बीच मुँह थाम कर चिल्लायी, "बंद करो।"

उसे लगा किसी ने कहा, सॉरी। उसने बल्ला उठाया और कुर्सी पर खड़ी-खड़ी छत पर थपकियाँ देने लगी। धीमी-धीमी, दुलारती, सुलाती, हल्की-हल्की थपकनें।

सुबह आँख खुली तो अपने को कुर्सी पर तुड़े-मुड़े पसरे पाया। बदन अकड़ा पड़ा था, सिर भारी था और मन ग़ुस्से से उबल रहा था। बहुत सह लिया। आज ऊपर जाकर दो टूक बात करेगी। मतलब क्या है, सारी सारी रात सिर पर चहलक़दमी करने का? ऐसी कौन सी मुसीबत है जो न उसे चैन से सोने देती है न दूसरों को, कुछ पता तो चले।

दो प्याले चाय पीकर दिमाग़ दुरुस्त हुआ तो ग़ुस्से के बजाय डर से मन पिनपिनाने

लगा। पता नहीं किस क़िस्म का आदमी है ऊपर वाला, कौन जाने पागल हो। सामने दिखे तो उठा कर गला टीप दे। कोई सयाना भलामानुस तो रात भर पैर पटकता डोलता फिरता नहीं। आदमी दो रात न सोये तो पगला जाये। नीम पागल तो होगा ही होगा। कौन जाने ड्रग खाता हो या पक्का शराबी हो। रात भर गिलास भर कर उँडेलने के लिए ही डोलता फिरता हो। नलिनी ने ठक-ठक की तो उसने भी नक़ल उतार कर रख दी। शराबी का क्या भरोसा, तरंग में जो कर बैठे, थोड़ा। सुना नहीं, भाँग खाकर लोग हँसना शुरू कर देते हैं तो हँसते जाते हैं, रोना शुरू करते हैं तो रोते चले जाते हैं। यह चहलक़दमी करता होगा। सूझ गयी तो बेंत ठकठकाने लगा।

पर...वैसे नहीं ठकठकायी। बराबर जुगलबंदी करता था। होगा, उसे क्या? मौज में आ गया होगा। दिन-दहाड़े जायेगी तो कहेगा, मेरी प्राइवेसी में दख़ल क्यों दे रही हो? रात के नशे के बाद सिर यूँ ही फट रहा होगा। न भी हो तो सारा दिन घर पर थोड़ा बैठा रहता होगा। कभी कोई आवाज़ नहीं सुनी...होगा। सुधीर ठीक कहता है, वह इस-उस घर का शोर सुनने क्यों जाती है? बस, आज रात कोई ठक-ठक नहीं। करा करे अपनी चहलक़दमी।

घर बंद करके वह पैदल घूमने निकल पड़ी। ख़ूब लंबा चक्कर लगाया। यहाँ की साफ़ चौड़ी सड़कों के किनारे घूमना अच्छा लगता है। पैदल पथ पर चाहे जितनी दूर निकल लो, न धूल, न मिट्टी। यातायात का ख़याल ज़रूर रखना पड़ता है पर कुछ दिनों में ठहरो का संकेत देख कर पैर अनायास रुक जाते हैं और चलो का संकेत आने पर मशीनी ढंग से ख़ुद सड़क पार कर जाते हैं। दो-तीन मील घूम आयेगी तो रात में नींद ख़ुद ब ख़ुद आ जायेगी। फिर सिर पर कोई चले या फ़ुटबॉल खेले, उसकी बला से।

यही हुआ। तकिये पर सिर डालते ही झपकी आने लगी।

तभी छत पर दस्तक हुई। ठक-ठक-ठक...ठक...ठक...ठक! फिर शुरू हो गया मरदूद। वह उठ कर बैठ गयी। ऊपर चुप्पी छायी रही जैसे कोई जवाब का इंतज़ार कर रहा हो। क्या बकवास है। ज़रूर सपना देखा होगा। लेटने लगी तो फिर वही तीन ताल की ठक-ठक सुनायी पड़ी। तीन बार जल्दी-जल्दी, फिर रुक-रुक कर तीन बार। माफ़ी माँगती सी थापें, झिझक भरी। बिना सोच-विचार किये, अनायास उसने जवाब दे डाला।

ठक-ठक-ठक, ठक...ठक...ठक।

ऊपर दो बार ठक-ठक हुई। उसने भी दो बार की।

फिर सवाल जवाब चल निकले और साथ साथ नलिनी के भीतर तर्जुमा भी

होता गया।

“अच्छी हो?”

“हाँ, तुम?”

“कल नींद अच्छी आयी।”

“सच, सो गये थे?”

“हाँ, तुम?”

“बाद में।”

“वेरी सॉरी।”

“ठीक है।”

“सो रही थीं?”

“हाँ, सोयी थी।”

“तंग किया?”

“नहीं तो।”

“और कुछ कहो।”

“अब मत चलना।”

“तब क्या करूँ?”

“सोओ, भटको मत।”

“नींद, न आये तो?”

“थपकी दूँ कल जैसी?”

“हाँ, कल जैसी थपकी।”

वह उठी, अलमारी से लंबी छड़ वाला ब्रश निकाला और बिस्तर पर लेटे-लेटे छत पर थपकियाँ देने लगी और...देते-देते सो गयी।

अगली दो रात वही खेल चलता रहा। दोनों बार शुरुआत ऊपर से हुई। दिन होने पर नलिनी सोचती, आज ऊपर जा कर ज़रूर उससे मिलेगी पर जाते-जाते झिझक जाती। आने को तो वह भी आ सकता था, उससे मिलने, नीचे। पर वह जानता नहीं होगा, वह हफ़्ते भर की मेहमान थी। पाँच-सात दिनों में हिन्दुस्तान वापस लौट जायेगी। फिर भी झिझक गयी नहीं। हाँ, नीचे लॉबी में जाकर किरायेदारों की सूची में, अपने 204 नंबर के फ़्लैट से मिलान करके 304 में रहने वाले का नाम ज़रूर देख आयी। राबर्ट पेन। उतने से ही संतुष्ट होना पड़ा। अब उम्र, काम या शक्ल-सूरत का ब्यौरा तो वहाँ लिखा नहीं था। कुछ देर बज़र के सामने अनिश्चित सी खड़ी रही फिर लौट आयी। दरअसल अपने कमरे से ऊपर कमरे तक जाने के लिए उसे

बाहर का दरवाज़ा खुलवाने की ज़रूरत नहीं थी, पर पहले से आगाह कर देना ज़रूरी था। वरना न जाने कितनी देर दरवाज़ा खटखटाते रहना पड़े और खुलने पर...

जाने दो। ऐसे ही चलने दो। सामने जाते कैसा तो डर लगता है।

उस रात किताब लेकर बिस्तर पर लेटी तो छड़ वाला ब्रश पास रखा था। दो-चार पन्ने पढ़े पर ख़ास कुछ ग्रहण नहीं कर पायी, कान ऊपर लगे रहे। किताब किसी एक पन्ने पर खुली रह गयी।

शायद वह जल्दी लेट गयी थी। घड़ी देखी, साढ़े नौ। वक़्त तो माक़ूल था। फिर? काफ़ी देर इंतज़ार किया पर ऊपर कोई आहट नहीं हुई। न दस्तक, न पदचाप।

आख़िर उसने ब्रश उठाया और पहल कर दी। तीन बार जल्दी-जल्दी, फिर रुक-रुक कर तीन बार।

कोई जवाब नहीं।

ठहर कर, दो बार ठक-ठक।

कुछ नहीं।

जल्दी-जल्दी। बार-बार।

सन्नाटा।

वह घबरा कर उठी, खड़ी हुई। कहीं कुछ गड़बड़ थी। सोचने-विचारने में समय बर्बाद किये बगैर उसने अपनी चाबी उठायी और लिफ़्ट लेकर, ऊपर 304 पर जा पहुँची। देर तक दरवाज़ा खटखटाती रही। कोई जवाब नहीं। दरवाज़े पर धक्के मारे। कोई असर नहीं। ताला लगा था। भीतर से बंद है या बाहर से बंद करके आदमी कहीं गया है, इन मकानों में पता नहीं चलता। हो सकता है बाहर गया हो। ज़रूरी तो नहीं कि हर रात घर में घुसा रहता हो, उसने अपने को फटकारा। पर नीचे जाने से रुक नहीं पायी। नीचे जाकर उसने 304 का बज़र बजाया। कोई जवाब नहीं। अपने ख़ास अंदाज में बजाया। तीन बार जल्दी-जल्दी, फिर रुक-रुक कर तीन बार।

कुछ नहीं।

वह वापस अपने घर पहुँची, छड़ उठाकर देर तक छत पर ठक-ठक करती रही। ज़ोर-ज़ोर से।

कुछ नहीं।

बाहर गया होगा...पर पिछले पंद्रह-बीस दिनों में एक रात भी बाहर नहीं रहा...उसे क्या पता...पता है, हर रात क़दमों की आहट सुनायी देती थी...किसी रात न आयी हो तो उसने कौन सा खाते में दर्ज कर रखा था...आयी थी, हर रात आयी थी, आज का सन्नाटा पिछली किसी रात नहीं रहा था।

वह वापस नीचे उतर आयी। 306 नंबर के फ़्लैट का बज़र दबाया।

आवाज़ आयी, “हाँ?”

“आपके बराबर 304 में राबर्ट पेन हैं, उन्हें कुछ हो गया है।”

“तो मैं क्या करूँ? अपार्टमेंट एमरजैंसी को फ़ोन कीजिए।”

“नंबर?”

पर उसने बटन छोड़ दिया था।

उसने दोबारा बज़र दबाया, कहा, “इमरजैंसी का नंबर?”

“उफ़! तंग मत करो...”

उसका वाक्य पूरा होने से पहले ही 306 ने अपनी बात कही और बटन छोड़ दिया।

उसने 302 का बज़र दबाया।

“हाँ?” कोई औरत थी।

‘‘प्लीज़, अपार्टमेंट इमरजैंसी का नंबर बतलाइए।’’

“शिट! आप कौन हैं?”

“आपके बराबर 304 में कुछ गड़बड़ है।”

“शिट! 768-3804”

“768-38...? आगे? प्लीज़ दोबारा बतलाइए।”

कोई जवाब नहीं मिला।

वह वापस अपने फ़्लैट में आ गयी। आपरेटर से पूछेगी। न हुआ तो 911 पर पुलिस को फ़ोन कर देगी। जो होगा देखा जायेगा। फ़ोन उठाया तो देखा उसके ऊपर अपार्टमेंट इमरजैंसी का नंबर लिखा हुआ था। शुक्रिया, सुधीर। काँपते हाथों से उसने नंबर मिला लिया।

“हाँ?”

“304 में कुछ हो गया है।”

“क्या?”

“वे दरवाज़ा नहीं खोल रहे।”

“बाहर गये होंगे।”

“नहीं, उन्होंने कहा था, मिलेंगे।”

“आप कौन?”

“मैं 204 में रहती हूँ।”

“रात में मिलने को कहा था?”

"जी।"

"कब?"

"कल रात।"

"ख़ूब।"

"आपके पास चाबी होगी। दरवाज़ा खोल कर देखिए।"

"ठहरिए। पहले फ़ोन करके देख लूँ।"

"प्लीज़...जल्दी।"

"फ़ोन बज रहा है...आंसरिंग मशीन भी नहीं है। मैं आता हूँ।"

वह दौड़ कर 304 के सामने जा पहुँची। थोड़ी देर में एक बीसेक साल का लड़का टहलता हुआ आया। च्यूइंगगम चुभलाते हुए उसने उसे सिर से पाँव तक घूरा, भौंह ऊपर उठायी और पूछा, "आपने फ़ोन किया था?" आवाज़ और हावभाव से हिक़ारत और हँसी फूट रही थी–ये बूढ़ी औरतें!

"जी," उसने कहा।

"ये हज़रत कितने बूढ़े हैं?" लड़के ने पूछा। नलिनी ने जवाब नहीं दिया।

जानती नहीं थी तो देती कैसे? हाँ, अपनी सबसे खनकदार, दबंग, टीचरनुमा आवाज़ में शुद्ध अंग्रेज़ी उच्चारण के साथ इतना ज़रूर कहा, "दरवाज़ा खोलो फ़ौरन।"

लड़के के चेहरे से हिक़ारत पुँछ गयी। उसने दरवाज़ा खोल दिया।

कमरे के बीचोबीच, कोट-पैंट और टाई में लैस, एक बूढ़ा आदमी, घिसेपिटे कालीन पर बेहोश पड़ा हुआ था।

शिट, कह कर लड़का एकदम हरकत में आ गया। ताबड़तोड़ फ़ोन करने लगा।

नलिनी राबर्ट के बराबर फ़र्श पर बैठ गयी। ढीला हाथ उठा कर नाड़ी देखी, मंथर गति से चल रही थी। उसने टाई की गाँठ खोल कर अलग कर दी, क़मीज़ के बटन खोल दिये, पैंट ढीला कर दिया। झुक कर अपनी साँस उसके फेफड़ों में भरने लगी। टीचर होने के नाते प्राथमिक चिकित्सा देनी सीखी थी। कुछ अपना शौक़ भी था।

"राबर्ट पेन...वह पागल आदमी...मर गया," उसने सुना, लड़का फ़ोन पर कह रहा था।

"नहीं," मुँह उठा कर उसने कहा।

"मरा नहीं?"

"नहीं, पगलाया भी नहीं," उसने कहा और वापस अपने काम में जुट गयी।

दस मिनट के भीतर वहाँ एंबुलैंस, स्ट्रेचर, पैरामैडिक, पुलिस वाला सब मौजूद थे।

"श्रीमती जी, आपने इन्हें बचा लिया," डॉक्टरनुमा लड़का कह रहा था।

वे लोग उसे अस्पताल ले गये। "तुमने उन्हें पागल क्यों कहा था?" नलिनी ने अपार्टमेंट वाले लड़के से पूछा।

"सॉरी। पर है वह पागल। सठियाया बूढ़ा। ओल्ड होम में जाने को तैयार नहीं है। अकेले घर में बंद रहता है और रात-रात भर चलता है। हमारे पास शिकायतें आती रहती थीं। पहले 204 में एक अमेरिकन रहते थे, उन्होंने इसे निकलवाने का नोटिस दिलवा दिया था। फिर वे चले गये और कोई हिन्दुस्तानी आ गया। शिकायत आनी बंद हो गयी। पर आप...?"

"मैं 204 की माँ हूँ," वह हँस पड़ी, "बूढ़ों के घर जाने को मैं भी तैयार नहीं, पर मैं पागल नहीं हूँ और न राबर्ट हैं।"

"सॉरी लेडी।"

"पागल नहीं, बस अकेले। और अंधेरे से डरे हुए," उसने कहा।

अगले दो दिन काउंटी अस्पताल आते-जाते बीते। राबर्ट को लकवे का दौरा पड़ा था। दो दिन बाद होश आ गया। उसने आँखें खोलीं तो नलिनी सामने बैठी थी। राबर्ट ने उसे देखा तक नहीं, पहचानता तो ख़ैर कैसे।

"राबर्ट," उसने पुकारा।

उस पर कोई प्रतिक्रिया नहीं हुई। चेहरा वैसे ही भावहीन, पत्थर बना रहा। आँखें निचाट सूनी, देख कर भी न देखती हुईं। आवाज़ सुन कर भी न सुनती हुईं।

नलिनी ने अपने पर्स से पतला कंघा निकाला और उसके बिस्तर से सटी मेज़ पर बजाया। ठक-ठक ठक...ठक, ठक...ठक। तीन बार जल्दी-जल्दी फिर रुक-रुक कर तीन बार।

उसकी आँखों में पहचान कौंध गयी। चादर पर पड़ा कृश हाथ उठा और दूसरे हाथ को थपकने लगा। थप-थप थप, थप...थप...थप।

नलिनी ने मेज़ पर कंघे से दो बार ठक-ठक की, धीमे सुर में संगत करते हुए कहा, "राबर्ट राबर्ट।"

राबर्ट ने भी दो बार थप थप की।

संगत नलिनी ने ही की, "न–लि–नि...न–लि–नी," उसने एक-एक अक्षर अलग उच्चारित करते हुए कहा। फिर स्वयं ठक ठक करके अंग्रेज़ी में बोली, "कैसे हो?"

राबर्ट ने सधे हाथ से थपकन दी।

नलिनी ने ठक-ठक के साथ कहा, "मुझे परवाह है।"

राबर्ट का चेहरा पसीजता मालूम पड़ा, हाथों की थपकन के साथ होंठ हल्के से काँपे। नलिनी ने दो बार ठक-ठक की और कहा।

"मैं हूँ।"

राबर्ट थपकी देना भूल गया। पहचान भरी नज़र से उसे देखता रहा।

नलिनी ने उसका तकिया थपथपाया, मेज़ सँवारी, चादर ठीक की और...मिलने का समय पूरा हो गया था। वह उठ कर खड़ी हो गयी। चलते-चलते ठक-ठक की, कहा, "फिर आऊँगी।"

राबर्ट ने हाथ से थपकी दी, होंठ कुछ बुदबुदाये। शायद उसने कहा, "अपना ख़याल रखना।"

रेल और बस बदल कर रात घिरने पर घर पहुँची तो बैठक में चहलक़दमी करता सुधीर बिफर पड़ा, "कहाँ चली गयी थीं? मैं पुलिस को ख़बर करने वाला था।"

"मुझे याद ही नहीं रहा, तू आज लौटने वाला है," उसने कहा और सीधी अपने कमरे में जा कर लेट गयी।

सुधीर ने उसकी प्राइवेसी की लाज नहीं रखी। धड़धड़ाता हुआ भीतर घुस आया। बोला, "खाना नहीं खाना?"

"नहीं, सैंडविच खा ली थी।"

"कुछ बनाया नहीं?"

"नहीं।"

पल भर सुधीर अकबकाया सा खड़ा रहा फिर बोला, "तुम्हारा टिकट और यह दो सौ डॉलर।"

नलिनी ने डॉलर ले लिये, टिकट पर तारीख़ देखी और वापस करते हुए कहा, "इसे बदलवा कर पंद्रह दिन बाद का करवा दे। मुझे ठहरना पड़ेगा।"

"क्यों?"

"काम है।"

सुधीर अपने में ग़र्क़ था, उसका जवाब नहीं सुना, अपनी बात कही, "मैं शादी कर रहा हूँ।"

वह उठ कर बैठ गयी। "मुबारक," उसने कहा।

"अमेरिकन लड़की है।"

"बहुत अच्छा है।"

"वह चाहती है शादी चर्च में हो।"

"शादी तो शादी है, कहीं भी हो।"

"वह रेडक्रॉस में काम करती है।"

"वाह, बहुत बढ़िया है।"

"तुम्हें कोई आपत्ति नहीं है?"

"नहीं, आपत्ति क्यों होगी?"

"शादी में आओगी?"

"बुलायेगा तो क्यों नहीं आऊँगी?"

"तो अगले हफ़्ते कर लूँ?"

"ज़रूर।"

"तुम्हारा टिकट...?"

"पंद्रह दिन बाद का करवा दे।"

"पर माँ, हम तो हनीमून पर चले जायेंगे।"

"चले जाना। मैंने कहा न, मुझे यहाँ काम है।"

"क्या काम है?"

नलिनी मुस्करा दी, "प्राइवेसी भी कोई चीज़ होती है, सुधीर," उसने कहा। फिर कुछ रुक कर बोली, "चाय पियेगा? मैं बना रही हूँ अपने लिए।"

सुधीर उसके पीछे रसोई में आ गया।

चाय की महक से तरोताज़ा होकर नलिनी ने कहा, "हो सके तो वापस लौटने से पहले एक बार तेरी बीवी से मिलना चाहूँगी।"

उसे लग रहा था, पूरी बात समझा कर कहेगी तो उसके चले जाने के बाद, वह अमेरिकन लड़की राबर्ट की खोज ख़बर ज़रूर रख लेगी।

"तुम ठहरो न, माँ," सुधीर ने कहा, "हम लौट आयें तब चली जाना। तुम्हारा स्कूल..."

"पंद्रह जुलाई तक पहुँच जाऊँ तो चलेगा।"

हिन्दुस्तान वापस लौट कर कोई काम देख लेगी। सुधीर से पैसे माँगना नामुमकिन है। थोड़े बहुत ज़ेवर हैं उसके पास। कुछ न हुआ तो उन्हें बेच कर कोई छोटा-मोटा धंधा शुरू कर लेगी। कपड़े सीने का, खाना बना कर दफ़्तरों में टिफ़िन भेजने का, कुछ भी। एक बार हिम्मत कर ले, तो बहुत कुछ कर सकती है औरत।

"माँ," उसने सुना, सुधीर कह रहा था, "सोचता हूँ कुछ डॉलर हिन्दुस्तान में इन्वेस्ट कर दूँ। इंपोर्ट-एक्सपोर्ट में बहुत पैसा है। उधर का तुम संभाल सकती हो, इधर का मैं। अब यहाँ तो पैसा बचेगा नहीं...ये अमेरिकन लड़कियाँ, मेरा मतलब

ख़र्च होता ही है अच्छी तरह जीने में...कभी मैं हिन्दुस्तान आने लगूँ तो...मेरा मतलब कुछ सुरक्षा हो तो..."

नलिनी ने प्यार से सुधीर का चेहरा परखा। तो अकेलेपन और अंधेरे का ख़ौफ़ राबर्ट और नलिनी को ही नहीं, औरों को भी है।

"फ़िक्र मत कर," उसने मेज़ पर रखे उसके हाथ पर थपकी देते हुए कहा, "मैं हूँ न!"

(प्रथम प्रकाशन—*धर्मयुग,* 1991)

# साठ साल की औरत

सुरभि घोष ने अपनी एक कहानी में लिखा था, साठ की होने पर औरत निरापद हो जाती है। कुछ भी करे, लोकापवाद नहीं होता। कितनी बेवक़ूफ़ी की बात थी। जैसे लोकापवाद का न होना औरत को निरापद करने को काफ़ी हो। और जो लोक से इतर, अपना मनोजगत है उसका क्या? पर उसका आग्रह तो साठ की होने पर पता चलेगा न? चालीस की उम्र में साठ इतनी दूर लगता है कि जो चाहो कह लो।

आज इक्कीस साल बाद, सुरभि घोष उसी शहर में है, जहाँ पहले पहल डॉ. चंद्रशेखर रामलिंगस्वामी से मिली थी। इतिहास के उन प्रोफ़ेसर का नाम, इतिहास की तरह लंबा था। पर कहते उन्हें सब डॉ. चंद्र थे।

इतिहासकार डॉ. चंद्र से सुरभि घोष की मुलाक़ात एक गोष्ठी में हुई थी। जब उन्होंने उसे गिरजाघर ले चलने का प्रस्ताव रखा तो वे दोस्त क्या, परिचित भी नहीं थे। नहीं, वे उसे पूजा या प्रवचन में नहीं ले जा रहे थे, सिर्फ़ इमारत दिखलाने। इतिहासकार डॉ. चंद्र को अपने शहर की तारीख़ी इमारतों से ख़ास लगाव था। वे उन पर लिख बोलकर भी काम चला सकते थे, चलाते भी थे। पर कभी-कभी आँख में उँगली डालकर समझाने का दौरा पड़ जाता था। अलबत्ता, कभी-कभार। उस बार जब पड़ा तो सुरभि घोष सामने थी।

"इस शहर में आई हैं तो वह गिरजाघर देखे बग़ैर मत लौटिएगा," उन्होंने कहा था।

"वही क्यों?" उसने पूछा था।

"अपनी तरह का वह अकेला गिरजा है।"

"अपनी तरह के तो सभी अकेले होते हैं," उसने तपाक से कहा था।

डॉ. चंद्र ने इंकार नहीं किया था, पर हँसे भी नहीं थे। शायद वे कम हँसते होंगे।

गिरजाघर पहुँचने तक सुरभि के मन में सवाल, दलील, क़यास का सिलसिला,

आदतन ख़ूब चला था। पर वहाँ पहुँचते ही सब कुछ बेख़याल, ख़ामोश हो गया था।

गिरजाघर पाँच मंज़िला है। दाएँ-बाएँ दो घुमावदार जीने हैं। वे हर मंज़िल के बारजे पर जाकर मिलते हैं, फिर उलटी दिशा में ऊपर बढ़ते हैं। मंज़िल दर मंज़िल बारजा संकरा होता जाता है। अच्छा हुआ, इतनी जानकारी डॉ. चंद्र ने नीचे ही दे दी थी। चढ़ना शुरू करने के बाद सुरभि दिवा स्वप्न में थी जहाँ आदमी को सुनायी तो देता है, पर वह सुनता नहीं।

सरेराह मिले मुलाक़ाती डॉ. चंद्र और सुरभि घोष ने अलग-अलग सीढ़ी से ऊपर चढ़ना शुरू किया। डॉ. चंद्र दाएँ, सुरभि बाएँ। नीचे जब डॉ. चंद्र ने कहा कि इस गिरजे पर अलग-अलग सीढ़ी से चढ़ने की परंपरा है तो सुरभि ने उनकी बात को 'बात' जितनी ही तवज्जह दी थी और उनकी वाली सीढ़ी पर क़दम रख दिया था। पर उन्होंने ख़ासी सख़्ती से उसे बाएँ हो जाने की हिदायत दी थी।

परंपरा पुजारी। ज़िद्दी बच्चा। बाएँ जीने से ऊपर जाते सुरभि हँसती रही थी। जल्दी ही बारजे पर डॉ. चंद्र से भेंट हो गयी थी। नीचे जैसे मुलाक़ात ही न हुई हो, कुछ ऐसी नज़र से दोनों ने एक दूसरे को देखा था और मुस्करा दिए थे। सुरभि को गिरजाघर का शिखर दिखलायी दिया तो उसने गर्दन बढ़ाकर आसमान भी देख लिया था। सूरज शायद इमारत के पीछे था, क्योंकि आसमान पर, परछावाँ रोशनी का उजास था, धूप नहीं। एक दूसरे के सामने से होकर, अब सुरभि दाएँ और चंद्र बाएँ ज़ीने से ऊपर चढ़ते हुए दूसरी मंज़िल के बारजे पर जा मिले।

धरती अब कुछ और नीचे छूट चुकी थी। पर दीख भरपूर रही थी। चौक पर घूम रहे इंसानों के चेहरे पहचान पाना मुमकिन नहीं था, पर उनका वजूद आँखों के दायरे में मौजूद था। फिर भी वे अलग, नीचे और दूर थे। सम पर एक-दूसरे के नज़दीक़ सिर्फ चंद्र और सुरभि थे। पहले अग़ल-बग़ल फिर आमने-सामने।

इस बार, सुरभि खुलकर मुस्करा नहीं पायी। डॉ. चंद्र की निगाह चेहरे पर महसूस हुई तो आँखें बरबस झुक गयीं। वह उनके आगे से निकली और दोबारा बाईं सीढ़ी पकड़ ली।

सीढ़ी चढ़ते हुए दिल की धड़कन तेज़ हो ही जाती है, सो हुई। चढ़ भी तो इतने फ़र्राटे से रही थी जैसे ऊपर पहुँचने पर कोई ख़ज़ाना हाथ लगने वाला हो। पेट में बुलबुला उठा तो जमकर ही बैठ गया। बहुत धीमे-धीमे वह छाती की तरफ़ सरका। अब फूटे कि अब फूटे। एक अनर्गल रोमांच उसमें क़ैद था, जैसे बढ़िया जासूसी नाटक या फ़िल्म देखते हुए होता है। यहाँ तक कि छज्जे पर पाँव बढ़ाने से पहले, वह आख़िरी पैड़ी पर ठिठकी खड़ी रह गयी। लंबी साँस खींचकर अपने को सहेजा तो छाती में अटका बुलबुला धौंक से फूट गया। वह छज्जे पर ठिली चली आई। आँख के कोने से देखा, डॉ. चंद्र दाएँ बाजू थे। छाती की धौंकनी जैसे चाल में भर गयी। डॉ. चंद्र को देखकर अनदेखा

करती, वह भाग कर दाएँ ज़ीने पर जा चढ़ी।

धीरे-धीरे चाल मंद होती हुई सुस्त पड़ गयी। क्यों भागी वह बारजे से? छजली बनायी जाती है, ठहर कर नज़ारा देखने को। ऊपर और नीचे का, नहीं? और यह दौतरफ़ा गोल ज़ीना? यह क्यों बनाया गया था? सवाल क्या उड़ आया, मधुमक्खी सा गुँजार करता, मन में देर तक फड़फड़ाता चला गया।

जवाब शायद मिल भी जाता पर तभी दूसरा सवाल डंक मार बैठा। मान लो, वह चौथे तल पर पहुँचे और डॉ. चंद्र वहाँ न हों? वह नज़ारा करती खड़ी रहे पर वह न आयें? कभी न आयें? सुस्ती भूल वह बारजे पर खिंच आई।

डॉ. चंद्र और सुरभि वहाँ एक साथ पहुँचे। एक दूसरे के पहलू में आकर थमे। रुके...एक ख़म खाया और आमने-सामने हो गये। इतने क़रीब कि बदन चुराकर निकलना मुश्किल था। पर उन्होंने पूरी एहतियात बरती और अनछुए रास्ता काट कर फिर बिछड़ गये।

सुरभि के बदन पर हौले-हौले पसीने की परत बनने लगी। बूँद-बूँद करके उभरी, चाव भरी सिहरन के साथ। ज़ीना ढका था तो क्या, हवा न सही, ठंडक फिर भी काफ़ी थी। पल्लू से मुँह-माथा पोंछने को मन नहीं हुआ।

खुले छज्जे पर पहुँची तो ठंडी हवा ने पसीजे बदन पर फुरफुरी ला दी। डॉ. चंद्र से एकदम सामना हो गया। वह उसकी वाली सीढ़ी की तरफ़ तलबगार निगाहें जमाये खड़े थे। तंग बारजे पर आ कर दोनों अपनी-अपनी जगह अडोल खड़े नज़दीकी महसूसते रहे। वक़्त के गुज़रने का वहाँ कोई मानी नहीं था। न अलेहदगी का। उस फ़क़त दम तन्हाई ने अलेहदगी को शिरकत में तब्दील कर दिया था। पता नहीं राज़ क्या था, पर जो था नुमायां हो चुका था।

सुरभि ने पाया, उसका चेहरा पसीने से नहीं, आँसुओं से तरबतर था। यह बार-बार बिछड़ कर मिल पाना कितनी बड़ी नियामत है। हर्ष और विषाद की मिली जुली तरंगें उसे झकझोर कर, दिल के भीतर से एक शब्द ऊपर खींच रही थीं। वही उसके चारों तरफ़ बज रहा था, मिलन! वह भूल चुकी थी, कितने बरस, कितने जीवन, कितने जन्म वह जी चुकी थी। बस इतना जानती थी कि यह आख़िरी पड़ाव था, अलौकिक मिलन का। उसने आँखें बंद कीं और नीचे छलाँग लगा दी।

लगाई पर लगी नहीं। देखा डॉ. चंद्र की मज़बूत हथेलियों ने उसे दोनों तरफ़ से जकड़ रखा था।

सुरभि के भीतर एक अदम्य लालसा जग उठी। डॉ. चंद्र उसे वहीं, तभी, फ़ौरन प्यार करें। छाती पर भींच कर, मुँह ऊपर उठायें, चूमें, बार-बार चूमें। पागल कर देने वाली हसरत के साथ वह इंतज़ार करती रही कि वे उसकी चाहत पर अमल करें। प्यार करें, पर वे करें। सुरभि पहल नहीं कर सकती थी। नीचे कूद कर जान

दे देना एक बात है, भविष्यहीनता से निरापद, पुरुष को बाँहों में लेकर प्यार का आमंत्रण देना, एकदम दूसरी। डॉ. चंद्र का मुँह उसके कान से सटा था। उन्होंने कहा, वापस चलें? वह हिली नहीं तो ठेलकर ज़ीने पर एक पैड़ी नीचे उतार दिया। ख़ुद दूसरी सीढ़ी की तरफ़ हो लिये।

शिथिल चाल, पसीने से लथपथ, लस्त-पस्त, वह ज़ीना दर ज़ीना उतरती गयी। लौटते हुए भी हर बार बारजा आया। कभी डॉ. चंद्र दीखे, कभी नहीं। धीमी गति के यान की तरह, वह दाएँ-बाएँ सीढ़ियाँ पकड़ती नीचे उतर आयी। डॉ. चंद्र क्षण भर बाद पहुँचे। उसे देख मुस्कराए और बोले, ''तो सुश्री घोष, कैसा लगा गिरजा?''

सुरभि ने आँखें फाड़कर उन्हें देखा, फिर आसमान तक उठे गिरजाघर के शिखर को। पूरी दूरी को फलांग कर दृष्टि वापस धरती पर फिसली और वह ग़श खाकर वहीं गिर पड़ी।

पलक झपकने भर को होश गुम रहे होंगे, फिर लौट आये। शर्मसार, वह उठकर बैठने को थी कि डॉ. चंद्र की आवाज़ सुनकर रुक गयी। आँखें मूँदे पड़ी रही। जैसे अब भी बेहोश हो।

''सुरभि! सुरभि!'' वे इतनी वाचाल आत्मीयता के साथ उचार रहे थे कि प्रिय, प्रियतमा जैसे उपसर्ग-प्रत्यय, अनायास जुड़े जा रहे थे। बहुत देर नहीं चल सकता था। चोरी किसी की हो, पकड़ी जाये तो शर्म आती है। वह उठी, खड़ी हुई, कहा, ''सॉरी। कभी-कभी हो जाता है। वाइन पीने से।'' अब कुछ तो कहना था।

''वाइन? सुबह-सुबह आपने वाइन पी?''

''नहीं,'' उसने कहा, ''कल पी होगी। मुझे नहीं मालूम। पहले ऐसा कभी नहीं हुआ। आप इतनी जिरह क्यों कर रहे हैं?''

''जिरह!'' वे निरीह हो आये थे, ''सुश्री घोष आप बहुत थक गयीं क्या?''

''मर गयी,'' उसने कहा और हँस पड़ी। काफ़ी हँसी। जितना अकेले मुमकिन था। डॉ. चंद्र नहीं हँसे। ज़रूर वह आदमी कम हँसता होगा।

आने वाले दिनों में उनका परिचय बढ़ा और जहाज़ी पंछियों वाली हमराह दोस्ती में बदल गया। ऐसी ईमानदार आत्मीयता में जो उन्हीं लोगों के बीच पनप पाती है, जो जानते हैं कि उनका साथ कुछ निश्चित दिनों के लिए है। बीती बातें याद दिलवा कर शर्मिंदा करने का मौक़ा नहीं आयेगा, इसलिए जो चाहें खुल कर कह सकते हैं। उदार होकर एक दूसरे के उस शौक़ में भी हिस्सेदारी कर सकते हैं, जिसमें अपनी दिलचस्पी न हो। बाद में वह यह कहने नहीं आयेगा कि पहले तो पसंद था, अब क्या हुआ? गोष्ठी चली कुल जमा एक हफ़्ते। कम नहीं होता एक हफ़्ता। नियमितता से अलग, आज़ाद सात दिन। जैसे हर दिन में चौबीस नहीं, चालीस घंटे हों। कम

से कम बारह के बीस तो बनाये ही जा सकते हैं। सो वे बनाते रहे। कुछ गोष्ठी के आयोजकों की कृपा से कुछ अपनी तरफ़ से। यानी गोष्ठी में पर्चे पढ़े सुने बहसाये, साथ-साथ फिर शाम को खाना, पीना, घूमना, बतियाना भी साथ किया।

यूँ आख़िरी शाम आ पहुँची। स्थानीय विश्वविद्यालय ने गोष्ठी के सभी भागीदारों को शाम की दावत का न्यौता भेजा। दावत एक पुरानी इमारत में थी। पुराने राजमहलों, मठों में ढाबों का खुलना आम बात हो चुकी थी। गोल मेज़ों के चारों तरफ़ छह-छह कुर्सियाँ लगी थीं। सुरभि और चंद्र के साथ बैठे थे, अमेरिकी जानेथन, फ्रांसीसी निकोल, जर्मन राइमन और चेक राक्ज़ान। ठीक समझे आप। अंतर्राष्ट्रीय गोष्ठी थी और औरत-मर्द इकट्ठा बैठे थे। मेज़ पर शराब के नाम पर वाइन की बोतलें रखी थीं। साथ में नमकीन बिस्कुट। गप्पों की गर्मागर्मी में सुरभि के साथी वाइन पर वाइन पिये जा रहे थे। मेज़ पर रखी बोतलें ख़त्म हुईं तो और मँगा ली गयीं।

काफ़ी देर तक सुरभि वाइन से हाथ खींचे रही। वह जानती थी, गिरजाघर से नीचे उतरने पर आँखों के आगे जो अंधेरा छाया था, वह वाइन की वजह से नहीं था। एक घूँट भी हलक के नीचे नहीं उतरी थी। पर पहले एक बार वाइन का महज़ एक जाम पीकर, वह धराशायी हो चुकी थी। हुआ सिर्फ़ एक बार, क्योंकि पिया ही सिर्फ़ एक बार। पर तभी से वाइन से दुश्मनी ठान ली थी। पर अब जब साथी जाम पर जाम ख़ाली किये जा रहे थे, वही भरा का भरा गिलास सामने रखे रहना, नागवार मालूम पड़ रहा था। जब-जब झुकी बोतल, उसके जाम से रुसवा हो मुँह फेरती, वह बौखला कर बिस्कुट कुतरने लगती। बाक़ी लोग वाइन की नयी बोतल मँगाते तो वह पानी की गुहार लगा देती। मेज़ के तमाम बिस्कुट ख़त्म हो गए। न पानी आया, न और बिस्कुट। तब हाथ डुलाते बैठे रहना, नागवार से नामुमकिन होने लगा। आख़िर उसने सामने रखा जाम उठा लिया और ख़ाली कर दिया। भरे जाने पर शायद दूसरी बार भी पी लिया। इस तरह चार घंटे गुज़रे और रात के ग्यारह बज गये।

"चलें?" कह कर साथी उठ खड़े हुए।

"पर खाना?"

सुरभि के मुँह से निकला।

"खाना?" पाँचों ने एक साथ कहा, "आप खाकर नहीं आयीं?"

"नहीं, यहाँ दावत थी न, शाम की?"

शाम की दावत! खाना! इन लफ़्ज़ों में कौन सा मज़ाक छिपा था, सुरभि समझ नहीं पायी। पर उसके साथी हँसी से दोहरे होते रहे। बीच-बीच में बेचारी हिन्दुस्तानी, पूर्वी मेहमाननवाज़ी मालूम, जैसे जुमले उभरे और दब गये।

"यहाँ शाम की दावत में खाकर आने का रिवाज है। अब उठो," चंद्र उसके कान में फुसफुसाये तो उसने समझा, वे हँस नहीं रहे थे।

शुक्र था कि वे हँसते कम थे वरना उस वक़्त वह शायद रो पड़ती। भूखे पेट इंसान बड़ा बेबस हो जाता है। ख़ासकर जब, दुश्मन वाइन पेट में कटार चला रही हो। उसने उठने की कोशिश की तो सिर घूम गया। पर डॉ. चंद्र उसकी बाँह कस कर पकड़े रहे और वह बिना लड़खड़ाये बाहर आ गयी। बाहर काफ़ी ठंड थी। हवा तेज़, साफ़ और सर्द थी। जैसी रात के दूसरे पहर में होनी चाहिए। सिर संभला तो उसने देखा, बाक़ी साथी आगे या पीछे, कहीं छूट चुके। वहाँ, वह और चंद्र, दो ही थे।

तभी चंद्र हँस पड़े। सुरभि चौंक उठी। पर बाँह छुड़ाने लायक़ सिर नहीं था। फिर भी बदन अकड़ा होगा, क्योंकि उन्होंने अपने पर क़ाबू पाने की कोशिश की। कामयाब नहीं हुए। बोले, ''तुम सारे बिस्कुट खा गयीं!'' और दबाने पर दुगने ज़ोर से फूट पड़ने वाली हँसी हँस दिये। सुरभि को भी हँसी आ गयी। सहसा चंद्र बोले, ''टिप।'' और वापस मुड़ लिये। सुरभि की बाँह अब भी उनकी पकड़ में थी, सो साथ खिंचना पड़ा। वे वापस ढाबे पर पहुँचे। दरवाज़ा बंद था, पर ढकेलने पर खुल गया। भीतर मैनेजर के सिवा कोई नहीं था। वह मेज़ पर बैठा बाक़ायदा खाना खा रहा था। नमकीन बिस्कुट नहीं।

''क्या चाहिए, रेस्तरां बंद हो चुका,'' उसने कहा।

''आपका शुक्रिया,'' चंद्र ने कहा। फिर अपनी वाली मेज़ पर दस का नोट रखा और बाहर चले आये।

''खाना!'' सुरभि के मुँह से निकलने को हुआ, वापस घोंटा तो निकला, ''नोट किसलिए?''

''उम्दा शाम के लिए,'' चंद्र ने कहा, ''यादगार शाम होगी न, यह?''

तुम्हारी वजह से, सुरभि ने शब्दों के अर्थ को पकड़ा। ''हाँ'' की भंगिमा में उनकी तरफ़ देखा। उन्होंने कहा, ''तुम्हें भूख लगी है न। ग़लती मेरी थी। गोष्ठी के बाद तैयार होने होटल गयी थीं तो मुझे बतलाना चाहिए था, खाकर आना।''

''कोई बात नहीं। इतने बिस्कुट तो खा गयी,'' वह हँस दी। पर पेट में ख़ालीपन बना रहा।

''मेरे डेरे पर डबलरोटी वग़ैरह है। चल कर खा लो,'' उन्होंने कहा। सवाल नहीं किया गया था। जवाब की ज़रूरत नहीं थी। सुरभि ने चाहा, कुछ न बोले, चुपचाप उनके साथ चलती जाये। कुछ दूर चली भी। पर...नशा था कि उतरता चला गया। चित्त चौकन्ना हुआ नहीं और नज़र साफ़ कि हौसले पस्त हो गये। उसने वही कहा जो कहा जाता रहा है। ''अलस्सुबह उड़ान है। अब सोना चाहिए।''

वे कुछ देर या शायद काफ़ी देर चुप रहे। फिर बोले, ''ठीक है। अपने होटल में ही खा लेना। क़ैफ़े खुला होगा।''

वह बात नहीं है, उसने कहना चाहा, कम से कम सोचा, कहना चाहिए। पर नहीं कहा। विदा दे लेकर होटल पहुँच गयी। अगली सुबह, निर्धारित उड़ान पकड़ कर अपने शहर लौट गयी।

इक्कीस वर्ष बीत गये। अब वह फिर उस शहर में है, जहाँ पहले पहल डॉ. चंद्र से मिली थी। फिर विश्वविद्यालयी गोष्ठी है। फिर वह मेहमान बनकर आयी है। इस बार भी वह समाजशास्त्र विषयक पर्चा पढ़ने वाली है। अब भी इतिहास में उसकी रुचि है। इस बार भी डॉ. चंद्र से मिलना होगा या नहीं, उसे नहीं मालूम। गोष्ठी में हिस्सा लेने वालों की फ़ेहरिस्त में उनका नाम नहीं है। क्या वे इसी शहर में हैं, उसी विश्वविद्यालय में प्रोफ़ेसर? विश्वविद्यालय फ़ोन भर मिलाना होगा, पता चल जायेगा। तो करे? पहले दो दिन गोष्ठी की व्यस्तता और सोचा सोची में बीत गये। दूसरे दिन, उसका अपना पर्चा पढ़ा जा चुका तो फ़ुरसत के साथ राहत मिली। दोपहर बाद, वह अकेली पुराने गिरजाघर चल दी। पर ऊपर नहीं चढ़ी। एक नज़र शिखर तक देखा कि मन हुआ, पलट कर कमरे में चली जाये। सो, चली गयी।

तीसरे दिन स्थानीय विश्वविद्यालय में इतिहास के प्रोफ़ेसर डॉ. जेम्स गोल्डमेन का व्याख्यान था। दोपहर के खाने तक उस पर चर्चा चली। फिर मेज़बान की हैसियत से डॉ. गोल्डमेन एक-एक मेहमान की ख़ैर ख़बर लेने लगे। आपसी बातचीत शुरू हुई तो उनके विभाग के डॉ. गोल्डमेन से डॉ. चंद्रशेखर रामलिंगस्वामी के बारे में पूछे बग़ैर कैसे रहा जा सकता था? सो पूछा। नाम सुनकर डॉ. गोल्डमेन जोश में आ गये। ''आप जानती हैं उन्हें? विलक्षण इतिहासकार हैं पर एकांतप्रिय, निस्संग, नहीं? बैठे बिठाये एक दिन नौकरी और शहर छोड़ कर चले गये। आजकल स्वतंत्र शोध कर रहे हैं। गोष्ठियों में नहीं जाते। निमंत्रण भेजा था, पर...अच्छा सुनिए, आप बात कीजिए न उनसे...'' कहते-कहते उन्होंने फ़ोन उठा लिया।

नहीं...हाँ...अभी रहने दीजिए...बाद में करूँगी....नम्बर...ऐसे कई, टूटे-बिखरे शब्द समूह दिमाग़ में उभरे, पर मुँह से कुछ कह पाने से पहले, फ़ोन का चोंगा उसके हाथ में था और डॉ. गोल्डमेन दूसरे मेहमान के पास।

हैलो-हैलो सुन कर कहना पड़ा, ''डॉ. चंद्र?''

''जी।''

''मैं...सुरभि घोष...याद नहीं होगा...इक्कीस साल पहले...गोष्ठी में...'' उसकी आवाज़ डूबने लगी कि उधर से ज़ोरदार इक़रार आया।

''सुश्री घोष। आप आ गयीं!''

''सोचा...हाल पूछूँ...'' वह हकला गयी।

“क्यों, मिलते हैं न। यहाँ से दो सवा दो घंटे का रास्ता है। कहाँ मिलें?”

“गिरजाघर पर,” वह कह उठी।

“दो ज़ीनों वाले? ठीक है। साढ़े चार बजे गिरजाघर के सामने।” फ़ोन कट गया।

वह चोंगा हाथ में लिये बैठी रही। ग़लती हो गयी। होटल में मिलने को कहना था। डॉ. गोल्डमेन से नंबर लेकर फ़ोन कर सकती है। पर फ़ौरन करना होगा वरना वह निकल पड़ेंगे। डॉ. गोल्डमेन आसपास दिखलायी नहीं दिये। उठ कर उसने तुरंत ढूँढ़ा नहीं। सोच सोचकर जब उठी, देर हो चुकी थी। फ़ोन करने का कोई मतलब नहीं था। वह कॉफ़ी पर कॉफ़ी पीती रही, फिर वक़्त से पहले गिरजे के लिए निकल पड़ी। सोचा, उनके आने तक आसपास घूम लेगी। पुरानी यादें अकेले जी लेगी, उनका चाव उतार फेंकना आसान होगा।

वह गिरजाघर पहुँची तो देखा वे सामने से चले आ रहे हैं। दो घंटे लगे नहीं रास्ते में।

“आपके तो सब बाल सफ़ेद हो गये?” देखते ही उसने कहा।

“आप चाहती हैं, इन्हें काले करूँ?” उन्होंने कहा।

बेवक़ूफ़! इक्कीस साल बाद मिलने पर यह कहा जाता है।

नहीं-नहीं, उसने कहा कि नहीं, पता नहीं।

“आपने तो लिखा था, साठ साल के बाद लोकापवाद नहीं होता। फिर लोगों के चाहने से बाल काले क्यों करें?” उन्होंने कहा तो अपनी बेवक़ूफ़ी, बदतमीज़ी सब ज़ेहन से निकल गयी। पूछा, “आपको कैसे पता?”

“क्यों, लिखकर छपवायेंगीं तो सभी को पता चल जायेगा। अंग्रेज़ी में होगा तो मुझे भी।” कह कर वे हँस पड़े। “देखा, कैसी विडंबना है, एक इतिहासकार के लिए। हम दोनों हिन्दुस्तानी पर अंग्रेज़ी में अनुवाद न हो तो मैं आपको पढ़ न पाऊँ।” वे फिर हँसे।

“मेरी किताब यहाँ?”

“यहाँ नहीं। हिन्दुस्तान गया था तब ख़रीदी थी।”

हिन्दुस्तान गये थे। उसका मुँह उतर गया। उससे संपर्क नहीं किया? वह भी तो निस्संग थी, इनकी तरह। प्रिय की तरह एकांत को साथ लिये।

“पत्नी साथ थीं,” उन्होंने कहा, “और तब मैं साठ का नहीं हुआ था।” अब वे और खुल कर हँसे।

सुरभि इधर-उधर ताकने लगी, जिससे एक दूसरे को देखने से बचा जा सके।

“उधर एक कैफ़े है, वहाँ बैठें?” भटकती नज़र को सबब देने के लिए उसने कहा।

"ऊपर नहीं चलेंगी? फिर यहाँ..."

"चलिए," शर्मिंदगी में वह एकदम आगे बढ़कर ऊपर चढ़ने लगी। डॉ. चंद्र दूसरे ज़ीने की तरफ़ बढ़ गये।

बदहवास सी वह पहली मंज़िल के बारजे पर पहुँची। तेज़ तेज़ चढ़ी होगी, क्योंकि वे वहाँ नहीं पहुँचे थे। उनका इंतज़ार किये बिना, उसने दूसरा ज़ीना पकड़ लिया। इस तरह तो क्या पता, वह चोटी पर पहुँच कर वापस भी उतर जाये और रास्ते भर वह निस्संग, विलक्षण इतिहासकार मिले ही नहीं? अच्छा रहे। रहे? उसकी चाल में सुस्ती आ गयी। जब वह दूसरे तल्ले के छज्जे पर पहुँची तो उन्हें वहाँ इत्मीनान से खड़े पाया।

"पहली मंज़िल पर मिलीं नहीं?"

"आप देर से पहुँचे।"

"मैंने कितना इंतज़ार किया। सोचा, दूसरी सीढ़ी पर जा कर देखूँ, ऊपर तो नहीं चली गयीं? फिर सोचा, क्यों परंपरा तोड़ी," वह हँस दिये।

अरे, यह आदमी इतना वाचाल और हँसोड़ कब हुआ? हँसा तो था, उस आख़िरी शाम को भी।

"चलें?" उन्होंने ही कहा और ऊपर बढ़ गये।

इस बार, अलग-अलग चढ़ते उनके क़दमों में तालमेल रहा होगा, क्योंकि तीसरे तल पर वे वैसे ही आमने-सामने प्रकट हुए जैसे कुछ देर पहले नीचे हुए थे।

सूरज इमारत के पीछे कहीं होगा, क्योंकि सामने आकाश पर मोतिया आभा थी, जगर-मगर चौंध नहीं। उनके बालों की सफ़ेदी निष्कपट थी। हल्की रोशनी पड़ने पर और झक श्वेत लग रही थी। उसके अपने बाल भी काफ़ी पक चले, पर वह उन्हें काला करती है।

साठ की उम्र में लोकापाद नहीं होता। बेवक़ूफ़ी की बात करो तो सारी दुनिया पढ़ लेगी, अक़्ल की लिखो तो पाठकों का टोटा पड़ जायेगा। सोच रहे होंगे, साठ की हो गयी, बाल रँगने का मोह नहीं छूटा। उनके सामने से गुज़र कर आगे बढ़ते, वह ठिठक गयी। ठहरी रही। उन्हें जो कहना था, वह सुनने को। कहेंगे ज़रूर। वाचालता जो पा गये हैं उम्र के साथ। वे एक शब्द भी बोले तो वह ऊपर जाने के बजाय नीचे उतर जायेगी। वे नहीं बोले। दोनों चुप खड़े रहे। उसके भीतर इक्कीस बरस पहले का वक़्त साँस लेने लगा। हवा के बगूले सा उठा और बिठलाये न बैठा। साँस और अहसास पर अल्फ़ाज़ भारी पड़ते हैं। उसने सोचा, आगे बढ़ने से पहले शब्दों से भींच कर बगूले को बिठला दे। पूछे, यह गिरजा कब बना? किसने बनाया? क्यों बनाया? कौन थे वे जो बारजे पर जाकर खड़े हुए? क्या प्रेमी? अभिशप्त या आश्वस्त? भला ऐसे बगूला बैठा करता होगा? चक्राकार उठता आँधी की मुनादी करने लगा।

मिलो, अलग हो, फिर मिलो, फिर अलग हो और...

वे दोनों पाँचवीं मंज़िल के बारजे पर साथ-साथ खड़े थे। सुरभि के भीतर चाहत उठी कि वे उसे अपनी बाँहों में घेर लें कि वे दोनों एक घेरे में हों जिससे एक की साँस दूसरा सुन सके। ज़्यादा देर उसने इंतज़ार नहीं किया। अपनी बांहे फैलाईं और चंद्र को उनके घेरे में ले लिया। वे बच्चे को तरह उसके सीने पर दुबक गये।

फिर वे दोनों एक ही ज़ीने से नीचे उतर आये।

(प्रथम प्रकाशन—*अक्षरा,* 1998)

# ख़ुशक़िस्मत

हाथ में दवा का पत्ता थामे, निश्चेष्ट नलिनी सोच रही थी, उससे ग़लती ठीक कब हुई। अगर यह दवा न खिलाई होती तो क्या नरेंद्र जीवित होता? या आख़िरी क्षण अपोलो अस्पताल के डाक्टर से लिया अपॉइंटमेंट रद्द करके वह उसे दूसरे अस्पताल न ले गई होती तो जीवित होता? वहीं के न्यूरोलाजिस्ट ने दवा की मिक़दार बढ़ाई थी न? वह सलाह परिवार के परिचित डॉक्टर ने दी थी; उन्हीं के दवाखाने से फ़ोन करके अपोलो का अपॉइंटमेंट रद्द करके दूसरे अस्पताल फ़ोन लगाया था। तुरंत समय मिल गया तो ले गई। परिचित डाक्टर पर आस्था थी इसलिए उनकी सलाह मान कर न?

नहीं...असल बात कुछ और थी। जान कर अनजान बनने का नाटक कब तक करेगी? असल वजह, उसके भीतर कुंडली मारे बैठी दहशत ठीक कब, जो बड़े अस्पतालों के अन्दर जाने से रोक देती थी। एक रिश्तेदार को देखने गई थी एक बार तो दिमाग़ एकदम कोरा, ख़ाली हो गया था। दीखना-सुनना बन्द। जड़ जहाँ की तहाँ। एक दरियादिल जवान की मदद से बाहर निकली। अस्त-व्यस्त। बाहर आते ही आँखों के आगे अँधेरा छाया कि गिरते-गिरते बची। गिरते-गिरते वह हमेशा बच जाती है, इस मामले में वाक़ई भाग्यशाली है। कभी हड्डी नहीं टूटी। किसी का सहारा ले उठना नहीं पड़ा; किसी ने लाद कर घर तक नहीं पहुँचाया।

हाँ, एक बार गिरी थी बीच सड़क, दुपहिया स्कूटर से टकरा कर। क़सूर सवार का नहीं, उसका था। बीच रास्ते ताज़ा लिखी कहानी का धाँसू शीर्षक क्या सूझा, अहमक़, दोनों तरफ़ के तेज़ यातायात से बेखबर, वहीं ठिठक गई। दाईं तरफ़ से आ रहे स्कूटर सवार ने काफ़ी से ज़्यादा कोशिश की पर इतनी ज़बरदस्त बेवक़ूफ़ी से टक्कर लिये बग़ैर न रह पाया। चपेट में आ, वह दूर जा गिरी। नौजवान दिल्ली में नया होगा जो रिवायत के ख़िलाफ़ रफ़ूचक्कर होने के बजाय, रुक कर पूछने लगा, “आप ठीक तो हैं?”

बेतरह शर्मसार, वह तीर की तरह उठी, ज़ोरदार आवाज़ में ठीक होने के साथ

ग़लती सोलह आने, स्कूटर सवार की नहीं, अपनी होने की तस्दीक की। तमाशबीनों की भीड़ छँट गई। किसी तरह लंगड़ाने पर काबू रख, वह सामने कॉटेज एम्पोरियम में घुस गई। सोफ़े पर ढेर हो दरख्वास्त की कि तिपहिया मँगवा दें, सड़क पर फिसल कर ख़ासी चोट आई है। उन्होंने मँगवा दिया। रास्ते में एक्सरे करवा, घुटने में बाल आने की जानकारी ले, पट्टी बँधवा, घर पहुँची। सही अर्थ में उसे गिरना नहीं माना जा सकता था। आख़िर गिरना-उठना उसकी अपनी रचना थी। कहें कि वह वास्तविकता नहीं, कहानी थी।

तब की बात और थी। तब उसे खुश होने से डर नहीं लगता था। ख़ूब मज़े लेकर छोटे बेटे प्रशान्त को घुटने में तरेड़ आने का किस्सा सुनाया था। उसने अपने ख़ास अंदाज़ में आँख मार कर कहा था, "भाइयो, हमारी माँ एकदम अलग क़िस्म की पागल हैं!" बड़ा बेटा सुशांत तब अमरीका में नौकरी कर रहा था। वह भी कम बिन्दास नहीं था पर प्रशान्त और नलिनी कुछ अलग क़िस्म के दीवाने थे और एक-दूसरे के राज़दां-दोस्त।

तब की बात और थी। तब प्रशान्त था। पर उसके जाने के बाद भी नलिनी कभी ऐसे नहीं गिरी कि उठ न पाये।

नरेन्द्र उतना भाग्यशाली नहीं रहा। वह गिरा तो खक्खड़ सड़क पर मुँह के बल और होश गवाँ कर। चेहरे पर कई जगह चोट से ख़ून बहा। चार जन उठा कर घर लाये। गनीमत कि गिरा घर के ठीक सामने। शायद बाहर निकलते ही। घर में काम करने वाली वीना से एक अजनबी ने आकर कहा, "एक गिलास पानी ले आओ, सड़क पर कोई बुज़ुर्ग गिरा पड़ा है।" गई तो पहचाना, यह तो अपने साहब के पिताजी हैं। हाँ, वह दिल्ली में अपने घर के नहीं, पुणे में सुशान्त के घर के बाहर सड़क पर गिरा था। वे दोनों बीस दिन के लिए वहाँ गये हुए थे। पहले नरेन्द्र नहीं जाता था; वह अकेली जाया करती थी, हर साल, महीनों ले लिए।

हर किसी से कहती, मेरी बहू अभिलाषा, सुशान्त की पत्नी, बिल्कुल बेटी की तरह है। कोई कहता, आपकी साड़ी बड़ी सुन्दर है, वह चट कहती, "अभिलाषा ने भेजी है। हथकरघे की नुमाइश में जाती है तो मेरे लिए साड़ी, दुपट्टा या कुर्ता ख़रीद लेती है। मैं खुद अपने लिए ख़रीदारी नहीं करती, वही करती है। आप तो जानते हैं, आजकल लड़कियाँ कितनी ख़रीदारी करती हैं, शगल मानिए कि ख़ब्त। वह भी तरंग में आकर कभी साड़ी खरीद लेती है, कभी सूट या नये ढब का कास्मेटिक। बाद में लगा, उस पर फ़बा नहीं तो बदलने के बजाय, मुझ से कहती है, आप पर जंचेगा, आप ले लीजिए। बस अपने लिए कुछ ख़रीदने से मेरी छुट्टी।"

बखान सुन, एक पड़ोसिन ने हँस कर कहा था, "साफ़ कहिए न, अपनी पुरानी

चीज़ें पकड़ा देती है। आप भी...”

“बिल्कुल नहीं। एक से एक बढ़िया चीज़ होती है। न जंचे तो साफ़ कह देती हूँ मैं, नहीं चाहिए।” फिर मुग्ध भाव से जोड़ा था, “वह सोचती है, मैं अब भी जवान हूँ, कभी पैन्ट और टॉप भेज देती है। सफ़र में पहन लेती हूँ।”

“खुशक़िस्मत हो!” दूसरी ने ओंठ चबा कर कहा था तो वह पसीना-पसीना हो गई थी। अठारह बरस बीत गये, कोई खुशक़िस्मत कह दे तो बुरी तरह घबरा जाती है। जब से पत्नी सहित प्रशान्त दुर्घटनाग्रस्त हुआ, वह बेहद अन्धविश्वासी हो गई है। पहले नहीं थी। धड़ल्ले से कहती थी, मैं कर्मकाण्ड में विश्वास नहीं करती। शादी में भी नेग और टोटकों को तरजीह नहीं दी थी। दहेज, टीका, मिलनी वगैरह से परहेज़ रखा था। नाते-रिश्तेदार नाराज़ हुए तो अपनी तरफ़ से साड़ी वगैरह दे मना लिया था।

पर कुछ ही महीने बाद...जब...वह हादसा हुआ और एक प्रख्यात लेखिका ने कहा, “बेटे की शादी में इतना खुश नहीं होना चाहिए; तभी न...'' तो मन की दारुण रिक्ति में जो रंच मात्र आत्मविश्वास बचा था, चुक गया। वह खुश होने से डरने लगी। अगले पाँच-छह साल बुरे गुज़रे। सुशान्त अमरीका से लौट, पुणे में बस गया। दो साल तक भाई की मृत्यु से उबर नहीं पाया, बीमारी से घिरा रहा। नलिनी नरेन्द्र को दिल्ली छोड़, महीनों उनके पास रहती। लोग कहते भाग्यशाली हो कि पति तुम्हें इतने लम्बे अर्से के लिए जाने देते हैं। वह डर जाती। कहती, “न-न, दुर्भाग्य कहो। बीमार बेटे-बहू की देखभाल करने जाती हूँ, नरेन्द्र इतने दिन के लिए काम नहीं छोड़ सकते न? मैं...” मन का चोर आगे बोलने न देता। वजह जो होती, यह तय था कि बेटे के पास रहना सुकून देता था। ज़्यादा खुशी नहीं, हालात उस लायक नहीं थे, फिर भी दिल्ली में हरदम, हर पल, न होने का जो अहसास घेरे रहता था कम हो जाता। कोई कहता, “आपकी बहू बहुत अच्छी है जो आपको बुलाती है वरना आजकल लड़कियाँ नहीं चाहतीं, पति की माँ पास रहे, भले तीमारदारी को।” वह सच्चे पर डरे मन से कहती, “सोलह आने सच।” वह यक़ीन करती थी कि इस मामले में वह खुशक़िस्मत थी पर कहने से डरती थी।

पाँच साल बाद जब पोती हुई और सात साल बाद पोता तो अपनी घबराहट पर इतना काबू उसने पा लिया कि जब-तब कहने लगी, “मैं हर जुलाई में दो-एक महीने के लिए पुणे चली जाती हूँ। क्या मौसम है शहर का, न सर्दी न गर्मी। सुहाना समाँ और खुला ओर-छोर।” कोई ओंठ टेढ़े करके कहता खुशक़िस्मत हो जो आवभगत करने वाली बहू पाई है, तो पसलियों से बाहर निकलने को तैयार दिल को हाथों से दबा, खुद को करारी डाँट पिला कर कहती, “हाँ इस बात में मेरी क़िस्मत अच्छी है।” मन-ही-मन भगवान से माफ़ी माँग लेती, मैं खुश नहीं हूँ, भगवन् बस आपकी

इस करुणा के लिए आभारी हूँ।

धीरे-धीरे नलिनी और नरेन्द्र की उम्र बढ़ी। अठारह बरस आख़िर अठारह बरस होते हैं। नरेन्द्र सत्तर का होने को आया। काम रहा नहीं। असल में प्रशान्त के जाने के दस साल के भीतर, उसका बिज़नेस ठप्प हो गया था। वह क़रीब-क़रीब कंगाल हो गया। असल कंगाल तो दोनों पहले ही हो गये थे, दसेक साल में रुपये-पैसे से भी हो गये। काफ़ी दिन कारगर काम न होने पर, बिगड़े कामों की मार्फ़त चढ़े कर्ज को उतारने की जद्दोजहद में, नरेन्द्र उसके साथ पुणे नहीं गये। वह अकेली जाती रही। कह देती नरेन्द्र काम छोड़ कर आने को राज़ी नहीं। झूठ कितने दिन चलता? इस बरस नरेन्द्र को साथ ले पुणे पहुँची। अब तक सब जान गये थे, नरेन्द्र के पास काम छोड़, रुपया- पैसा भी नहीं था। तो क्या, नरेन्द्र कहता, जिसका क़ाबिल बेटा अच्छा कमा रहा हो उसे कंगाल कैसे कहें? उसका मानना था, बेटे को बूढ़े माँ-बाप की देखभाल करनी चाहिए। रिवायत है, हमारी परंपरा। उसने भी की थी अपने पिता की। नरेन्द्र बेवकूफ़ था या अपने पिता की तरह आत्मकेन्द्रित और स्वार्थी? कारोबारी नाकारापन के बोझ को बच्चों पर लादने को क्या कहेंगे?

ऐसे नहीं सोचना चाहिए। आख़िर नरेन्द्र अब इस दुनिया में नहीं है और नलिनी की ग़लती से। ग़लती की शुरुआत कब हुई? उसे पुणे न ले गई होती तो क्या वह आज जीवित होता?

वैसे कंगाल होने में सारी ग़लती नरेन्द्र की नहीं थी। कुछ हाथ हालात का था। नलिनी तो दुकानदार नहीं लेखक थी पर हालात ने उसे भी वह तजुर्बा करवा दिया था, जिससे नरेन्द्र रोज़ वाबस्ता होता था। प्रशान्त के जाने के कुछ महीनों बाद, एक फ़िल्मकार उसके पास पैसा माँगने आई थी। एक मशहूर लेखिका ने भेजा था, कि "बेटा-बहू गुज़र गये, ज़िम्मेवारी रही नहीं, आपको पैसा दे सकती हैं।" पता नहीं, वाक़ई कहा था या फ़िल्मकार ने अपना तर्क उस पर थोपा था। ऐसा नहीं था कि सिर्फ़ मशहूर लेखक समझदारी की बातें करते थे; बस नलिनी के दायरे में थे सिर्फ़ लेखक। नरेन्द्र का पाला अन्य जनों से पड़ता था, जिनमें से बहुतों ने प्रख्यात लेखिका-फिल्मकार का तर्क अपनाया था। जब-तब दोस्त-परिचित, कारोबारी प्रस्ताव के साथ, "आपके बेटे समान" अपने बेटे-भतीजे-दामाद उसके पास भेज देते। व्यापार बुद्धि में नाकारा या चालबाज़ी का मारा, नरेन्द्र, नई रीत के उनके उद्यमों में पैसा डुबा देता। अंग्रेज़ी या मूल फ़्रांसीसी में इसी को अन्त्रेप्रनेयर कहते हैं, हिन्दी में उद्यमकर्ता, वह उसे समझाता। उसके पिता भी यही कहा करते थे। पर कामयाब हो तभी दुकानदार उद्यमकर्ता कहलाता है; नाकाम हो तो कुन्दज़ेहन, जुआरी या हद से हद, बदक़िस्मत। नरेन्द्र वह सब था, बस कामयाब नहीं था। "बेटे समान" नौजवानों के कारोबार में

लगा पैसा डूब जाता या कम पड़ जाता तो कर्ज़ लेकर, कमी पूरी कर लेता। कर्ज़ उतारने का वक़्त आता तो दूसरी जगह से कर्ज़ ले, पहला पाट देता। कभी दूसरे को तीसरे कर्ज़ से उतारता, कभी माहवार किस्त दे बनाये या बढ़ाये रखता। कर्ज़ देने वालों की कमी न थी। प्रशान्त के जाने के बाद उदारीकरण का युग आ गया था। महाजन पुराने ज़माने का खलनायक नहीं रहा था, उदारता का प्रतीक बन गया था, विकास का संवाहक। नामी-गिरामी बैंक घर आकर भलमनसाहत से कर्ज़ देते थे। बार-बार देते थे, तब तक देते थे, जब तक उसका कद इतना राक्षसी न हो जाए कि उसकी भूख मिटाने को, आप भलमनसाहत से सब कुछ बेच कंगाल हो जाएँ। बड़े सलीके से, खरामा-खरामा, नरेन्द्र व्यापारी से कर्ज़दार और कर्ज़दार से कंगाल बन गया। उस औपन्यासिक यथार्थ का ब्यौरा देने का औचित्य नहीं है। नलिनी उसकी बारीकियाँ जान न पाईं। जानने की कोशिश भी नहीं की। कभी-कभी उसके नाम से भी कर्ज़ लिया जाता था। सरसरी तौर पर वजह पूछती तो नरेन्द्र दो बातें कहता। एक, बिज़नेस चलता ही कर्ज़ से है। दो, वह मोड़ आने ही वाला है, जिसे काट, बिज़नेस वक़्ती नुकसान की डगर छोड़, ज़बरदस्त मुनाफ़े के मुक़ाम पर पहुँचेगा। नलिनी ने ध्यान नहीं दिया था। क्या नरेन्द्र की मौत की ज़िम्मेदार वह तभी होनी शुरू हो गई थी, जब उसने ध्यान नहीं दिया था। बस कराह कर कहा था, "पर किसके लिए? मुनाफ़ा, पैसा, सब किसके लिए?"

उन दिनों पैसों की तंगी नहीं थी, पैसे की ज़रूरत भी नहीं थी। न वह कोई त्योहार मनाती, न कहीं आती-जाती, न मेहमानों को न्योतती, न बढ़िया खाती-खिलाती। उन्हीं त्योहारों पर, जिन्हें वह मनाती न थी; जिनके आगमन की आहट में प्रशान्त की दूर होती पदचाप सुनाई देती थी; रफ़्ता-रफ़्ता अपने ज़ेवर अभिलाषा को दे दिये थे। रंगीन साड़ियाँ-सूट कामवालियों को और बढ़िया रंगीन साड़ियाँ, भांजियों को। बेटी कोई थी नहीं। बरसों त्योहार नहीं मनाये थे, दीवाली भी नहीं। पोता-पोती हुए तो मन हुआ, कम से कम दीवाली मना ले। पर तब तक सब मान चुके थे कि वह नहीं मनाएगी। दीवाली पर सुशान्त नये घर में गया तो दो दिन पहले वह दिल्ली लौट आई। गई थी क्योंकि बेटा बीमार था, लौट आई क्योंकि नीरोग हो चुका था। पर क्या उससे ग़लती वहीं शुरू हो गई थी जब उसने कहा नहीं था कि वह उनके साथ नये घर में दीवाली मनाना चाहती है? जब उसने खुद को "नेगेटिव" (अभिलाषा का प्रिय शब्द) करार होने दिया था?

शुरू में पैसे की ज़रूरत सिर्फ दवा-दारु के लिए थी। वह भी कभी-कभार। ज़्यादा करके वह डाक्टर के पास जाती न थी। आँख का रेटिना चिर गया तो तेज़ दर्द के बावजूद, छह महीने तक डाक्टर के पास नहीं गई। फिर एक सहेली घसीट ले गई तो डाक्टर श्रौफ़ ने पूछा, "आख़िर दर्द सहने की आपकी हद क्या है?" कराह

कर उसने कहा, "मैं औरत हूँ, बच्चे पैदा किये हैं और..." आगे कह नहीं पाई। डाक्टर को उसमें दकियानूसी दिखी या औरत होने का फ़ख्र, एनेस्थीसिया दिये बिना नश्तर लगा दिया। दर्द बढ़ा, राहत मिली, चुक गया। गोद खाली रही, शिगाफ़ भर गया।

उसने जानने की कोशिश नहीं की कि नरेन्द्र को उतने पैसे की ज़रूरत थी या जुए की मानिन्द, बिज़नेस लत बन चुका था। काफ़ी पैसे की ज़रूरत थी, इतना वह जानती थी। नरेन्द्र ने बेटे की याद में एक ख़ैराती दवाखाना खोला था, जो उसके कंगाल होने तक, यानी दस बरस चला। बंजर, ख़ारी ज़मीन पर दरख्त उगा कर, दवाखाने को हरियाली बख्शने की "कोशिश" भी उद्यम में शामिल थी। ज़मीन इस कदर ऊसर थी कि कोशिश काफ़ी से ज़्यादा पैसा माँगती थी। जुआरी साथियों ने जम कर हौसला अफ़ज़ाई की और कोशिश के लिए कर्ज़ लेने के रास्ते सुझाये। जो पैसा मिलता, कुछ दरख्त उगाने में, कुछ दवा बाँटने में, बाक़ी "बेटे समान" नौजवानों को अन्त्रेप्रनेयर बनाने का सपना पूरा करने में लग जाता। उदारीकरण का कमाल था कि ख़ैरात भी कर्ज़ से चलती थी। सब उदार थे; देनदार, सरकार, कानून, संगी-साथी। इसे क्या कहें कि उस जुए में उनका पासा सही पड़ा और नरेन्द्र का ग़लत? तक़दीर या उनकी क़ाबिलीयत के बरक्स नरेन्द्र की क़ाहिली?

और जो हो, नरेन्द्र बेवक़ूफ़ ज़रूर था जो याद न रख सका कि बुढ़ापा तभी इज़्ज़त से कटता है जब दो चीज़ पास हों; पैसा और सेहत। पैंसठ की उम्र तक पहुँचते, वह दोनों गँवा चुका था। अब सत्तर का हो कर पथरीली-कंकरीली सड़क पर मुँह के बल गिर, कुछ पल बेहोश रहने के बाद, कुर्सी पर फ़िंका पूछ रहा था, "क्या मैं गिर गया था?"

नलिनी भीतर घुसी तो यही मंज़र देखा। ज़रा देर पहले, उम्रदराज बन्दे की तरह टहलने निकली थी। नरेन्द्र को साथ चलने के लिए कहा था पर उसने मना कर दिया था। वीना थी ही घर पर। क़ाबिल लड़की थी। कुर्सी पर फ़िंके नरेन्द्र के चेहरे के ज़ख्म डेटोल से साफ़ कर रही थी। सुशान्त को मोबाइल पर इत्तिला दे दी थी।

क्षण भर हतप्रभ रह कर नलिनी, अपने सामान से लायसील क्रीम निकाल लाई और जख़्मों पर लगा दी। ख़ून रुक गया। कितनी ख़ुशक़िस्मत थी वह कि कुछ दिन पहले, गहरी चोट आने पर डाक्टर ने वह दी थी। वह गिरी नहीं थी, दूसरी मंज़िल से गमला उस पर गिरा था। क्रीम साथ ले आई थी कि बच्चों के लिए छोड़ जाएगी; उन्हें चोट लगती रहती थी। कमाल क्रीम थी, लड़ाई के मैदान के ज़ख्मों तक पर लगाई जाती थी, बशर्ते जख़्म बेरहमी से साफ़ कर लिया जाए, जो वीना कर रही थी।

नलिनी को जो डरा रहा था वह नरेन्द्र का बार-बार पूछना था, "क्या...मैं...गिर

गया...था?"

"हाँ, सड़क पर," वीना ने कहा तो बोला, "मैं...बाहर गया...नहीं।"

"बेख़याली में निकले थे क्या?" घबरा कर नलिनी बोली तो वीना ने बतलाया, बाक़ायदा उससे कह कर गये थे, घूम कर आता हूँ। पाँच मिनट नहीं हुए कि एक आदमी आकर बोला, कोई गिरा पड़ा है, पानी ला दो। ले कर गई तो...

नलिनी के जाने के बाद सोचा होगा, घूम आये। बाहर निकलते ही गिर गया। पर याद क्यों नहीं? गिरना याद नहीं। बाहर जाना तक याद नहीं।

तभी सुशान्त आ गया।

"आइए, बिस्तर पर लेटिए", उसने कहा पर नरेन्द्र उठ न पाया। सहारा दे कर उठाना चाहा, हुआ नहीं।

पोती ईषिता को साथ लिये अभिलाषा आ पहुँची। उसे फ़ोन नहीं किया गया था; ईषिता की गिटार की क्लास बीच में छोड़ वह नहीं आया करती थी। ईषिता नरेन्द्र की तरफ दौड़ी तो अभिलाषा ने डाँट कर कहा, "तुम ऊपर जाओ।" वह चली गई।

क्यों? तेरह बरस की है; इतनी नन्ही नहीं कि ज़रा-सा जख़्म न देख पाये; नलिनी को उड़ता-सा ख़याल आया। तब तक वह पूरी तरह "नेगेटिव" हो चुकी थी। उसे याद आ गया था, तीन साल पहले भी नरेन्द्र, अपने दोस्त के बेटे नवीन के आँगन में गिर गया था और याद नहीं था कि गिरा था। नवीन ने फौरन न्योरोलिजिस्ट को दिखलाया था पर चश्मदीद गवाह न होने पर, सौ फ़ीसद निदान नहीं हो पाया था। ई.ई.जी. में विकार न होने पर भी जासूसी उपन्यासों के "सर्कम्स्टान्शियल एविडेन्स" की बिना पर संयोग को तर्क मान, मिर्गी की दवा दे दी गई थी। पिछले साल मिक़दार घटाई गई थी। क्या यह मिर्गी का दौरा था? पर पिछली बार उठने में दिक़्कत नहीं हुई थी। सिर पर चोट भी नहीं आई थी। तब क्या यह स्ट्रोक है या...

"अस्पताल ले जाना चाहिए न..." वह सुशान्त के बजाय अभिलाषा की तरफ मुड़ी; रोग की समझ उसे ज़्यादा थी।

"आज इतवार है," उसने कहा।

"पर इमरजेन्सी...?"

"चल सकेंगे?" एक बार फिर खींचा-खाँची हुई पर नरेन्द्र को उठाया न जा सका।

"एंबूलैन्स..." नलिनी फुसफुसाई।

पिछली बार भी इतवार था। पर नवीन के पास जीप और दो दरबान थे। वे उठाकर अस्पताल ले गये थे। यहाँ एंबूलैन्स की दरकार होगी...होती तो होगी ही...फोर्टिस! उसे अस्पताल का नाम याद आ गया। कई बार अभिलाषा को वहाँ

डाक्टर से फ़ोन पर मशविरा करते सुना था।

"ज़रूरत है भी? मिर्गी का दौरा होगा। कल आप दिल्ली जा ही रही हैं, अपने डाक्टर से पूछ लीजिएगा।"

कल दिल्ली लौटना है, नलिनी को याद ही नहीं रहा था। इस हालत में कैसे जाएँगे। स्थगित करना पड़ेगा। बाद में सोचेंगे...

बोली, "जान-पहचान के डाक्टर से फ़ोन पर पूछ लें...वह है न...डॉक्टर सुरेश?"

"फ़ोन करके देख लीजिए।"

"मैं? मैं तो उन्हें...जानती नहीं। मुझसे बात करेंगे?" कराह कर वह सुशान्त की तरफ़ घूम गई।

देखा, वह और वीना, गिरते-पड़ते नरेन्द्र को घसीट कर बिस्तर पर लिटाने में सफल हो गये थे। उतना तो हुआ।

तभी पोता शुभांशु आ गया। दौड़ कर दादा के पास पहुँचा, बोला, "क्या हुआ दादा?"

"शुभू...देख...मैं...गिर गया। क्या...बहुत...चोट...लगी...?" शुक्र है, नरेन्द्र शुभू को पहचान गया; नलिनी की आँखें भीग गईं।

"परवाह नहीं। मुझे भी लगती रहती है। ममी डाक्टर के पास ले जाएँगी। अभी ठीक हो जाएगी," शुभू बोला।

डूबती नलिनी, तिनके की तरह उसे थाम कर बोली, "शुभू, और बात करो दादा से। पूछो, कल कहाँ गये थे हम लोग?"

"शुभू, तुम जाओ होमवर्क करो," अभिलाषा बोली।

"वह तो दो दिन बाद देना है।"

"तो? टाईम लगेगा करने में। तुम चलो, मैं आती हूँ।"

"पर दादा..."

"मुझे...बाथरूम...जा...ना है," नरेन्द्र ने कहा।

"मैं ले चलता हूँ, नाना को भी मैं सहारा देता था।"

"तुम जाओ, पापा हैं न।"

शुभू चला गया।

सुशान्त खींच-खाँच कर नरेन्द्र को बाथरूम ले गया। वह बार-बार दाएँ रुख लुढ़क जाता पर गिरा नहीं। सुशान्त ने सम्भाल लिया।

वापस बिस्तर पर धम से गिरा तो नलिनी ने पास जा कर पूछा, "तुम्हें याद है, कल हम कहाँ गये थे?"

"हाँ," उसने रुक-रुक कर कहा, "शुभू...के...स्कूल।"

"क्यों?"

"मेडल...मिला...था।"

"वाह, तुम्हें तो सब याद है।"

"मैं...गिरा...कहाँ, चेहरे पर...घाव...क्यों हैं?"

वह कुछ कहती कि सुना, सुशांत फ़ोन पर डाक्टर सुरेश से बात कर रहा है। वह बीच में बोल पड़ी, "कहो, इमरजेन्सी में लाना है, कैट स्कैन होना है।"

पिछली दफ़ा हुआ था।

फ़ोन कट गया।

"कह रहे हैं, बेहोश नहीं हैं, बात कर रहे हैं तो कल सुबह ले आना, देख लेंगे।"

"पर तब तक...रात में कुछ हुआ तो...सिर की चोट है..."

"मैं सोऊँगा न उनके पास। कुछ नहीं होगा। फिक्र मत करो।" उसके स्वर की सरसता ने उसे आश्चस्त किया कि सुना, "आप इतना नेगेटिव क्यों सोचती हैं?" अभिलाषा लौट आई थी।

"कल दिल्ली कैसे जाएँगे? टिकट बदलवाना पड़ेगा। कितने पैसे लग जाएँगे?" नलिनी ने कहा। और नेगेटिव!

"फ़्लाइट चार बजे है। डाक्टर सुबह देख लेगा। सुशान्त उनसे कहना पापा ज़्यादा देर बैठ नहीं सकते। मैं अपने पापा को ले जाती थी तो यही कहती थी।"

"पर यह तो चल तक नहीं सकते, कैसे जाएँगे?" नलिनी का मतलब था, वह कैसे सम्भालेगी?

"व्हील चेयर ले लेंगे, सुशान्त एयरपोर्ट तक पहुँचा कर आएगा। एक दिन की छुट्टी ले लेगा।"

नलिनी नरेन्द्र से भी ज़्यादा गुमसुम हो रही।

डाक्टर ने देखा, बार-बार पूछा, नाक-कान से ख़ून तो नहीं आया? न कहने पर पर्ची पर लिखा, "यात्रा में दवा बदलना ठीक नहीं है। मरीज़ हवाई जहाज़ से सफ़र कर सकता है। घर पहुँच, अपने डाक्टर से सलाह लेकर फ़ौरन सी.टी स्कैन, एम.आर.आई वगैरह करवाए, तभी सही निदान हो पाएगा।"

"देखा, आप नाहक नेगेटिव सोच रही थीं, डाक्टर ने दिल्ली जाने की इजाज़त दे दी न?"

हाँ अभिलाषा, दे दी।

सामान बाँध रही थी कि देखा, नरेन्द्र का रूमाल ख़ून से तरबतर है, नाक से खून आ रहा है।

"सुशान्त!" एकबारगी घबरा कर पुकारा पर अभिलाषा के जवाब ने चुप करवा दिया, "नक्सीर फूट गई। बच्चों की फूटती रहती है।"

नलिनी ने अपने को काठ कर लिया। नहीं कहा, नरेन्द्र बच्चा नहीं है...उसके सिर पर चोट आई है...डाक्टर इसी बात को लेकर परेशान था...।

प्रशान्त को याद किया, उसका कहा जुमला याद किया, "भाइयों हमारी माँ एकदम अलग क़िस्म की पागल हैं" और पागलपन को बैखासी की तरह थाम लिया। तब भी थामे रखा जब रास्ते में नरेन्द्र ने कहा, "मेरी पसलियाँ...टूट गईं...छाती में बहुत...दर्द है।"

हँस कर कहा, "पसलियाँ तो टूटती ही रहती हैं, पहले भी टूटी थी न एक बार? याद है फर्स्ट एड क्लास में क्या सिखाया था, बेहोश को कृत्रिम साँस देते हुए तड़ाक की आवाज़ आए तो समझो पसली टूट गई। परवाह मत करो, साँस देते रहो। पसली टूटने से ख़ास नुकसान नहीं होता।"

व्हील चेयर ले ली गई। पुणे ही नहीं, दिल्ली एयरपोर्ट पर भी व्हील चेयर चालक का बर्ताव उदार नहीं, स्निग्ध था। इतना कि काठ बने रहना मुश्किल हो गया। नरेन्द्र की जेब से चश्मे का डिब्बा गिर गया तो लाख मना करने पर ढूँढ़ कर माना। बोला, "बीमार की चीज़ खोनी नहीं चाहिए।"

वे इतने भले न होते तो वह काठ बनी रहती। अस्पताल जाने के भय को दुबारा हावी न होने देती। पर कब तक? आख़िर दर्द सहने की उसकी हद क्या थी?

परिचित डाक्टर ने कहा, तीन पसलियाँ टूट गई थीं, जुड़ जाएँगी, गोलियाँ खाने से दर्द कम हो जाएगा। असल मसले दूसरे थे। किस न्यूरोलिजिस्ट को दिखाएँ? निदान क्या होगा? क्या-क्या टेस्ट करवाने होंगे?

पैसे की दिक्कत नहीं थी। चलते वक़्त सुशान्त ने दे दिये थे। इन्कार करने लायक़ हालत नहीं थी। उसके अलावा मदद की ज़रूरत नहीं थी, उतनी कमजेहन या कमज़ोर वह नहीं थी। बेटे-बहू की बीमारियों से अकेले निपट चुकी थी। वैसे मदद कोई दे भी नहीं रहा था; सलाह सब। परिचित डाक्टर पहला आदमी था जिसने यक़ीन के साथ पक्की राय दी थी। तभी अपोलो अस्पताल का अपॉइंटमेंट रद्द करके, उसके सुझाये डाक्टर के पास गई। डाक्टर ने टेस्ट करवाने से पहले पूछा, पुणे बड़ा शहर है, तुरंत अस्पताल क्यों नहीं ले गईं? नलिनी ने कह दिया वे यात्रा पर थे, वहाँ किसी को जानते न थे। इमरजेन्सी में कहा गया, मरीज घर जाना चाहे तो ज़रूर जाए, स्वस्थ होने में मरीज़ की मर्ज़ी मायने रखती है। इसलिए लौट आए, आपके पास।

डाक्टर ने बेशुमार टेस्ट करवाये। पर उससे पहले कहा, "स्पष्ट कर दूँ, मैं फ़ोन पर बात नहीं करता। कहीं आप फ़ोन करके मुझे तंग करें।"

फ़ोन पर बात करके ही क्या हुआ था?

एक बार फिर प्रशान्त का जुमला याद करके, अनुभवी नलिनी ने हँस कर कहा, "इमरजेन्सी हुई तो अस्पताल आ जाएँगे, फ़ोन से क्या होगा?"

न जाने कितने टेस्ट हुए। सब का मुआयना करके डॉक्टर ने राय दी कि नरेन्द्र को मिर्गी के दौरे नहीं पड़े थे।

"तब...हुआ क्या था? और अब..."

"ठीक कहा नहीं जा सकता। टेस्ट तुरंत हुए नहीं। जो भी हुआ था...अब..."

"मुझे कुछ कहना है!" सहसा नरेन्द्र बोल पड़ा।

दिल्ली के रास्ते में दर्द की शिकायत करने के बाद, तीन दिन से वह चुप था। टेस्ट के दौरान, डाक्टर की तफ़्तीश के दौरान...हर सवाल का जवाब नलिनी ने दिया था।

"कहिए," घड़ी पर नज़र डाल कर डाक्टर ने बेरुखी से कहा।

"दोनों बार जब मुझे फिट पड़ा..."

"फिट! आपको कैसे पता, फिट था?" उपहास में हँसा डाक्टर।

"डॉक्टर ने कहा था, दवा देते हुए! बतलाया तो था आपको," तिलमिला कर नलिनी ने बाधा दी।

पर नरेन्द्र सिसक-सिसक कर कह रहा था, "दोनों बार...जब...मैं गिरा...मेरा बेटा...अठारह साल पहले...वह..."

डॉक्टर समझा नहीं, बोला, "क्या कह रहे हैं?"

नलिनी को फिर काठ होना पड़ा, सपाट स्वर में कहा, "हमारा बेटा मर गया था।" बीमार सुशान्त के साथ डॉक्टरों के पास जाने पर कई बार पहले कह चुकी थी।

"तो?"

"मैं...उसके...बारे में...सोच...रहा था...गिरने से पहले..." नरेन्द्र फुग्गा मार कर रो दिया।

परेशान डॉक्टर बार-बार घड़ी देखने लगा, फिर बोला, "यह वजह हो सकती है, मिर्गी के दौरे की। दवा की डोज़ बढ़ा देते हैं।"

जल्दी से नुस्खा घसीटा और नलिनी को पकड़ा दिया।

"पर आप तो कह रहे थे...मिर्गी नहीं है।"

"हो भी सकती है। एब्सॉर्वेशन टेस्ट ने ख़ून में दवा नाकाफ़ी दिखलाई है।"

"मैं समझी नहीं।"

"ज़रूरत क्या है! डाक्टर मैं हूँ आप नहीं। अब जाएँ, दूसरा मरीज इंतज़ार कर रहा है। पन्द्रह दिन बाद का अपॉइंटमेंट ले लें।"

"पर..."

"प्लीज़ जाइए!" शब्द कोड़े की तरह बजे।

उसने देखा नरेन्द्र कमरे में नहीं है। वह भी बाहर निकल आई।

दवा ने अपना जलवा दिखलाया पाँच दिन बाद, दीवाली को देर रात। एक झंझावात आया। नरेन्द्र के जिस्म को गिरफ़्त में ले यूँ झिंझोड़ा ज्यूँ धुली चादर फटक-फटक निचोड़ रहा हो। उस रात एंबूलैन्स मिलना नामुमकिन था। पटाखों के बेमुरव्वत शोर और बिजली के बल्बों की बेलिहाज़ रोशनी से पगलाई दीवाली की अमावसी रात की बेरुख़ी के सामने, इतवार की रात की कुछ बिसात न थी।

निचुड़ी चादर-सा नरेन्द्र बिस्तर पर गिरा तब भी चक्रवात थमा नहीं, उसी ठौर घुमड़ता रहा, उसे मथता-कूटता रहा। अवाक् नलिनी टोहती रही...अब थमे...अब थमे...बिला मोहलत पटाखे फूटते रहे, फूहड़ रोशनी कुदक्कती रही...रात बाक़ी रही...त्योहार बना रहा। जैसे आया था, झंझावात अकस्मात थम गया, नरेन्द्र की देह पीछे छोड़ गया...निश्चेष्ट निश्चल, निर्जीव।

लोग आए, रिवायती रोना-पीटना हुआ, फिर सभी ने दिलासा देते हुए कहा, ख़ुशक़िस्मत था नरेन्द्र पहले स्ट्रोक में भगवान को प्यारा हुआ। लकवे की गलीज़ बीमारी भुगतने से बच गया।

दवा का पत्ता हाथ में थामे निश्चेष्ट नलिनी सोच रही थी, क्या कभी कोई ग़लती हुई ही नहीं?

**प्रथम प्रकाशन : 2011**

# बेंच पर बूढ़े

बूढ़े पार्क की बेंच पर बैठें या आई.आई.सी. के लाउंज में, ख़ास फ़र्क़ नहीं है, उत्तर-दक्षिण दिल्ली के सरहदी लोदी गार्डन की बेंच पर बैठा, नितिन सोच रहा था। ये भी सेवा निवृत्त हैं, वे भी। सेवा निवृत्त, क्या आनबान वाला शब्द है जैसे बन्दा सारी उम्र सेवा करके, अपनी मर्ज़ी से निवृत हुआ हो। अंग्रेज़ी पर्याय "रिटायर" में वह शान नहीं झलकती, बल्कि गाड़ी के "रीट्रीडड टायर" की याद हो आती है। पर शब्द से क्या होता है, अर्थ दोनों का एक है, घर से निष्कासित। जैसे नितिन। कभी नितिन सोलंकी...हाल में सेवा निवृत्त हो मात्र नितिन या वह भी नहीं, केवल पापा या दादा। कितनी चिढ़ है उसे पापा शब्द से। अजब निरर्थक सम्बोधन है। जैसे गार्डन या पार्क। अरे भई, बगीचा या बाग कहते ज़बान गलती है क्या? कहो तो उसके पोते-पोती समझें ही नहीं। सब कहते हैं न, बड़े-बड़े हिन्दी के विद्वान भी, हिन्दी बदलेगी तो चलेगी! यानी अंग्रेज़ी शब्दों का घालमेल करके बोलो तो लंगड़ा कर चल लेगी कुछ देर और। नितिन की ज़िन्दगी ख़त्म होने तक ज़रूर। ठीक है, वह नाहक अपना भेजा क्यों ख़राब कर रहा है, ख़ासी बढ़िया अंग्रेज़ी जानता है। जो नहीं जानते, उद्यान और उपवन में फ़र्क़ किये बग़ैर, किसी भी मैदान को पार्क या गार्डन पुकारते हैं। उसे भी उनकी चाल चलना पड़ता है। सो पेड़-फूलों से लदा इतना बड़ा मैदान हुआ गार्डन और मौहल्लों की नन्ही-सी खुली जगह हुई पार्क! हुआ करे, वह अपना भेजा फ्राई क्यों कर रहा है? और कुछ फ्राई रहा जो नहीं ज़िन्दगी में। "फ्राई" उसे इस उम्र में चलता नहीं। सच कहें तो ख़ूब चलता है उसे; उसकी बहू मान्या मानती है, नहीं चलना चाहिए। सो रोज़ घोड़े के खाने लायक़ भूसा, चलो जई सही, औटा कर धर देती है सामने। कहती है, "ओट्स" हेल्थ फ़ूड है। ज़रूर होगा। घोड़े खाते हैं, कभी किसी घोड़े को दिल का दौरा पड़ते सुना? स्वाद बदलने का वह हँसोड़ वाक्य सोचता है, कहता नहीं। असल बात कौन नहीं जानता, बाज़ार से डिब्बा-बन्द आता है, घोल घोटने में पाँच क्षण नहीं लगते। जिसे पकाने में मेहनत न लगे, वह बनाने वाले की सेहत के लिए मुफ़ीद हुआ न? पता नहीं यह बेस्वाद

खाना सिर्फ़ बूढ़ों के लिए सही क्यों है? जवानों और बच्चों को चलता है, दूकान से आया पित्ज़ा और फ़्राईड प्रौन। कहते हैं, उनके खेलने-खाने के दिन हैं। हाल में सेवा निवृत्त हुए अधेड़ के क्या करने के दिन हैं, बहू और उसकी रसोईदारिन की सेहत बनाने के?

बेचारी उसकी भली पत्नी भागवती। भली थी तभी उसके सेवा निवृत्त होने से पहले, जीवन निवृत्त हो गई। पुरानी चाल की औरत थी, ध्रुव के पैदा होने के बाद ज़्यादा दिन नौकरी नहीं की। बेटे को पालने-पढ़ाने हर तरह लायक बनाने की ख़ातिर, जवानी में ही सेवा निवृत्त हो गई। वह फ़िक्क से हँस दिया। सेवा से नहीं, घर के भीतर सेवा करने के लिए बाहर से निवृत्त हुई थी। बेटा बड़ा हुआ तो पोते-पोती की सेवा में जुट गई। बहू मान्या दफ़्तरी ओहदे पर आसीन थी; जन सेवा छोड़ गृह सेवा करने वाली थी नहीं। भली थी उसकी बीवी या बेवक़ूफ़, जो अच्छी-भली नौकरी छोड़, आदर्श माँ बनने के जंजाल में एक नहीं, दो पीढ़ियों तक फँसी रही? ध्रुव की शादी के बाद, नितिन ने कई बार तजवीज़ रखी कि जवान जोड़ा अपनी गृहस्थी अलग बसाए, अधेड़ दम्पति अलग। पर मान्या ने इतने स्नेहिल और विनीत भाव से मनुहार की, "प्लीज़-प्लीज़ हमारे साथ रहिए, बच्चों को—जो एक के बाद एक तीन बरस में दो हो लिये—दादा दादी के संग-साथ की सख़्त ज़रूरत होती है, ऐसा आजकल की तमाम मनोवैज्ञानिक स्टडीज़ कहती हैं।" उसकी विनय और अभ्यर्थना के सामने उसकी भोली पत्नी ही नहीं, खुर्राट दफ़्तरी बाबू ख़ुद वह नतमस्तक हो रहा। यह न समझा कि वे चले गये तो मान्यता को नौकरी छोड़नी पड़ेगी या बच्चों की देखभाल के लिए ऊँची तनख्वाह पर हाउसकीपर रखनी पड़ेगी। आजकल कुछ कम ऊँचे ओहदे वाले आया को "हाऊसकीपर" और ज़्यादा ऊँचे ओहदे वाले "गवरनेस" कहते हैं। दादी को अलबत्ता ग्रेनी कहने भर से, बिना वेतन काम चल जाता है। अपने बचाव में वह कहे तो क्या। काफ़ी दिनों तक उसे भागवती भली ही लगी थी, बेवकूफ़ नहीं, जब रोज़ नाश्ते में भरवां पराँठा या मूँग दाल का चीला गरमागरम बना कर खिलाती। ध्रुव भी तारीफ़ करता न अघाता। मान्या बिना तारीफ़ किये गटकती रहती, इस नसीहत के साथ कि वह सेहतमंद खाने की श्रेणी में नहीं आता, फिर भी...भली थी उसकी बीवी जो पलट कर नहीं कहा, "भलीमानुस, तुम नहीं न खाओ, मैं तुम्हारे नहीं, अपने पति-पुत्र के लिए बना रही हूँ। तुम्हारे पुत्र-पुत्री के लिए तो ख़ैर मुफ़ीद होगा ही, आख़िर उनके खेलने-खाने के दिन हैं।"

यह बाज़ार का पित्ज़ा और चाईनीज़ फ़्राईड राईस, चिली प्रौन वगैरह भागवती के जीवन-निवृत्त होने के बाद आने शुरू हुए थे। जब तक वह थी, नई पीढ़ी की फ़रमाईश पर, टी.वी. के पाक कला कार्यक्रमों से सीख, चाउमीन, चॉपसुई, पास्ता, प्रौन करी और जाने क्या-क्या घर पर बना दिया करती थी। बहू कहती थी, सारा

दिन ईडियट बॉक्स के सामने बैठी रहती हैं, बच्चे स्कूल से आएँ तब बन्द कर दिया करें, अदरवाइज उन्हें भी रोग लग जाएगा। भली सास उनके आने से पहले बन्द किये रखती; बच्चे अपनी मर्ज़ी से भद्दे-भोंडे रियेलिटी शो लगा कर बैठ जाते तो वह ईडियट कैसे कहती कि पाक कला सीखना, इससे तो कम ईडियोसी का काम था। जब-तब बहू-बेटा ख़ूब विनीत भाव से कहते, "इनसे हिन्दी में बोला कीजिए प्लीज वरना दे विल टॉक ओनली इन इंग्लिश...ऑल्वेज़," इसलिए वह "इडियोसी" जैसे शब्द बोलने से परहेज़ रखती। यह दीगर है कि वह चाहे जितनी खुशनुमा हिन्दुस्तानी बोलती, बच्चे जवाब अंग्रेज़ी में ही देते। उनके माँ-बाप भी उनसे फ़क़त अंग्रेज़ी में बात करते, जैसे वे इंग्लिस्तान, न-न अमेरिका की पैदाइश हों; इंग्लिस्तान के दिन कब के लद गये। एक दिन भागवती ने तो नहीं, नितिन सोलंकी ने ज़रूर कहा था, "अक्ल के अन्धो, तुम अपने बच्चों से ऐसे बात क्यों करते हो जैसे ये तुम्हारे अंग्रेज़ बॉस हों। सिर्फ़ नौकर और दादी ही रह गये हिन्दी बोलने को, जैसे साले गोरे साहबों के खानसामा या साईस?" जवाब में बहू तो बहू, बेटा भी पीछे पड़ गया था कि ऐसी "लेन्गुएज" मत बोलिए बच्चों पर बुरा असर पड़ता है। बेटे को क्या दोष दे, शादी होते ही तमाम जवान मर्दों की अक्ल घास चरने चली जाती है और बीवी के जवान रहने तक, जो आजकल शौहर की निस्बत ज़्यादा बरस रहती हैं, वापस नहीं लौटती। ध्रुव अकेले थोड़ा था। ख़ुद नितिन की भी गई थी न, गार्डन या पार्क न सही, नुक्कड़ की बगिया में। बस उसकी जवान बीवी ज़्यादा दिन जवान रही नहीं। समय से पहले रिटायर हुई, समय से पहले बुढ़ाई और समय से पहले निवृत्त हो गई।

उसका बनाया "चाऊ-चाऊ" खा कर मान्या कहती तो थी, चाईनीज़ शेफ़ जैसा नहीं बना पर पैसे की बचत के चलते, समझौता करने को राज़ी हो जाती और न-न करते, काफ़ी हिस्सा चट कर जाती। उसकी भली बीवी के लिए कम ही बचता पर उसकी सेहत के लिए ठीक भी तो नहीं था न; और नई चाल के व्यंजनों का उसे शौक़ भी नहीं था। उससे किसी ने पूछा नहीं था, वह भी भला पूछने की बात थी? औरों को छोड़ो, ख़ुद उसने नहीं पूछा था। बचा-खुचा अपनी प्लेट में न डाल, उसे आदर्श माँ-दादी के साथ अच्छी पत्नी होने के सौभाग्य से वंचित क्योंकर करता!

भागवती के बाद अकेला पड़ गया तो ध्रुव के पास बना रहा, अपने निर्णय स्वयं लेने का अभ्यास तब तक मिट चुका था। ध्रुव के ऊँचे ओहदे की वजह से ही, सेवा निवृत्त नितिन सोलंकी, आई.आई.सी. से सटे भव्य लोदी गार्डन की बेंच पर बैठने का सौभाग्य पा सका। उसका बंगला पास ही काका नगर में था। उसके बेचारे साथी, डी.डी.ए. की एस.एफ.एस या एम.आई.जी. कालोनी में बने छुट्टभइया पार्क की बेआराम बेंच पर बैठने को अभिशप्त थे। बेचारे वे थे या नितिन? वे पाँच-छह

के गोल में, देश के बिगड़ते हालात और नई पीढ़ी की बढ़ती उच्छृंखलता की निन्दा करके वक़्त ज़ाया करते। लम्बे-चौड़े-हवादार लोदी गार्डन में हरियाली और आरामदेह बेंच ज़रूर थीं पर नितिन को वक़्त अकेले ज़ाया करना पड़ता था। शनिवार-रविवार को झुंड के झुंड लोग पिकनिक मनाने आते पर नितिन की हलो का जवाब तक देना गवारा न करते। बाक़ी शाम, ट्रैक सूट में लैस जॉगर्स या वॉकर्स से बतियाने का सवाल ही नहीं उठता था। वॉक यानी सैर नितिन भी करता था, मद्धिम चाल चलतों से हाय-हलो हो जाती पर ऐसे लोग वहाँ कम आते थे। लोदी गार्डन के पास के बंगलों में सेवा निवृत्त बूढ़ों के रहने का चलन शायद नहीं था। ऊँचे ओहदेदार, माँ-बाप का क्या करते थे, वह जान नहीं पाया पर इतना ज़रूर जानता था कि बेटे के सदस्य होने पर, बाप आई.आई.सी. के लाउंज में नहीं बैठ सकता था।

यानी उसकी औकात आई. आई. सी. में बैठने की नहीं थी। दो-चार बार गया ज़रूर था। दुबारा दोस्तों की तलाश में निकले, हाल में सेवा निवृत्त हुए, एक जमाने के साथी बाबू बी.के. के साथ। अहमक़ नितिन सोलंकी ताउम्र बाबू बना रहा; चतुर सुजान बनवारी कपूर, पदोन्नति पर पदोन्नति कर, सेल्स विभाग में अफ़सर बी.के. बन गया। उस मुकाम पर पहुँच कर उसे आई.आई.सी. की जीवन-पर्यन्त सदस्यता मिल गई। सेल्स विभाग में जाने का निहितार्थ कौन नहीं समझता; मृदु-भाषी और चालाक होने के साथ, बी.के. दुनियादार भी था, अभिधा में कहें तो बेईमान।

पहली मर्तबा शनिवार की दुपहर, बी.के. से मुलाक़ात औचक हुई थी, जब नितिन लोदी गार्डन के गेट से अन्दर घुस रहा था। "चलो, वहाँ बैठते हैं," बी.के. ने आई.आई.सी. की तरफ़ इशारा करके कहा था। चलते समय उसका फ़ोन नम्बर माँगा तो उसने ध्रुव के घर का नम्बर दे दिया।

"यह तो लैन्ड लाइन है। मोबाइल नहीं है तेरे पास?" नम्बर अपने मोबाइल में भरते हुए बी.के. ने पूछा था।

उसके न कहने पर हो-हो कर हँसते हुए कहा था, "मोबाइल तो आजकल भिखारियों तक के पास होता है। मेरे पास है न, कर लेना कभी भी। यहीं मिलेंगे।" हँसी के बावजूद, नितिन को बुरा लगा था; ईमानदार लोगों के साथ यही दिक़्क़त है, सच का बुरा मान जाते हैं।

ऐसा नहीं था कि नितिन धर्मराज युधिष्ठिर का अवतार था। यूँ धर्मराज कौन कम दुनियादार थे। क्या ठाठदार झूठ बोला था कुरुक्षेत्र में, न सच न झूठ, एकदम बी.के. की "सेल्स पिच" की तरह दुनियादार। सच यह था कि नितिन को ढंग से झूठ बोलना आता न था। कोशिश करता तो बनता काम बिगड़ जाता, बिगड़ा, बिगड़ा रहता ही। उससे बेहतर झूठ तो भोली भागवती बोल लेती थी, जो कटहल की तरी को चिकन तरी बतला कर परोस देती और किसी उल्लू के पट्ठे को ज़रा शक न

होता। बजट में बचे पैसों से पकौड़े, टिकिया, दम आलू, कचौड़ी जैसे ग़ैर-सेहमतन्द देसी व्यंजन बना डालती, जिन्हें दुर-दुर करते, सब चट कर जाते। भागवती के लिए ज़रा-मरा ही बच पाता। क्या विडम्बना थी कि सभी तरह के देसी-विदेशी ग़ैर-सेहतमन्द खाने से ज़बरन परहेज़ कर, हैल्थ फूड खाकर भागवती सबसे पहले परलोक सिधारी। नितिन समेत तमाम उल्लू के चरखे ग़लत खाकर भी अच्छे-भले हैं। बुरी बात, उसने अपने को दुत्कारा, गाली देकर बात नहीं करनी चाहिए। "देनी नहीं, सिर्फ़ खानी चाहिए, हा-हा," तुरंत बी.के. की आवाज़ आई। वह वहाँ नहीं था, आई.आई.सी. का जीवन पर्यन्त सदस्य, हरामज़ादा लाऊंज छोड़ उद्यान की बेंच पर क्यों बैठता? आवाज़ उसके भीतर से आई थी, आजकल जब-तब बी.के. भीतर घुस कर बोला करता है। अकेलेपन से निजात पाने का अच्छा तरीका है।

पहली मुलाक़ात के बाद, कुछ दिन तक नितिन बुरा माने इंतज़ार करता रहा कि बी.के. फ़ोन करेगा। नहीं किया तो जब मय परिवार ध्रुव छुट्टी मनाने दिल्ली से बाहर था, एक कटखनी अकेली शाम, उसी ने बी.के. का नम्बर मिलाया।

"आ जा कल ग्यारह बजे, मैं बाहर दरवाज़े पर मिल जाऊँगा," उसने कहा।

"ग्यारह नहीं, शाम पाँच बजे," नितिन ने कहा; अगले दिन ध्रुव को लौटना था। ''दिन में कामवालियाँ आती-जाती रहती हैं, शाम को बच्चों के लौटने पर ही आ पाऊँगा।" बी.के. मान गया था। नितिन ने थोड़ा झूठ बोला था। कामवाली रहती पूरा वक़्त घर पर थी पर दुपहर को आराम करती थी। आमतौर पर वह मान्या-ध्रुव के घर लौटने पर, छह-सात बजे बाहर निकलता था। लोदी गार्डन आठ बजे तक खुला रहता था। पर चाहता तो पाँच बजे निकल सकता था।

"लाईफ मेम्बर होने के बहुत फायदे हैं," बी.के. ने उसे समझाया था।

"ख़ुराफ़ात में पड़ने पर सालाना सदस्य की सदस्यता आसानी से ख़त्म की जा सकती है, लाईफ़ मेम्बर की करो तो सवाल उठना लाज़िमी है कि लाईफ़ मेम्बर बनाया क्या सोच कर था?"

इसीलिए आई.आई.सी. ज़्यादातर बूढ़ों को ज़िन्दगी भर के लिए सदस्य बनाता है, खुराफ़ात में पड़ने का डर लगभग ख़त्म हो चुका होता है; ज़्यादा ज़िन्दा रहने का भी।"

"और इसीलिए," नितिन ने हाज़िरजवाबी में पहली बार बी.के को मात देकर कहा था, "वे आराम से ख़ुराफ़ात करते रह सकते हैं और जीते भी ज़्यादा हैं।"

भागवती के गुज़रने के बाद वह समझ गया था कि ग़ैर-ख़ुराफाती जन, सेहतमन्द खाना खाकर भी कम जीते हैं। सोचा जाए तो भागवती थी भागवान, जल्दी सिधारी तो उसकी तरह पार्क में बैठ या घूम कर अकेली शामें गुज़ारने की नौबत न आई।

सोचा जाए, और करने को था क्या नितिन के पास, सोचने के सिवा, बेंच पर बूढ़े ज़्यादा दीखते थे, बूढ़ियां निस्बतन कम। तर्कसम्मत था। चूँकि हिन्दुस्तानी मर्द, औरत की तरह घर के काम में हाथ नहीं बँटा पाता, इसलिए बुढ़ापे में उसका मूल्य और कम हो जाता है। घर का काम, एकमात्र काम है, जिससे बन्दा कभी रिटायर नहीं होता। अजब शै है हिन्दुस्तानी मर्द। सारी उम्र औरत के भरोसे राज करके इतना निकम्मा हो जाता है कि बुढ़ापे में भरवां परांठा या मूँग दाल का चीला दूर, रोटी-दाल-पुलाव पका कर भी घर के लिए ज़रूरी नहीं बना रह सकता। हद से हद पोते-पोती की उंगली पकड़ या बच्चा गाड़ी ठेल, घुमाने ले जा सकता है या फल-तरकारी की ख़रीदारी कर सकता है। नितिन के पोते-पोती उतने छोटे नहीं थे कि घुमाने ले जाए जा सकें। घर पर रहते भी उनसे बात कम होती थी। अब वे टी.वी. छोड़ कम्प्यूटर पर यूट्यूब में उत्तेजक फिल्में देखते हैं। माँ-बाप, चुगद, इतने ऊँचे ओहदों पर पहुँच लिये कि बच्चे क्या कर रहे हैं, देखने का वक़्त नहीं है। परदे के पीछे खड़े रह कर एक बार उसने एक फ़िल्म के कुछ दृश्य देखे थे, पल भर को सोचा, ब्लू फ़िल्म इसी को कहते हैं क्या? पर इतना गब्दू नहीं था। जल्द समझ गया कि उसके ज़माने में इस ख़ुराफात को सनसनीखेज़ भले मान भी लिया जाता, वाक़ई ब्लू फ़िल्म वह नहीं थी। फिर भी वयस्क ज़रूर थी, कुछ ज़्यादा ही वयस्क। स्कूली बच्चों के माक़ूल बिल्कुल नहीं। पर उसने कुछ कहा नहीं था। जानता था बच्चे दुनियादारी में उससे इक्कीस थे। धर्मराज और बी.के. को मात दे, इस सफ़ाई से आधा झूठ बोलते थे कि माँ-बाप शेखी बघारते फिरते थे कि हमारे बच्चे वेब पर खोज-खोज कर ऊँची तालीम के गुर सीख रहे हैं, देखना, बोर्ड में अठानवे-निनानवे फ़ीसद नम्बर लाएँगे। नहीं, वह नितिन के शब्द हैं, वे नाइन्टी एट-नाइन्टी नाईन परसेन्ट कहते थे, रुत्बेदार ठहरे।

दिन में वह कभी-कभार टी.वी. पर फ़िल्म या ख़बरें देख लेता पर उसकी अनेक कमियों में से एक यह थी कि उसे टी.वी. भाता नहीं था। ख़बरें अख़बार में पढ़ना पसंद करता और फ़िल्म साथ बैठ कर देखना, सो बुद्धू बक्से के आगे बमुश्किल आधा घंटा गुज़ार पाता। क़िताबें ख़ूब पढ़ता, पहले वक़्त नहीं मिला था, पर जाने क्यों चुगद उतने से खुश नहीं रह पाता। वैसे उतना चुगद भी नहीं था। मान्या ने कहा—भर था कि बुढ़ापे में सेहत के लिए लम्बी सैर ज़रूरी है, वह तत्काल इशारा समझ, संग-साथ की चाह भीतर घोटे, बेटे-बहू को एकान्त देने की खातिर, शामें पार्क में टहलते या बेंच पर बैठे गुज़ारने लगा था। शनिवार-रविवार को दिन का काफ़ी वक़्त भी। लोदी गार्डन में हरियाली के चलते गरमी-सरदी कम महसूस होती थी।

बी.के. से दूसरी मुलाक़ात, शाम पाँच बजे हुई तो सात बजे वह उठ खड़ा हुआ। बोला, "चलूँ वरना बस नहीं मिलेगी। और हाँ, जब मिलना हो मेरे मोबाइल

पर मिस्ड कॉल दे देना, मैं अगले दिन पाँच बजे आई.आई.सी. के दरवाज़े पर मिल जाऊँगा। इन्कमिंग फ़्री है, तेरा पैसा भी नहीं लगेगा।"

घनचक्कर! समझता क्या है, उसे फ़ोन करने की मनाही है! ध्रुव इतना बड़ा अफ़सर है, फ़ोन के बिल सरकार भरती है। नितिन वापस लोदी गार्डन पहुँचा तो उड़ते से ख़याल आये कि बी.के. बस में सफ़र क्यों करता है, उसके पास तो गाड़ी थी, वह भी एस्टीम। और दोनों बार मिलने पर एक चाय मँगा, दो प्यालों में उंडेल, टरका दिया था, कुछ खिलाया न था। ख़ासा खुला हाथ रखने वाला, सेवा निवृत्त बुढ़ऊ इतना कंजूस हो लिया! खाने को घर पहुँच, भूसा-छाप कुछ खा ही लेगा पर आई.आई.सी. लाऊंज के बाहर क़तार से सजे पेस्ट्री-पैटी देख, जी ललचा उठा था। बुरा हो, न-न भला हो, भागवती का, तरह तरह के व्यंजन पकाना सीख, अला-बला खाने का स्वाद पैदा कर गई। अपने लिए खरीदने लायक पैसा था उसके पास पर कमबख़्तों ने पट्टा लगा रखा था, सिर्फ़ सदस्यों के लिए। अगली बार बी.के. से कहेगा, वह साइन कर दे, पैसे नितिन दे देगा। पर जानता था कह नहीं पाएगा। ऐसे ही थोड़ा न, पूरी उम्र बाबूगिरी करते गुज़ारी थी।

कुछ मुलाक़ातें और हुई थीं।

थोड़े दिन बाद, बी.के. ने कहा था, "तू ख़ुशक़िस्मत है जो तेरी बहू दफ़्तर में काम करती है। दिन भर आराम से पाँव पसार घर में पड़ा रह सकता है, कूलर-शूलर चला कर। मेरी बहू घर से काम करती है, सो सारा दिन घर बैठी, ग्राहक निबटाती है।"

"हैं!" उसे ठिठोली सूझी थी, "ग्राहक! चकला चलाती है क्या?" वह फुसफुसाया था।

बी.के. ठहाका मार हँस दिया था। कम ईमानदार लोगों की यही सिफ़्त है, ज़िन्दादिल होते हैं, मज़ाक का बुरा नहीं मानते। कहा था, "नहीं यार, उदारवादी युग की देन है। घर का नहीं, घर से काम करो। औरतें उसका ज़्यादा फायदा उठाती हैं। बहुत से पेशे हैं, मेरी बहू डाईटिशियन है। मतलब समझते हो, क्या खायें क्या नहीं, जिससे मोटापा घटा कर, तन्दरुस्त, छरहरे और जवान बने रहें।"

"पर तेरी बहू तो खासी मोटी तन्दरुस्त है।"

"यही तो मौज है। सलाह देनी होती है, आज़माइश नहीं करनी होती। मोटी फ़ीस वसूल कर घर से काम करने में घर का काम करने को वक़्त नहीं मिलता। ख़ुद बाहर से मँगा कर खाते हैं, दूसरों को मट्ठा पीने की सलाह देते हैं।"

"घर पर बना कर?"

"नहीं यार, बाहर से मँगा कर। हैल्थ फूड की अब पूरी की पूरी इन्डस्ट्री है।"

"तेरी मौज है, खाया कर दबा कर जन्क! मुझे तो रोज़ भूसा खाना पड़ता

है।"

"ग्राहकों के आने पर उसे मेरा घर रहना पसन्द नहीं। इसीलिए सुबह नाश्ते के बाद से यहाँ आई.आई.सी. में आकर बैठ जाता हूँ।"

"क्यों, तू उन्हें आँख मारता है?"

"मारता तो एतराज़ न होता। पर...मैं...काफ़ी बूढ़ा दिखता हूँ..." उसकी आवाज़ धीमी पड़ती गुम हो गई।

नितिन ने ग़ौर किया, पहले ध्यान नहीं दिया था, उसकी निस्बत बी.के. ज़्यादा बूढ़ा दीखता था। शायद मान्या के खिलाय भूसे की मेहरबानी हो! नहीं, वह तो कुछ दिनों से मिलना शुरू हुआ है। बरसों भागवती के हाथ के तरमाल पर जिया है।

"हम ससुरे बूढ़े नहीं तो क्या होंगे।"

"वह जवान बनाये रखने का दावा करती है। उसके पेशे में..."

नितिन हँसी न रोक पाया, बोला, "ससुरों को भी?"

"यह उदारवाद का ज़माना है," एक ठसकेदार आवाज़ आई, "हम सब ऋणी हैं राजीव गाँधी के।"

आवाज़ बी. के. की नहीं थी, पास की मेज़ से आई थी।

"हैं!" नितिन ने हँस कर कहा, "उदारवाद भी जवानी पसन्द है?"

बी.के. न हँसा, न मज़ाकिया जवाब हाज़िर किया। खसखसी आवाज़ में मिमियाया, "हाँ हम सब ऋणी हैं।"

ज़िन्दादिली चुक गई क्या...तो ईमानदारी जग गई होगी?

नितिन ने ही कहा, "मुँह क्यों लटका रखा है? रोज़ इतनी ठाठदार जगह खाता है और देख यहाँ हैल्थ फूड भी मिलता है।"

"यहाँ खाने की मेरी औकात नहीं है," वह फुसफुसाया।

हद हो गई! उसकी ईमानदारी जग गई या धर्मराजी झूठ बोल रहा था?

"क्या बक रहा है यार, तेरे पास भतेरा पैसा था।" उसके गृहप्रवेश में भागवती जैसी सात्विक औरत भी रश्क से कसमसा उठी थी, "कितना बढ़िया मकान बनवाया था।"

"कर्ज़ लेकर।"

"वह तो सभी लेते हैं।"

"राजीव गाँधी ने बाज़ार का उदारीकरण न किया होता तो हम इतने उद्योग-धन्धे न लगा पाते थे?" बराबर से आवाज़ फिर गूँजी।

"सुना?" नितिन ने कहा।

"हाँ। पहले सिर्फ़ सटोरिये दिवालिया होते थे, अब हर आदमी को यह सुविधा है," बी.के. बुदबुदाया।

"चलें?" नितिन ने इस बिन नशे बड़बड़ाहट से बचने-बचाने को कहा।

"नहीं सुन ले। मैंने यह सोच कर मकान बनवाया था कि कर्ज़ चुकता होने तक उसे किराये पर चढ़ा देंगे, फिर उसमें रहेंगे। पर बच्चे नहीं माने। कहने लगे लोन का क्या है, ई.एम.आई. देते रहेंगे, सब तो कमा रहे हैं। कमाया सबने, माहवारी किस्त दी सिर्फ़ मैंने। एक लड़का अमेरिका चला गया, उसका हमारी किसी बात से सरोकार न रहा। बेटी की शादी ज़्यादा पैसेवालों से कर दी, समझ कि लुट लिया। बचा अमित। उसकी सलाह पर कई बिज़नेस किये, लोन मिलना इस क़दर आसान था कि पाँव चादर से बाहर क्या पसारे, चादर दिखनी बन्द हो गई। जितनी आसानी से कर्ज़ दिया था, उतनी ही आसानी से साहूकार अदायगी में ओढ़ना-बिछौना उठा ले गये। जो कतरन बचीं, बीमारी में खर्च हो गईं। मैं दिवालिया हो गया। मकान बचा रहा क्योंकि पहले ही अमित ने खरीद लिया था। अब मैं हूँ और आई.आई. सी. की सदस्यता। जिस-तिस की मेज़ पर बैठ जाता हूँ, एकाध प्याले चाय का जुगाड़ हो जाता है।"

"बीमारी क्या हुई थी?"

"कैंसर। अब ठीक हूँ।"

"उदारीकरण का करिश्मा है कि आम हिन्दुस्तानी की औसत उम्र इतनी बढ़ गई। हर तरह की देसी-विदेशी चिकित्सा उपलब्ध है," बराबर की मेज़ चिहुंकी।

"भूतपूर्व मंत्री हैं," बी.के. ने मरी आवाज़ में कहा, "कौन जाने कब भूत भविष्य बन जाए, मस्का लगाने की आदत बनाये रखनी पड़ती है।"

नितिन की समझ में नहीं आया क्या कहे। तभी बैरा बिल ले आया। कुल नौ रुपये का था। सुस्त भाव से बी.के. ने हस्ताक्षर कर दिये। बैरा चला गया तो नितिन ने बी.के. का हाथ थाम कर कहा, "बुरा न माने तो एक बात कहूँ। पैसे मुझे देने दे। साइन तू कर पर..." जेब से दस का नोट निकाल उसे थमाते हुए जोड़ा, "हम मिलते रहेंगे, मुझे गरमी-सरदी बगीचे में बैठने में कष्ट होता है। यहाँ ए.सी. है। और सुन, एक वैज पैटी मँगा ले, शेयर कर लेंगे।"

बी.के. सहसा कम बूढ़ा लगने लगा। बोला, "कितना इंतज़ार करवाया यार तूने... अक्ल की बात सुनाने में।"

(प्रथम प्रकाशन—*नया ज्ञानोदय,* 2011)

# सितम के फ़नकार

खाने की मेज़ की जिस कुर्सी पर मैं बैठी थी या कहना चाहिए कि जिस कुर्सी पर इसरार करके, बतौर हिन्दुस्तान से आए मेहमान, जीवन वर्मा ने मुझे बिठलाया था, उसके ठीक सामने, दीवार पर एक लम्बा-चौड़ा चित्र टँगा हुआ था। 40×30 इंच का; इतना बड़ा कि भरसक कोशिश करके भी, उससे नज़र हटाई नहीं जा सकती थी। दाएँ-बाएँ जितनी दूर तक आँखों को घुमाया जा सकता था, घुमा लेने पर भी नज़र चित्र से फिरती न थी; कोई न कोई हिस्सा दृष्टि में समाये रहता था। आप कहेंगे नज़र फेरने की ज़रूरत क्या थी? उम्दा मेहमाननवाज़ी की रिवायत है कि मेहमान को दीवार पर जड़ी बेशक़ीमती पेन्टिंग के सामने बिठलाया जाए। जानती हूँ। जापान तक हो आई हूँ, जहाँ ऐसी हर रिवायत को बिला शर्त, बिला बहस अन्जाम दिया जाता है। मेहमान के महत्त्व का अन्दाज़ा इसी से लगाया जाता है कि उसकी कुर्सी, कमरे की एकमात्र बेहतरीन पेन्टिंग, पुष्प सज्जा या अन्य कलाकृति से कितनी दूर और किस कोण पर है। कलाकृति मूर्ति हो, पेन्टिंग हो या फूलों की सजावट, होती कमरे में एक ही है, जिससे इधर-उधर ताक कर, उससे बेनियाज़ न हुआ जाए। पर इस वक्त मैं जापान नहीं अमेरिका में थी। न्यूयॉर्क के एक मँहगे, आलीशान सबर्ब में। घर न जापानी का था, न अमरीकी का, बल्कि विशुद्ध भारतीय का था। विशुद्ध मानी जन्म से... पर क्या अमेरिकन नागरिक बन चुके एन.आर.आई या प्रवासी भारतीय को हम विशुद्ध कह सकते हैं, भले जन्म से? अमरीका में नई-नकोर दूसरी ज़िन्दगी मिलती है न? खालिस अमरीकी कहलवाने की क़शिश और कोशिश, क्या कुछ नहीं करवा जाती! फिर भी मेरे मेज़बान, जीवन वर्मा, बेचारे क़िस्मत के मारे, थे जन्म से विशुद्ध भारतीय। माँ भारतीय, पिता भारतीय, नाना-नानी, दादा-दादी भी भारतीय। दूर-दूर तक विदेशी ख़ून का कतरा उनकी वंश बेल में दाख़िल नहीं हुआ था। यह सब बकवास मैं क्यों सोचे जा रही थी? मैं नस्ली शॉवनिस्ट नहीं हूँ, बिल्कुल नहीं; न कभी थी, न कभी हूँगी। मेरे ज़्यादातर दोस्त-अहबाब मिली-जुली नस्ल के औरत-मर्द हैं; इस तरह कि उनके माँ-बाप अलग-अलग मुल्कों और क़ौमों के बाशिन्दे हैं। उस वक़्त ये फ़िज़ूल ख़ुराफ़ात सोचने का मकसद था, चित्र से ध्यान हटाना। बार-बार एक ही विचार मन में कौंध रहा था। इसे खाने की मेज़ के

सामने लगाने की क्या तुक थी? घर में और कहीं जगह नहीं मिली? मेरे हाथ में होता तो कहीं भी न लगाती। जानबूझकर मैं न चित्र को ज़ेहन में उतार रही थी, न नज़रअन्दाज़ कर रही थी। जो हो रहा था, खुद-ब-खुद हुए जा रहा था। उस चित्र की फितरत ही ऐसी थी। उसे नज़र की ओट न कर पाने की ख़लिश, मुझे निवाला नहीं निगलने दे रही थी। बेख़याली में जो एक-दो लुक्मे शुरू में खा लिए थे, उनसे इतना कह सकती थी कि जो बना था, ठीक-ठाक था। उतना लज़ीज़ नहीं जितना मेज़बान ने उसकी तारीफ़ में फ़रमाया था पर बेस्वाद कतई नहीं। जीवन वर्मा ने बड़ी आज़िज़ी से मुझे समझाया था कि वह तेल में सना, ज़रूरत से ज़्यादा पका बेहूदा हिन्दुस्तानी व्यंजन नहीं बनाने जा रहा था। यह ज़रूर कोई यूरोपीय डिश होगी, पास्ता-वास्ता जैसी आम फ़हम नहीं, एकदम गूरमे...क्या तो नाम लिया था उसने... चिमीचुर्री? उसने जो कहा हो, मैंने वही सुना था और दुबारा नाम पूछने की हिम्मत नहीं हुई थी। जो भी वह थी, बढ़िया ही बनी होगी, इतना गुमान मुझे था। अगर मुझे उतनी लज़ीज़ नहीं लग रही थी जितनी लगनी चाहिए थी तो क़सूर, पकाने वाले या पके हुए का नहीं, मेरी ज़बान की कमतरी का था। फिर भी यानी उस कमतरी के बावजूद, न खा पाने लायक़ उसमें कुछ नहीं था। न ज़्यादा लहसुन, न बैंगन, न नाक़ाबिले बर्दाश्त अफ़लातूनी महक। हाँ, कुछ कच्ची ज़रूर थी पर क्योंकि जीवन पहले ही बतला चुका था कि ज़रूरत से ज़्यादा पकाना, हिन्दुस्तानी बेहूदगी की निशानी थी, इसलिए कचास से नज़र चुराने में मैं कामयाब हो गई थी। पशेमां जो कर रहा था, वह नज़र में गड़ा, सामने दीवार पर टँगा, 40×30 इंची चित्र था।

एक बार सोचा पूछूँ, क्या मैं कुर्सी बदल सकती हूँ, पर पूछा नहीं। सोच पूरा भी नहीं हुआ कि वह बेहूदा सवाल करने से चेत गई। मेज़ के इर्द-गिर्द सिर्फ़ मेज़बान दम्पति, जीवन और सुरुचि नहीं, दो और मेहमान बैठे थे, जीवन के दोस्त मुरलीधर गुप्त और उनकी बेटी सपना। कुर्सी बदलने को कहती तो उसी से, जो चित्र के बाज़ू बैठा था, सामने नहीं। यानी मेज़बान-पत्नी सुरुचि से या मेहमान मुरलीधर गुप्त से। मेज़बान मर्द की बगल से उठ कर मेहमान मर्द की बगल में जा बैठना अभद्र लगता, नहीं? ख़ास कर जब मैं वहाँ बिला शौहर बैठी थी, अकेली औरत। अभद्र कहलवा भी लेती पर जानती थी, जीवन उसे बेहूदा हिन्दुस्तानियत कह कर नवाज़ेगा। "हाँ-हाँ ज़रूर। जानता हूँ, हिन्दुस्तान में उठने-बैठने के तौर-तरीकों को तरजीह देने का रिवाज नहीं है।"

न मुझे हिन्दुस्तानी होने से एतराज़ था, न बेहूदा होने से। पर बेहूदा हिन्दुस्तानियत से नवाज़ा जाना कुबूल न था।

लिहाज़ा मैं सुनहरे बेल-बूटे वाली बोनचाइना की प्लेट पर नज़रें गड़ाए चिमीचुर्री नामक या भ्रामक व्यंजन के टुकड़े इधर-उधर घुमाती बैठी रही।

"कैसी बनी है?" सुना जीवन पूछ रहा था। जी, सुरुचि नहीं, जीवन। सबसे

पहली बात उसने यही कही थी, ''पोंगापंथी हिन्दुस्तानियों की तरह यहाँ मर्द खाना पकाने या घर का काम करने से परहेज़ नहीं करते। पर चूँकि मैं पकाता बढ़िया हूँ, इसलिए वही करता हूँ; मोटे-झोटे काम सुरुचि निबटा लेती है।''

''शेफ़ हैं शेफ़!'' सुरुचि ने कहा था, दाद दे कर या तंज़ से, स्पष्ट नहीं हुआ था।

ज़ाहिर था शेफ़ की बनाई डिश में दिलचस्पी शेफ़ की ही होगी।

''कैसी बनी है?'' उसने दुहराया तो मुझे अपनी बदतमीज़ी का अहसास हुआ; जवाब देने के बजाय मैं बदबख्त यह सोच रही थी कि जब मुझे यही नहीं पता कि बनने पर उसे कैसा लगना चाहिए तो यह कैसे बतलाऊँ कि बनी कैसी है? हिन्दुस्तानी पूरी-तरकारी, हलवा, छैना पायस, ढोकला, इडली, भरवां करेला होता तो कह सकती थी, तला या भुना ठीक था कि नहीं, मुलायम या करारा कम-ज़्यादा था; मिर्च मसाला तीखा या फीका था। पर यह उन जैसा बेहूदा व्यंजन नहीं था। पता नहीं इसे कम या ज़्यादा भूना या उबाला गया भी था या नहीं? कहीं रेयर बीफ़ की तरह कच्चा का कच्चा तो नहीं पेश कर दिया गया? अब मुझे नीची नज़र भी उबकाई आने को हुई। किसी तरह भेंगी नज़र से, न यहाँ न वहाँ देख, खासे नाटकीय अन्दाज़ से कहा, ''सुपर्ब!''

पता नहीं क्या ग़लती हुई कि सुरुचि खिलखिला कर हँस दी, बोली, ''सब यही कहते हैं, टेन्ड्रलोइन है जनाब!'' अचरज कि इतनी खिली-खिली हँसी में भी व्यंग्य झलक सकता है। हो सकता है मेरे फितूरी दिमाग को लगा हो।

जीवन ने एक जलती नज़र उसकी तरफ़ फेंक कर मुझसे कहा, ''इतने बरस हो गए पर सुरुचि अब तक अपनी माँ के बनाए आलू के पराँठों और दही भल्लों की मुरीद है। बेचारी उनसे ऊपर उठ ही नहीं पाई। बनाती भी वही सब है।''

''हैं क्या?'' मैंने दबी ज़बान से सुरुचि से पूछा। ''बाद में,'' उसने चुपके से जवाब दिया।

''टेन्ड्रलोइन क्या होता है, बीफ़ तो नहीं?'' मैंने ज़बान कुछ और दबाई।

''नहीं, जीवन पक्के हिन्दू हैं। यह वाला टेन्डर, चिकन चिमीचुर्री का है, हेल्थ की ख़ातिर कुछ भाजी-तरकारी भी मिला दी गई है।'' वह फिर तंज़िया हँसी हँसी।

चिकन तो ठीक है, चिमीचुर्री क्या होता है, मैंने नहीं पूछा; जीवन बुरा मान जाता। मुझे यक़ीन था उसने काफ़ी विस्तार से उसके बारे में व्याख्यान दिया होगा; मेरा ही ध्यान इधर-उधर बिला गया होगा। जब भी वह भारतीय काहिली, गरीबी, पिछड़ेपन के हवाले से अमरीकी ज्ञान-विज्ञान, आर्थिक विकास, आरामदेह रहन-सहन के कसीदे काढ़ते हुए, अमरीकी हेल्थ फूड और यूरोप के गूरमे खान-पान तक आता, मेरा ध्यान पहले चरण पर ही बिला जाता, कमबख्त मैं हिन्दुस्तानी, हिन्दुस्तान में अटकी रह जाती, गूरमे छोड़, हेल्थ तक कान में न पड़ता।

मैंने फिर आँखें प्लेट पर टिकाईं और चिकन चिमी की चुर्री बनाने में लगी। पर लाख न चाहने पर भी नज़र बार-बार चित्र की तरफ़ जाती रही।

''आप हिन्दुस्तान की किस स्टेट से हैं?'' कानों में पड़ा, मुरलीधर गुप्त पूछ रहे थे।

जवाब देने के लिए उनकी तरफ़ देखना लाज़िमी था। मतलब, चित्र को भी देखा। अनदेखा करने की कोशिश करने के मनोयोग से चिकन चिमीचुर्री मुँह में डाली और उचारा, ''उत्तर प्रदेश...कानपुर।''

''हम भी यू.पी के हैं, ''उन्होंने ऐसे कहा जैसे उत्तर प्रदेश को यू.पी बना कर, उस पर और मुझ पर करम कर रहे हों।

''मेरा ख़याल था, आप अमरीका, न्यूयॉर्क से हैं,'' मैंने कहा।

वे तृप्त भाव से बिहँसे। मानो महानता का तमगा पहना दिया गया हो।

''मैं अपनी पत्नी को केरल के आश्रम में छोड़ कर आया हूँ, आप कभी गई हैं वहाँ?''

आश्रम में! क्यों? वे तो बूढ़े नहीं लगते कतई, यानी पचास के आस-पास होगी उम्र। फिर पत्नी क्योंकर बूढ़ी होंगी? हो भी सकती हैं; मान लीजिए कि वे खाती हों हिन्दुस्तानी बेहूदगी और ये, अमरीकन हेल्थ फूड! तब वे पचास में साठ की लग सकती हैं और वे सत्तर में पचास के। मगर ये चिकन चिमीचुर्री तो हेल्थ फूड नहीं गूरमे है (किस मुल्क की, ठीक से सुना नहीं, पर इतालवी या फ्रांसीसी नहीं है, इतना अहसास उसके तबील तब्सिरे से है)। जैसे मुरलीधर उस पर हाथ साफ़ कर रहे थे, क्या हरिद्वार का कोई पण्डा करता। ग़ौरतलब बात यह थी कि उन्हें चित्र नहीं देखना पड़ रहा था। देखते भी तो ज़रूरी नहीं था कि मेरी तरह खाने से बेरुख़ी हो जाती। अपनी फ़ितरत दूसरों पर क्यों थोप रही हूँ? छोड़ परे; दूसरे सवाल पर ध्यान दे, आश्रम में छोड़ा क्यों और छोड़ा तो उत्तर प्रदेश छोड़ केरल में क्यों?

''केरल गई हो कभी?'' मेरी तन्द्रिल हालत का जायज़ा ले, सुरुचि ने सवाल दुहराया; मेरा नहीं उनका। मैंने तो सोचा भर था, पूछा नहीं। लगा, सुरुचि अनकहे को सुनने में खासी उस्ताद थी।

''हाँ गई हूँ। कोच्चि, तिरुवनन्तपुरम, कोषिक्कोड।''

''हम तो सिर्फ़ कोचिन, त्रिवेन्ड्रम और कालीकट गए हैं।''

''एक ही बात है, ये उनके मलयालम नाम थे और अब भी हैं।''

''होंगे।'' उन्होंने कन्धे उचकाए, ''हम अंग्रेज़ी नाम ही जानते हैं।''

''ज़ाहिर है,'' मैंने हँसी रोकी और सुरुचि की तरफ़ देखा। वह ज़रूर हँस रही होगी। पर नहीं; वह बिल्कुल संजीदा थी, शर्मसार और ग़मगीन, हँसी से कोसों दूर। प्लेट में नज़रें गड़ाए, चिकन चिमी की चुर्री बना रही थी।

"उन्हें टर्मिनल कैंसर है," वह मेरे कान में धीमे से फुसफुसाई कि मुरलीधर ने उसी बात को ज़ोर से उचार दिया।

मैं सकते में आ गई। न चाहते हुए भी मुँह से निकल गया, "वहाँ कौन है उनके पास?"

सोचा पत्नी वहाँ मर रही है तो पति यहाँ बैठा चिकन चिमीचुर्री क्यों उड़ा रहा है? आखिरी वक़्त में उसके पास क्यों नहीं है?

"सच्चिदानन्द आश्रम के तमाम लोग हैं। त्रिवेन्द्रम का वह नेचुरोपैथी आश्रम दुनिया भर में मशहूर है।"

"वहाँ जाने से पहले हमने गूगल करके उसके बारे में सब कुछ मालूम कर लिया था," बेटी सपना ने सगर्व जोड़ा।

"वे एकदम नेचुरल तरीके से उनका इलाज कर रहे हैं, बिना पेनकिलर्स, ड्रग्स, कीमो, रेडियशन वगैरह।"

"पर दर्द? दर्द और अकेले!" मैं लफ़्फ़ाज़ हिन्दुस्तानी बेहूदगी पर उतर आई

"वे हैं न? वे कहते हें मन पर अंकुश रखो तो दर्द से भी छुटकारा मिल सकता है।"

"मिला?"

"शायद," उन्होंने कौंचा-भर चिकन चिमीचुर्री अपनी प्लेट में और पलटी। सॉरी, कौंचा नहीं सर्विंग स्पून।

"आप उनके पास क्यों नहीं हैं," मेज़ के नीचे जीवन के पैर के टोहके को नज़र अन्दाज करके मैं लगी रही।

"यह उनका प्राइवेट मामला है," जीवन ने फुसफुस करके घुड़का।

जीवन की चीं-चीं आवाज़ मुरलीधर की दमदार आवाज़ के नीचे दब गई, "मैं! मैं कैसे जा सकता हूँ! इतना बड़ा बिज़नेस है, सिर खुजाने की फ़ुर्सत नहीं है। केरल तक आने-जाने में पन्द्रह दिन खप गए। कितना नुकसान हुआ! रात-रात जग कर काम किया तब जा कर भरपाई हुई।"

"और तुम?" मैं बेटी से मुखातिब हुई।

"मैं?" वह जैसे आसमान से गिरी, "मैं अपनी कम्पनी के पी.आर विभाग की हेड हूँ। साल में कुल पन्द्रह दिन की छुट्टी मिलती है।"

"यह हिन्दुस्तान नहीं है कि जब चाहो छुट्टी मार कर बैठ जाओ। यहाँ जितनी छुट्टी मिलने का नियम हो, उतनी ही मिलती है। भाई-भतीजावाद नहीं चलता।" जीवन ने तुर्श सुर में बाधा दी पर सपना अपनी रौं में कहती गई, "इस साल सारी छुट्टी केरल में बिताई। एक दिन के लिए रिलेक्स करने कहीं नहीं गई। मन ही नहीं हुआ। इससे ज़्यादा मैं क्या कर सकती हूँ," अन्तिम बात तक आते-आते वह रुआँसी हो गई। "मैंने कहा था ममी को यहीं रहने दें, पेन मेनेजमेन्ट कितना विकसित

हो गया यहाँ। नर्स रख लेंगे, रात दिन की अलहदा, दो। और वीकएण्ड पर तो हम, कम से कम मैं उनके पास रह सकती हूँ। पर डैडी ने कहा, वहाँ स्प्रिचुअल अप्रोच है, सेवा भाव है, उनकी नेचुरल पद्धति युनीक है और...और हो सकता है...वहाँ वे ठीक हो जाएँ। उन लोगों की ईश्वर पर आस्था है, इसलिए ईश्वर की भी...उन पर...अनुकम्पा हो...ती...है...'' अब वह रो ही तो दी।

मुरलीधर ने बहुत प्यार से एक कौंचा चिकन चिमीचुर्री उसकी प्लेट पर उलटाई, कहा, ''कितनी लाजवाब बनी है, नहीं, अर्जन्टीना के 'पारिल्ला' में भी नहीं मिलेगी।''

ओह तो अर्जन्टीना की डिश है यह! गारत हो दिमाग़! कमबख्त डिश कहीं की हो, क्या फ़र्क पड़ता है। पर दिमाग़ है कि सब कुछ नोट किए बिना मानता नहीं, बस जीवन की मुफ़लिस-सी आवाज़ में बयान किए तबील ब्यौरे ही दस्तक नहीं दे पाते।

''मैंने ग़लत क्या कहा था। वे लोग एक पैसा नहीं लेते; निस्वार्थ सेवा करते हैं, आध्यात्मिक हैं, यहाँ जन्मी तुम्हारी पीढ़ी को क्या मालूम। भूल चुकी सब कुछ। अरे मिलियन डॉलर खर्च करके भी हम उन लोगों जैसा सेवा भाव और परमात्मा पर आस्था नहीं ख़रीद सकते।'' वे सपना को समझा रहे थे।

''असल बात पैसा नहीं, यह है कि कुछ फ़ायदा है कि नहीं?'' मैंने कहा।

''कैसी भारतीय हैं आप! आस्था पर विश्वास नहीं करेंगे तो फ़ायदा होगा कैसे? पॉज़िटिव वाइब्स भेजनी होती हैं रोगी के पास, एक-एक आदमी को, जिससे उसकी मानसिक और आत्मिक शक्ति सबल-प्रबल हो सके, शरीर को नीरोग कर सके।''

''पर दर्द?''

''हाँ डैडी, दर्द? हम जानते भी नहीं उन्हें कितना दर्द है।''

''जान कर क्या होगा? उन्होंने कहा था न, एक समय आएगा जब उनका मन-मस्तिष्क ईश्वर में स्थित हो जाएगा और वे स्वयं पीड़ा से अनभिज्ञ हो जाएंगी।''

ज़ाहिर था वे शुद्ध हिन्दी में उनके कहे शब्द दुहरा रहे थे; पता नहीं वाक़ई उन पर आस्था थी या सपना को फुसला रहे थे। या अपने को?

सपना बेख़याली में बहुत जल्दी-जल्दी, बिना चखे, चिकन चिमीचुर्री निगल रही थी।

जीवन अपनी करिश्माई डिश की बेनियाज़ी को घूर रहा था पर सपना उसकी नज़र से बेअसर, आँखों में आँसू संजोए, चम्मच भर-भर कर ठूँस रही थी। तभी सुरुचि ने अपनी आधी भरी प्लेट आगे खिसका कर आहिस्ता से कहा, ''मुझे नहीं खाना।''

उससे बल पाकर मैंने भी हौले से अपनी प्लेट इंच भर आगे की, कहा, ''मुझे भी।''

''दिमाग़ ख़राब हो गया है तुम लोगों का।'' जीवन ने चीखना चाहा पर तुनक

कर रह गया। ''प्लीज़ खत्म करो,'' उसने घिघिया कर जोड़ा, ''पता है कितनी मेहनत की मैंने, कितनी कला लगी है इसे बनाने में?'' सुरुचि पिघली नहीं बल्कि उसके चेहरे पर वितृष्णा की परत पुत गई। उसे महसूस कर, जीवन हिंसक हो उठा।

बोला, ''हिन्दुस्तान में इन्सान की ज़िन्दगी की कीमत क्या है जो वे लोग एक आदमी की मौत को लेकर परेशान होंगे। उनके लिए जीवन-मृत्यु ईश्वर की इच्छा है, माया है, नियति है। संसार क्षण-भंगुर है, जो आता है, जाता भी है फ़लसफ़ा झाड़ कर अलग हो जाएंगे।''

''अलग हम हो रहे हैं, वे नहीं। वे तो सेवा कर रहे हैं,'' सुरुचि तंज़ से आगे बढ़ गई।

''हाँ-हाँ मालूम है। अन्तिम समय जान कर सेवा कर रहे हैं, अपना परलोक सुधारने को, उनकी ज़िन्दगी बचाने की ख़ातिर नहीं।''

''किसने कहा!'' अब बारूद-सा फटने की बारी सपना की थी। ''हम उन्हें वहाँ मरने के लिए नहीं छोड़ कर आए, ठीक होने के लिए भेजा है।''

''पिछड़े हिन्दुस्तान में! ज़िन्दगी की वहाँ क्या कीमत है, जानती नहीं? कम अज़ कम तुम्हारे डैडी तो बख़ूबी जानते हैं। याद है इस चित्र को देख कर क्या कहा था तुमने?''

''छोड़ो, उसकी क्या बात...'' आवाज़ का दम घोट कर मुरलीधर ने मिन्नत की।

''भूल गए? कोई बात नहीं, याद दिला देता हूँ। तुमने कहा था, यह हिन्दुस्तान की बर्बरता की एकदम सही तस्वीर है। साले बड़े स्प्रिचुअल बने फिरते हैं, बकवास। अपने मतलब के लिए सैंकड़ो-हज़ारों की जान ले सकते हैं, यह फ़लसफ़ा झाड़ कर कि मरना तो उन्हें एक दिन था ही। प्रभु इच्छा! हम क्या कर सकते हैं! अवसरवादी बास्टर्ड्र्स! आयुर्वेदिक डिस्पैन्सरी खोल कर, उन्हीं के मुफ़्त इलाज करने का दिखावा करते हैं, जिन्हें बेघर करके करोड़ों कमाए थे। कोई पूछे, अगर आयुर्वेद में इतनी ताक़त है तो खुद एलोपैथिक इलाज क्यों करवाते हैं, तमाम सत्तासीन अमीर जन!''

''डैडी!'' सपना ने कातर स्वर में गुहार लगाई।

''बोलो, कहा था कि नहीं?''

''कह दिया होगा। बहस में आदमी बहुत कुछ कह जाता है...पर मेरा विश्वास...''

''कचरा विश्वास! हर हिन्दुस्तानी की तरह तुम भी हिपोक्रिट हो!''

''पर यह चित्र आपने खाने की मेज़ के सामने क्यों लगा रखा है?'' अब जाकर मेरे मुँह से फूटा।

''क्यों उबकाई आती है? सच देखने की कूवत नहीं है! नज़रें फेर कर भकोसना चाहते हो? जैसे चौराहे पर भीख माँगते बच्चों और विकलांगों से नज़रें फेर कर मोबाइल पर केक आर्डर करते हो!''

मेरे कण्ठ से आवाज़ नहीं निकली। हतप्रभ सपना भी चुप रही। सुरुचि ने हिम्मत करके मीठे स्वर में कहा, ''छोड़ो भी। अब कोई खुशनुमा बात करते हैं। पता है जीवन ने लेमन सूफ़्ले बनाया है। देर हुई तो बैठ जाएगा। बड़ी नाज़ुक डिश है।''

''सोनिया!'' जीवन ने सीधा मुझे धर पकड़ा, ''जानना नहीं चाहतीं चित्र है कहाँ का? बूझो कहाँ का है?''

''मुझे नहीं पता,'' मैं मिमियाई।

''सूरत का है, 2012 की बाढ़ का। बहुत लोग डूब गए थे,'' सुरुचि बीच में कूद गई। ''मैं सूफ़्ले लेकर आती हूँ।''

''नहीं, मैं ख़ुद सूफ़्ले लाऊँगा। अभी समय है। बाढ़ आई क्यों वह भी तो बतलाओ। डैम को बचाने की ख़ातिर पानी, शहर की निचली ग़रीब बस्तियों और गाँवों की तरफ़ छोड़ दिया गया था। दो हज़ार, एक सौ पिचासी लोग डूब कर मर गए थे। उसी की फोटो है यह। देखो, कितने लोग मरते दिख रहे हैं। गिनो। एक-दो-तीन...गिनती जाओ...देखो वे बच्चे हैं, वे बूढ़े मर्द-औरत, वे गर्भवती औरतें, देखो वह वाली पूरे नौ महीने की लगती है। देखा।''

जिसे नहीं देखने का नाटक करती रही थी, उसे अब रेशा-रेशा साफ़ देख रही थी। 40×30 इंच के चित्र का हर मिलिमीटर लाश बनते इन्सान की शक्ल ले चुका था। चित्र बेआवाज़ था पर मुझे बेपनाह चीखोपुकार सुनाई दे रही थी। बेहरकत था पर उसमें बसी छटपटाहट साफ़ दिख रही थी, इतनी कि हर मौत को मैं अलग महसूस कर रही थी। सामूहिक नरसंहार, रेशा-रेशा मेरे सामने घटित हो रहा था। चुम्बकीय आकर्षण से बँधी, चित्र पर आँखें गड़ाए मैं; निस्तब्ध उसे देखे जा रही थी।

''इसके फोटोग्राफ़र, केरल के मशहूर चित्रकार श्रीनिवासन हैं। बढ़िया कलाकृति है न? जैसे फ़ोटो न हो कर पेन्टिंग हो। एक बात है, केरल में और जो हो-न-हो, कला ज़बरदस्त है, क्यों सोनिया?'' मैंने कुछ नहीं कहा पर सपना कुर्सी पीछे धकेल, खड़ी हो गई। ''चलूँगी,'' उसने सपाट लहज़े में कहा, ''दफ़्तर में काम है।''

''बैठो,'' जीवन ने हुक्म दिया। उसकी आवाज़ में गज़ब का रौब था, ''मैं सूफ़्ले ला रहा हूँ, बहुत नायाब रेसिपी है, उसे बनाना जीनियस कारीगिरी की माँग करता है, इस चित्र की तरह। नियन्त्रण ज़रा बिगड़ा नहीं, सामग्री का बेलेन्स गड़बड़ाया नहीं, पानी की मिकदार बढ़ी नहीं कि सूफ़्ले कोलाप्स हुआ। खाए बग़ैर नहीं जा सकतीं तुम!'' वह रसोई में चला गया। सपना बैठी नहीं पर जाने के लिए क़दम आगे नहीं बढ़ाए; मूर्तिवत खड़ी रही। हम सब भी क़हर के अहसास से थर्राए, चित्र की तरह विचल-अविचल बैठे रहे।

(प्रथम प्रकाशन—*दृश्यान्तर,* 2014)

❑❑❑

www.ingramcontent.com/pod-product-compliance
Ingram Content Group UK Ltd.
Pitfield, Milton Keynes, MK11 3LW, UK
UKHW042017190726
13854UKWH00005B/2330

9 789350 642498